U0938462

雙騎結伴攀虎山

東瑞·瑞芬 著

獲益出版事業有限公司

雙騎結伴攀虎山

著　　者：東　瑞　瑞　芬
封面設計：東　瑞
主　　編：東　瑞（黃東濤）
督 印 人：蔡瑞芬
出　　版：獲益出版事業有限公司
香港九龍土瓜灣道94號美華工業中心A座8樓11號室
HOLDERY PUBLISHING ENTERPRISES LTD.
Unit 11, 8/F Block A, Merit Industrial Centre,
94 To Kwa Wan Road, Kowloon, H.K.
Tel: 2368 0632　　Fax: 3914 6917
版　　次：二零二五年六月初版
國際書號：ISBN 978-962-449-608-6
如有白頁、殘缺、或釘裝錯漏等，歡迎退換。

但願時光能永遠凝住在彼此的不惑之年

——《雙騎結伴攀虎山》序一

黃海維

「都四十幾了，你怎麼還像個孩子般，那麼喜歡玩玩具，跟孩子們鬥氣。」大惟的妻子嘮叨著。

「年過不惑卻還能做個被父母照顧的孩子，不是很幸福嗎？」大惟一邊高舉著魔方，不讓在他身上攀爬的兩個孩子搶到，一邊回答說。

「說來也是，咱們的同事，這個每天奔波勞碌往來醫院照看丈人，那個每隔三兩天就要幫忙不良於行的母親按摩雙腿煮飯甚麼的，真的很勞累。你看老爺奶奶，有空還過來陪陪孫兒，送上學；去學校旅行；聽家長講座，實在減輕了我們不少負擔。」大惟妻子手裡捧著老爺昨晚送來親自調製的奶茶，看著桌子擺滿了奶奶幫忙張羅的拜年禮盒，感觸良多。

人生七十本已古來稀，即使將到朝杖之年，王銳和采馨不僅無需楞杖助行，而且依然是那麼年青力壯箭步如飛矯健敏捷精力旺盛。兩老的樣子幾乎沒甚麼變化，臉上的笑容往往能先聲奪人，燦爛得像初春的驕陽，叫人暖得發現不著他們臉上那像學了遁術的皺紋。在大惟和妻子眼中，兩老四十年如一日。

時光就像永遠凝住了在王銳和采馨的壯年。上個世紀的九十年代初。正讀高小的大惟靜悄悄溜進母親的房間，把門虛掩後，他爬上椅子，熟練地在書櫃頂取下鑰匙，打開了母親那上鎖的抽屜。像打開了潘朵拉的盒子般，大惟在信封中取走了數張新加坡紙幣。他把鈔票藏在褲袋中，計劃前往兌換成港幣，好讓他能在電子遊戲中心消磨幾個下午。大惟正要開門離開之際，卻與正進房間的母親碰個正著。

「大惟，你手中拿著甚麼？拿出來！」母親語調溫柔而肯定，目光凌厲得像有穿透力般朝著大惟的褲袋凝望。

「沒……沒甚麼，是一輛玩具車，準備一會兒……一會兒帶上街玩的。」大惟有備而來，早在褲袋中藏了一輛玩具車，好讓他能在事情敗露時上演一齣偷龍轉鳳和金蟬脫殼。他一邊說一邊有所動作，先把插在袋裡緊握著鈔票的手放開，繼而搜索了一番，然後再把找到的玩具車緊握在手中，取出展示給母親看。

只可惜，他僵硬的身軀、顫抖的聲線和額頭上豆大的汗珠，早已出賣了他。知子莫若母，母親雖沉默不語，卻像施展了魔法般，讓低著頭的大惟把褲袋裏的鈔票悉數呈上。

秋風送爽，遊樂場上，大惟正和妹妹小穎、小穎的同學、小穎同學的二姐互相追逐，玩得不亦樂乎。在男校剛升上初三的大惟情竇初開，傻頭傻腦地把小穎同學的二姐拉到一旁，支支吾吾面紅耳赤拙劣地向她表白，卻換來了人家的斷然拒絕。豆芽夢碎，剎那間世界天崩地裂。都說孩子是母親身上的一塊肉，無論如何的裝作若無其事，母親總能從空氣中嗅出一點端倪。「沒事，媽媽陪著你。」簡單而窩心的安慰總是及時在他耳畔響起。多少次，大惟瑟縮在母親的擁抱中哭得死去活來。母親的胸懷，溫暖而安全。對大惟來說，母親的愛如江河，遠眺其流淌平緩，沉浸其中方知洶湧澎湃，源源不斷，澤潤人心。

時光就像永遠凝住了在王銳和采馨的壯年。母親是江河，父親則是大山。那些零碎卻又牢固的記憶不時在大惟腦海中浮現。

大惟依稀記得在讀小學時，當時家庭經濟並不寬裕，父親也從不吝嗇買課外書給他，《牛仔》和一盒三本裝的圖畫故事書，成為了父子倆睡前能共度良宵的恩物。每次逛書店書展，父親總是誇下海口，喜歡甚麼書儘管買，卻沒有一次不兌現。父親對大惟充滿了期許，可是，大惟總是讓父親失望。

大惟讀小學時，父親無論每天工作多忙碌，也會抽出一點時間為兒子檢查做好的作業。大惟當時頑皮懶惰，不勝其煩，乾脆擦掉家課冊上的功課，謊稱當日沒有作業不用檢查，以致欠交功課，被老師召見家長；週末，父親風雨不改帶大惟從土瓜灣乘坐一零六號巴士到銅鑼灣學拉小提琴。大惟卻培養不起興趣，手老出汗，疏於練習，最終半途而廢。

初中三年，大惟的學業成績一直處於谷底，成績表上長期滿江紅，全級名次徘徊於全級最後二三十名。每年的學期中和學期末，父親都陪大惟回校領成績表，與班主任會面，討論孩子的品德和學業。每次與父親走在土瓜灣天光道的路上，腳步總是那麼的沉重，父子並肩而行，彼此卻沉默不語。在老師面前，父親臉上黯淡無光，被提醒孩子只能「試升」高一個年級，要多督促管教。過程中老師的說話和態度，跟說「你的兒子是垃圾，無藥可救。」全然沒有任何分別，仿如一記重拳痛擊在父親的臉上，不見瘀青，卻痛心刺骨。

到大惟高考失利，未能入讀島城主流大學，父親一直沒有放棄大惟，屢次給予機會、耐性、鼓勵和支持，老師眼中的垃圾，父親一直珍而重之。多少次，在大惟遭遇挫折低頭不語時，父親仍能坐懷不亂穩如泰山，淡然地在大惟的肩膀上輕拍兩下。父親偌大的手，總能承接著那正墜落的心，把它牢牢捉緊。

時光就像永遠凝住了在王銳和采馨的壯年。作為兒子的大惟，不僅見證，也體會到了父母在待人、處事、接物、婚姻、育兒、事業、交友、生活和整個人生中一直持守著大愛和堅持的價值觀，心境方能如此樂觀、正面和年輕。

那些年，大惟參與了示益出版社的創立和成長。當時他一滿年齡就去學習駕駛，考了個輕型貨車駕照，課餘他會跟車去送貨，心想哪天能當出版社的司機，獨立完成送貨任務；課餘有時喜歡往出版社的寫字樓跑，在哪裡發現些小玩意，或幫忙做些摺疊宣傳品的工作。

到後來出版社漸上軌道，在島城小有名聲，誰會想到，連總編輯父親和董事長母親在內，那是一間只有四人的出版社。由於人手不足，大惟常跟著父母到學校辦書展，幫忙擔任搬運工、圖書推介和銷售員。看著貴為出版社總編輯和董事長的父母都紓尊降貴到學校賣書，他也就沒甚麼怨言了。眼見母親隨意找了一個盒子用來收錢找續很不方便，大惟更獻出了他當時存放四驅車零件的工具箱，雙層還切分了不同間隔，可分門別類存放不同的硬幣和紙幣，多方便。

看著圖書銷情越來越好，同學們熱情地簇擁著找父親簽名，大惟臉上也沾光，萌生起作紅娘的想法，邀請示益到自己就讀的中學辦書展，心裡盤算著：這下好了，那麼老師同學們就會知道我老爸是個人物了。父親曾多次邀請大惟為他的大作寫序，大惟受寵若驚，不敢怠慢。心想：我是何許人也，竟勞父親如此信任與期許。雖膽戰心驚，卻能揮筆而就。是啊，大惟根本無須動腦創作，只須把所歷所思所想所感寫出來而已。雖非名篇，但出於兒手，父親捧之如珍寶。

從學校書展到灣仔會展舉行書展；從初期無人問津到出版的書籍榮獲島城好書龍虎榜好書，從那些慘澹收場到衝鋒陷陣手忙腳亂的場面，大惟不僅見證著示益出版社的成長，那也是他心目中別人體會不了的美好親子活動和回憶。

時光就像永遠凝住了在王銳和采馨的壯年。示益出版社大致已完成了她的歷史和文化任務。王銳依然熱愛寫作，出席文學活動，閑來還會來送孫兒上學，製作獎狀賀卡，為家人們沖泡奶茶；采馨樂於張羅家人生活大小事務，聯繫各方，陪孫兒去學校旅行，聽講座，買禮物；兩老每隔數月或回國內度假，或出國旅遊，生龍活虎，不但從不用孩子們擔心，還能繼續成為孩子們的堅實後盾和依靠。

能成為王銳和采馨的兒子，是大惟上輩子修來的福氣。到大惟有了兩個孩子，方知為人父母甚艱難。父母做到的，很多他都做不到。父母言傳身教，大惟也希望自已能努力實踐，成為一個善良、知足、感恩、樂觀、正面的人。

但願時光能永遠凝住在彼此的不惑之年，王銳和采馨不會老去，大惟永遠不會長大。

謹以上文和以下一副對聯獻給大惟的父母，向他們致以最衷心真誠的感激和敬意。

獲譽文壇，筆耕天地，歲月同行書壯志。

益彰家業，燈照春秋，風霜共度見真情。

乙巳年正月初二寅時

最美麗的風景

——《雙騎結伴攀虎山》序二

黃海瑩

人生如夢，睡醒又迎來新的一天，時間就這樣不知不覺地流逝，踏入快要迎來四十歲的這一年，意識到原來父母創業已經三十三年，記憶中，我的小學生涯裡有一段短時間是在父母的辦公室裡渡過的…

那時放學後會被接到爸媽公司，吃好午飯做一會兒功課，便在父親辦公室裡的沙發睡午覺。或許因為從小就近距離地目睹他們事業剛起步時的忙碌，小學高年級到中學時期，我都很識趣地做好學生的本份，在家做功課時如果太安靜我就把電視開著，聽聽聲音讓自己感覺不孤單，做好功課才玩耍休息，當一個不讓他們操心的女兒，讓他們能專注在事業的發展上。

長大以後，偶爾也有參與父母的出版事業，例如為爸爸的作品畫插畫、書展擺攤為顧客畫人像漫畫，盡自己所能獻出微薄之力。

回望過去，總會有一絲遺憾，會渴望讀書時代充滿著父母的陪伴與參與，但也正因為父母辛勞的拼搏，我才能夠在一個較安穩寬鬆、沒有學業壓力的環境下成長。

現在我有一個兩歲多的女兒，從生產到現在兩年多以來所經歷、體會到的，讓我對父母也重新有了認識，也與過去的日子與自己進行了和解。

如今的我，真心覺得他們最了不起的，不是功名與成就，而是三十三年來的堅持與牽絆。時代在變遷，父親從年輕時帶著鋼筆與稿紙在速食廳寫稿，到近年轉用電腦打字寫稿，見證著他願意為了寫作這一興趣而作出了一定程度的妥協與犧牲，放棄了一些固有的執著，也只是為了堅持寫作、創作，永不停歇；而母親保持著一貫「刀子嘴豆腐心」的女強人形象，陪著爸爸創業奮鬥，以得力賢內助的身份協助處理出版社的大小事務，偶爾會接到母親的牢騷電話，埋怨著那些年度結算會計報表的繁瑣作業，即便如此，還是帶著對父親濃厚的情誼，給予了最大的幫助與支持。

這些，也只是我作為女兒所能窺探到的一部分，創業三十三年來，在出版界、文化界所遇到的一切美好、榮華、衝突、矛盾，父母由始至終也一起經歷與體會，在無數釋懷與糾結之間來回，彼此相伴互相扶持下，一起走過來了。

在我的眼裡，這些正正是父母最讓我引以為傲的地方，也是最美麗的風景。

兩歲多的女兒，很喜歡公公婆婆，每次帶她到娘家玩耍都很開心，也能安心午睡，沒見面時也常把公公婆婆掛在嘴邊。她現在或許未能明白，待她長大，我會慢慢向她訴說公公婆婆的這些事蹟，讓她知道公公婆婆除了和藹可親之外，原來是如此了不起的人！

目錄

第一章 那天，天色很暗

那天，天色很暗。

走出那個機構時，王銳覺得很奇怪，高掛當空的白花花的太陽突然都不見了，四周陷入一片可怕的黑暗。他感覺到奇異，在從那座高樓走出來的一瞬間，路面似乎沒有汽車、世界沒有任何人影晃動似的，世界末日的感覺最多也不過如此吧？他怕是老眼昏花了，於是就站定、緊閉眼睛一會，慢慢才睜開。在一側協助他拉紙箱的亞孟看到他那樣，關心地問他：要休息一會嗎？

他好像沒聽到。

亞孟見他沒反應，也就不再問。

漫天的星星好像都在俯瞰他和嘲笑他。有的無聲地垂淚，化作綿綿細雨；有的隱隱傳來嘲笑他的嘻嘻笑聲……月亮該是躲進雲層裏去了。腦子彷佛突然塞滿了漿糊，什麼都不能想，也什麼都不願想，連亞孟是誰，他也突然像失憶一般，忘記他是誰了，為什麼會來他打工的埃斯大廈樓下，等他，還幫他拉東西？他怎麼會知道他被公司炒魷魚了呢？那一天，他像一隻無頭蒼蠅，茫茫然跟在阿孟屁股後面，走呀走，不知要去哪裡？只是隱約知道，他從此再和這家大機構沒任何關係了。

多少年後，他才猛然驚醒，那一天，他從一架快速運轉的大機器飛脫了出去，變成了一枚廢棄的螺絲釘，將他甩到一個黑暗潮濕的角落，他獨自哭泣，從此再沒回眸看那座大廈一眼。

那天，天色很暗。

一家私人經營的酷氏小公司處在風雨飄搖中。不到六十平米的寫字樓兼貨倉凌亂一片。書，一堆堆的，有的捆紮好了，有的不太整齊地堆疊著，有的一包包的、三五包的、六七包的，更多的是八九包、十二三包的，堆疊著，幾乎要堆疊到天花板了，比酷氏公司內任何一個人身高還要高。地板上，散佈著碎紙、廢棄的文件、撕爛的書籍散頁、撕爛的信封、郵件包裝外殼、發黃的報紙……這時，阿酷從小寫字臺站起來，撥了個電話給幾個朋友，大概對方是書的一些作者把，她跟他們說，再過一個禮拜，辦公室清理乾淨後，就要交給新的業主了，剩下的書還要不要？要的話自己來取。有的作者書印兩千本，結果只賣了兩百來本，剩下非常多，全都交給作者了。那個作者說，太多了，剩一千多本，我頭都大了！我只要兩包，一百二十本夠我送給朋友了，其他你們處理吧！銷毀都好。阿酷說，那好，那好，有你這一句話我就放心了。阿酷又走到窗口，一邊看街景，一邊繼續打電話。最後是再次打給預訂好的搬運公司，吩咐他們明天不要忘記，下午兩點半，將公司的一個大書櫥從寫字樓搬到她家中去。

窗外是粉紅色的天空，透過高高低低的像參天巨樹的大廈縫隙，看得到香港維多利亞港對岸的燈光，已經陸陸續續亮起來了。她長長嘆了一口氣。滿懷信心的創業日子，彷彿還是昨天的事，竟是那麼快，只是嚐過出版幾本暢銷書的滋味，一剎那間已經變成了明日黃花的事，來不及出到第二十本書，她主持的公司就要被迫收拾行裝、結束營業，捲鋪蓋走路了！

那天，天色很暗

距離開埃斯大廈的那天，已快一年了。他——王銳下午約三點就走到附近的公園，攤開那張全港刊登聘人啟事最多的報紙，在幾百個小方框裏像讀小說那樣，逐字逐句閱讀僱主請人的條件，但都很失望。大部分機構都只邀請剛剛大學畢業、有兩三年工作經驗的年輕人，要不就是三十歲以下，而他，都已經超過了好幾年。唉！坐在這長木椅下，太陽原來還是軟弱無力地照射著大地，此刻已被一團團烏雲遮住，烏雲移動著，天色漸漸失去光芒。看遠處，維多利亞港灣海上也迷濛一片，風急浪驟，彷彿一場暴風雨就要來到。也許，那一頭，雨早就下了吧！可是到了這公園，也許中間矗立了不少的高樓大廈，阻擋了那風勢，風，竟是弱了下來。

秋季了，風有點涼，坐在這裡看報紙找工作，幾乎快十天了，不知發出多少應徵信都是那樣泥牛如海，令人焦急也有點厭倦了，眼睛困得想在此小睡一會……樹上的落葉不斷地飄落、飄落，不一會兒，已將他那張長木椅周圍的地上鋪得沒有一點縫隙。那些落葉不斷添加，不但堆疊增高，慢慢淹沒長椅的六支腳，淹沒他的小腿，他大驚，按照他的推論，如果沒有逃離，以這些樹葉飄落的速度推算，很快就會將椅子連他都淹沒啊。他生怕這慘劇發生，緊張起來。也就在這時候，他醒了過來了，才發現自己坐在長椅上很舒服地小睡了一會兒。落葉有是有，沒有他睡夢中堆積得那麼多。他感覺有一點點濕濕的東西落在手臂上，摸摸，是水滴，抬頭看，天色已經黑如夜晚，雨點，正在斜斜地打在他手臂上、頭髮上。看看錶，不過是下午四點多的光景，這天氣真是好奇怪呀。王銳站起來，把身上幾片落葉掃下來，清理乾淨。他又把那張帶來的厚厚一疊報紙，只留下刊有聘人啟事的兩大版，折了幾折，塞進褲子的口袋裡，其餘的用雙手撐開，權當一把油紙傘，遮在頭上，慢慢走回家。雨不很大，不過時當秋季，風兒吹過來，倒有點兒冷意。他不需要跑，只是慢慢地走，慢慢地回想，今天在公園裡坐了近乎兩個小時，還是白費了，沒看到、找到什麼適合自己的工作。唉！不知多少次了，複製這樣的下午。

那天，天色很暗。

車站上人頭湧湧，大排長龍。王銳從那家幾乎天天下班就「報到」的快餐廳走出來，整副身心還是沉浸在寫作的興奮和熱昏中。幾乎有六七年的光景，他一到下午五點半的下班時間，心情就開始緊張興奮起來。八小時的正職，稍微辛苦；八小時之外的副業，會給他帶來一絲絲無法言說的興奮 。這個爬格子生涯真奇異，爬滿了幾張原稿紙就有稿費，雖然很微薄，但居然發現自己具有這種本領，不也成了令自己信心加強的一件事嗎？何況，孩子們還小，家中只有他一個人工作，采馨暫時需要做一位全職主婦，照顧一對小兒女；家庭，多麼需要他這一筆微薄的稿費彌補家用啊。這七八十年代的小島，經濟不太景氣，幾千元的月薪怎麼能足夠一家的開支呢？他每天下班後，如有神催，就走個十分鐘，進到一家大半年來幾乎天天在同一個時間走進的快餐廳。他遠遠就看到收銀處的仙蒂小姐向他揮手致意。這時候，他距收銀處還有約五六步遠的距離，她就先開口對他笑嘻嘻地說「奶茶一杯」,還熱情地起身,協助他將餐單拿到廚房取食物的窗口，那裡面的一個服務員笑著對他說,還需要等一會。你先坐著,一會我們給你端過去。王銳指了指自己座位的方向,那服務員說,知道了。

王銳回到自己的座位，一面掏出膠袋裡的東西，一面想到這家快餐廳所有服務員對他的熱情和照顧，感到了一種溫暖、感動著他的人情味。眼下，他在幾家報紙寫專欄和長篇連載，每次繼續寫連載的時候，總會將報紙連載到哪裡稍微瀏覽一下，再把前幾天寫的稿子副本匆匆翻看一遍，才又寫下去，他怕銜接不上或出什麼錯漏啊。每隔一段時日，差不多寫足了一個月的，大約有六十張原稿子，他就影印一份郵寄到報館編輯部。這樣萬一途中遺失，還存備有原稿。專欄單篇文章大部分寫好，外地的用郵寄，小島的則有的用傳真，有的用郵寄，那時候算是很快捷的了。

開始寫第一個字的時候，有時快餐廳的女服務員會無聊地走過來，站在他檯邊看著他，好奇地問他在寫什麼？他會耐心地與她們聊幾句。一會兒，櫃檯的服務員就將他買的奶茶送過來了。除非經常來光顧的人，而且彼此交情不錯，否則都需要自己前去櫃檯領食物飲品的。

大約寫了一個鐘頭，感覺當日應該寫的字數已經足夠，他趕緊收拾桌面所有的文具雜物，站起來，跟幾位熟悉的服務員打打招呼，就走出快餐廳，往車站走去。在他寫稿的時候，過海的隧道巴士開走了一輛又一輛，開到他眼前的一輛，乘客已經很少了。他跳上去，迅速踏著階梯往巴士上層走上去，彎曲的樓梯不過走到一半，巴士就開出了。他踉蹌了一下，扶好扶手，才沒有摔下來。上層空蕩蕩的只有稀稀落落幾個人。他找了一個自認為舒服的位置坐了下來。看看手錶，已經是晚上八點多了。從車窗望下去，小島金融中心的高低大廈，大部分窗口已經熄燈，街燈漸次亮了起來。

不久，車子經過灣仔高速公路，開始進入東區的海底隧道，不知怎的，王銳開始懷念起一對小兒女了。在這年代，為了下一代的成長，真的什麼委屈都可以承受啊，不是嗎？

那天，天色很暗。

一整天王銳的心情都處在緊張不安中，看看采馨，倒是幾分鎮定，彷彿沒有任何事即將發生。采馨隆起的肚子已是第二胎，采馨反而能以平常心對待肚子裡的小女兒即將降臨的事實。平時白皙的臉，在懷孕的最後半年最為好看，兩頰紅潤紅潤的一如熟透的蘋果。每天，只要王銳抬頭看她一眼，馬上心頭大悅，對未來的信心大增。他會忍不住地對她說，妳懷孕第二胎的一年，是妳一生最美的時刻；她就會對著他做怪臉，反問，那平時就很醜啦?王銳就反駁，我哪有這麼說？嘿嘿。這一天從清晨起，秋風驟起，天色灰暗。采馨說，肚子有點痛，有預感今天晚上會生。從那一刻起，王銳就開始觀察她的一舉一動，感覺到她微微地有點神不守舍了。她在屋內走來走去，最初王銳不知道采馨在做什麼，慢慢才發現她是在收拾準備帶到醫院的生活日常用品，將它們裝在一個環保袋裡。這方面，王銳覺得一個大男人最沒用，一點兒都幫不上夫人的忙。他欽佩采馨的鎮定樂觀性格，縱然在女性備受生命考驗的關鍵日子，也只是產生稍微的不安，沒有太多的焦慮。也許有了生第一胎惟兒的經驗，一切都不在話下?也許分娩本來就是完整女性的必經階段，本能令她們哪怕上刀山下火海都無所畏懼？王銳聽到過無數女性分娩而出事的故事，他也害怕那種血光之災的場面。他對女性不可思議的勇敢一向佩服得五體投地，想到這，他就會對那類將女人玩玩弄大肚子然後拋棄的男子萬分痛恨起來。

采馨將東西收拾得差不多了，墻上的鐘約莫四點多。采馨說，突然很想吃印尼菜，時間還早，我們提早走，就來得及到印尼餐廳美美地吃一餐印尼餐，因為進醫院生孩子後，不知什麼時候才能再出來吃一次了。王銳說好啊。反正醫院和接生的醫生都聯絡好了，吃飽飯，約七點就可以到央禾醫院。那家印尼餐廳距離央禾醫院很近，走路就可以到達。王銳看著妻子采馨，可能需要的用品都帶齊了，沒有了先前的緊張不安，倒是顯出一種似乎要去上班的樣子，不由得對她的鎮定能幹大大佩服起來。已經快七歲的惟兒，明白媽媽今晚上醫院是為他生小妹妹，答應在家乖乖做功課，由同住的好朋友洪震和陳弓看顧。爸爸將陪媽媽進產房看媽媽生孩子，當然最重要的還是給媽媽勇氣和鼓勵！

也許十一月的天氣已經開始進入深秋，只是下午五時許，天色黑得快，街上店鋪裡的燈光、馬路兩邊的街燈，都已經陸陸續續亮起來了。不過，還沒到下班時分，大巴士裡的乘客倒是不很多。王銳替妻子拎那包衣物，讓采馨坐在裡面的位置。車就往銅鑼灣出發了。隧道巴士在九龍狹窄的街道奔駛，開始向紅磡隧道口進發。采馨似乎有點困倦，沉入夢鄉。王銳也閉起眼睛，卻不是小睡，而是禁不住回想起采馨七年前生惟兒的情景。當時也是住在這一區，也是在這舊樓第六層的一個僅六百英尺的單位裡。

那次，他仍在北角一家成立於五十年代的小出版社做行街，采馨則是在一家出入口公司任會計。清晨，他睡在碌架床上層，被電話驚醒，那是護士從銅鑼灣三色醫院打來的，恭喜他，說他的夫人采馨清晨順利產下一個男嬰，有6.2磅重。他忙從上層落到下層，還險些跌了一跤……

這一次，醫院的醫生多次檢查，都說是女嬰，難怪采馨這大半年面色始終紅潤紅潤的，面帶桃花，出落得那麼好看。據有經驗的人都是那麼說的。醫生還准許他進產房看采馨生孩子，另一方面也希望他擔任「助產士」，也就是在采馨分娩過程中，給予鼓勵。王銳不知道進產房會出現怎樣的情景，從看電影、看書，看得太多女性生孩子死去活來的場面和鏡頭，那血淋淋的景象令他有點恐懼。尤其是嬰孩從母親產道出來的過程，對產婦都是一種痛苦的大折磨。不過，好在采馨已有過生頭胎惟兒的經驗，這一次生第二胎看起來不會那麼困難了。這家央禾醫院也在香港島，靠近快活谷賽馬場。

巴士終於在銅鑼灣第一個站停下，他們下了車。慢慢走到那家印尼餐廳。采馨點了幾樣心頭好，巴東牛肉、豆腐蛋、牛尾湯、酸辣魚、蝦醬炒豆芽等等。慢慢地品嘗，慢慢兒地聊天，看起來采馨吃得非常滿意。

外面天色已經暗了下來。印尼餐吃得頗為盡興。王銳心情開始有點緊張，反而采馨顯得平常。坐了一會，采馨說，肚子開始有點痛，估計快了；王銳問她，是不是有規律的那種陣痛？采馨說，要再過一會才可以感覺到，一般陣痛是一抽一抽的，有一定的節奏。他們埋單後就慢慢走出餐廳，乘搭一輛計程車，往央禾醫院去。當晚沒有賽馬，快活谷馬場外的馬路一片寧靜。到了醫院門口，他們下車，徑往辦事處告知預約情況，便按照指示上樓。一個護士走過來，看過他們的醫生紙，就請他們坐著等。護士問采馨感覺怎麼樣？采馨說，肚子的痛感一陣一陣的。護士於是安排采馨進入一間病房躺著等候。央禾是私家醫院，采馨進的是兩人房。但房內另一張床並沒有其他人，因此采馨暫時是獨佔一間房，王銳也就可以無所顧忌地進出陪陪采馨。何況他們先前在采馨檢查期間都跟醫生約好了，被允許看夫人分娩，他也就少了一份尷尬，不怕像在公立醫院那樣被嚴格限制。

他在外面大堂等候的時候，剛才那位護士來告訴他，采馨的陣痛加劇，應該是快了。會馬上安排入產房。那護士還將一套進產房規定的白色長袍讓他不必脫衣服地穿上。他心情不安，不知采馨什麼時候被推進去的。到他進產房的時候，才看到采馨已經躺在一張產床上待產。護士安排他站在采馨的頭部左側。采馨什麼動作都做好了，醫生將兩截短短圓柱木讓她掌心各握一個，這有助於她使勁的時候勁道使在圓木上。護士和醫生請采馨加油，也希望王銳給夫人最大的力量。在采馨進入最使勁的時候，醫生估計最緊張的時刻已經來到，就示意王銳走到醫生右側看采馨的分娩過程，可是那血淋淋的部分，王銳只是快速地瞟去一眼，也可以算是對母親的致敬和對新生命的禮讚了。

終於，看到醫生手抓一個渾身是血的女嬰，剪過臍帶等程序，高舉給王銳和采馨看。護士接過，用一張潔布抹乾小穎身上的血跡，將她放在秤上秤重，六磅八。

……那昨日的事情、十幾年前的舊事，仿佛都成了生命裡的財富，在王銳的人生記憶裡不可磨滅。……

這一日，當他疲倦地坐在辦公室的靠背椅小休一會，腦子裡的思維神遊和飛越到很多地方，埃斯大廈、阿酷的出版社、公園、快餐廳、醫院、產房……一個又一個他生命中的人物向他走來……

第二章 機會

那時候，小穎還在幼稚園階段，快要升小學了。她和小哥哥王惟的年紀差近七歲。說來非常有趣，他們讀同一家幼稚園、同一家小學，但小哥哥小學畢業後，小穎才進入那家小學就讀。他們小學附近就有個靠海的公園，不讀書的日子，王銳就會帶小穎到那海邊公園玩。小兄妹倆性格真是不同。小哥哥好動頑皮，一直無法發胖；小穎靜乖。王惟的學習從小學到中三都不太好，一直到中四中五才發力，名列前茅，屢屢獲得獎項。小穎中學讀百年名校，在校成績都不錯，只是會考分數不如意，後來中六中七發力，發榜前，她蠻有把握的，對爸媽說，一定沒問題的，島城最好的高等學府一定沒問題的，果然！

戰後的童年不堪回首，王銳和采馨早年在南洋熱帶島國出生，那時整片土地給太陽國的鐵蹄蹂躪過，經濟一片荒蕪，童年哪裡有什麼玩具？因此，他們的理解，快樂幸福的童年是人類最難忘的，也是最短暫的一段歲月，不該有太重的負擔令小孩子感覺太沉重，而應該讓他們盡情地玩樂。基於這些看法和觀念，王銳采馨夫婦倆都不想給兒女太大的壓力，讓他們的童年和少年好過一些，不是挺好嗎？功課、學習欠佳可以追回來，童年時光一去就喚不回來了。最重要的是要有足夠的耐心等待他們自己開竅。學校的成績不是孩子們的唯一。

傍晚時分，采馨接到一個電話，談了很久，王銳估計是南洋千島之國一個熟悉的朋友打給她的。采馨詳細地問了對方的具體要求，王銳心中猜測著，但不知道這位朋友究竟要購買什麼。采馨放下電話後，考了丈夫一下，王銳得了五十分，知道打電話的是誰，但無法回答對方要做什麼。

沒錯，是他，程力鋼。采馨說。

我就猜一定是他。要來我們這島城？

還不是，事辦成，他會來一趟。猜得中他要幹什麼嗎？

買股票？

不是。

他想投資香港的地產，想買一間寫字樓，出租什麼的都好，一切由我們決定。

哦！看來程先生生意做得很好，才想到香港發展吧。

那當然。等我們替他找到比較滿意的，才通知他從千島之國過來。他飛過來很快的。他可以馬上從那邊飛來。

力鋼來香港好多次了，第一次是十七年前吧。王銳說。

采馨說，是的，當時我們剛剛來到島城不到一年，還租人家一間房間。

那時候不錯的話，是他自己一個人先來島城。人很低調，也很坦白，那時你正好轉身去沖茶吧？他就跟我說了那一番話，我聽了對他發出會心的微笑。妳還記得原話吧。

大意我就知道，原話我就不清楚了，我不在場。

哈哈，說婉轉也婉轉。他對我說，他暗戀過你……我當時都不知道你們的關係。

哈哈，其實什麼關係都沒有。那一次，你告訴我他講了那樣一番話，我聽了著實嚇了一跳，我以前什麼都不知道啊。

那，力鋼有說什麼時候來島城嗎？

現在八字沒一撇，也要等那寫字樓找到，而且滿意了，給訂金了，才通知他來一趟。

原來如此。難道不需要他看過才決定嗎？王鋭問。

不需要，他信任我，我說好就好，我決定就行了，不過他請我給他保密。

哦，這樣啊？為什麼呢？

他希望我們早日替他找到他滿意的一層寫字樓，看看我們能做些什麼事吧。有沒有好處我們都替他辦。采馨說。

是的。既然是好朋友也是妳的同班，我們應該幫忙！

采馨說到此處，忽然補充了一句，力鋼太信任我，搞到我也沒辦法，不忍心向他再要求什麼。他說什麼，你知道嗎？

哈哈，我哪裡會知道？

他說有了一個地方，那就方便得多，要做什麼生意都可以，只要我們有興趣的。比如開洗衣店什麼的。

王鋭笑起來，反問，開洗衣店？

往事不如煙，還歷歷在目啊。他和采馨攜手來到這島城，什麼事沒做過呢？

整個七十年代，地鐵還沒有建成，市面不景氣。最初他們租了人家一間房作為棲身之所，還不給舉炊，只好早餐買現成的麵包，中晚餐就在附近的餐廳解決，那時一碟揚州炒飯才兩塊八港幣；住的問題解決了，才隨便找一份工作做。正式身份證還未取到，找的多數是工廠的裝配工和雜工。又因為都是生手，計的是日薪，薪酬也就非常低。為了填飽肚子，再廉價的勞動力，也得把自己出賣了。

他和采馨一起，在一家電子廠做裝配工。只是夜裡可能睡眠不足，在裝配時因為流水作業，令他眼睛非常睏，有一日偶然打瞌睡一下，雖然僅僅是幾秒鐘功夫，就讓老闆瞧見了，炒了他魷魚。那時節，找工手續不多，要辭掉一個人，也不是太麻煩的事。這樣，電子廠的歲月，似乎也不太長，采馨繼續做了一段時間，最後也沒做了。認識的幾個女友，再約她到其他廠做。女工比男工缺，找工也就相對比較容易。

真是太難了！在失業的日子，王銳幾乎跑遍了島城所有工廠區，說得不好聽的話，就是將自己的體力大出賣，什麼雜工都問遍了，也不容易找到一份工。

而後就是為了立足，為了溫飽，什麼都去做的日子：染布廠工人、跟著貨車送貨的搬運工（俗稱苦力））、夜總會打蠟、在酒樓擦門窗玻璃的清潔工，真是流盡汗水的生涯啊。汗水浸透的鈔票一點一滴地流進口袋裡，身上的肌肉也在無聲地增長。王銳自然沒想到自己名譽上是大學生，有日也潦倒或淪落至此。自然，他也明白只要靠自己的雙手去謀取生活，就不可恥；只要不是偷不是搶，大丈夫何患無職？這是父母親對他和兄弟姐妹的教誨，他一直記得啊。

人生的命運之神還沒來，機緣是需要時機和緣分的。

人說貧窮和饑餓是財富，王銳經歷了勞累，也感覺到辛苦勞累也是一種財富，端看自己的體驗。他做了清潔工大半年，才知道她們的不容易；他做了苦力才幾個月，才明白苦力生涯很傷肉體，畢竟貨物是太重了；他做過一年的印染工，也才體驗到三班制，時差是需要慢慢適應的，睡眠常常嚴重不足。

那時，工作大都做不長，換工作的交接期總是有縫隙，責任感強也閒不住的王銳真有點待不住了。不穩定的日子何時方休？不平靜的心情總是在風雨來襲前動蕩難安，一直找不到躲避的平安港灣。

見到采馨的肚子一日日隆起來，他尤其擔憂。沒錢，如何養孩子？

采馨看到他一著急，心情就不太好，會勸他，你不必急，工作慢慢找，老天不會絕人之路的。

老婆真好，給他服了一顆很大的定心丸。

失業的日子，他愛到書店走走逛逛看看。

那個七十年代，出版物不多，以前在中學大學閱讀過的、自己非常喜歡的中外名著都因為各種原因不見影蹤，但島城本土的文學出版物倒是很純樸和旺盛。他在島城交貝區一家書店翻翻書，看看書，一翻一看不知不覺大半天就那樣流逝了。有的小說，他讀完了半本，心想，寫得真不錯；有的小說，他看了，讀了幾章，輕輕搖搖頭，心想，這樣的文字故事，我不是也可以寫出來嗎？接著，他看好自己很喜歡的幾本書，翻到封底，比較價錢，看看哪一本物美價廉、物有所值，再將一隻手兒伸進口袋。摸摸帶了多少錢？啊呀，囊中羞澀呀。但最終一本兩本還是成交了。

將書帶回家看，。真是愛不釋手，心想，什麼時候，我也能出這樣小小一本書？就像自己的心肝寶貝兒每天捧在手上呵護。他偶然發現，那些出文學書的，大抵只是一兩家出版社，看來已經非常老牌子了。他於是留意到書版權頁上的地址。心想，我試一試寫一本幾萬字的中篇小說寄去應征出版如何？他把計劃告訴采馨，反正失業在家，有的是時間。

你可以試試寫啊。

那好！

工作不急，暫時有我一個人在工廠做也是足夠的。

王銳忘記了小說用多少時間去寫，五萬字的中篇他平生沒試過，儘管中學時期的作文常常獲高分或被老師貼堂，只是愛寫，沒有太多的天分，這本寫南洋一個愛針灸的華人少女的故事還是寫成了。幾十年後他不敢重讀，一重讀就會臉紅，但在那個時候，他是多麼的興奮啊。

他把書稿影印一份留底，按出版社地址寄去了。

不抱希望，萬一可出版那又怎樣呢？書不能當飯吃，工作不是照樣要找嗎？真沒想到居然有一天，會有人打電話給他。

采馨看到王銳接到電話後喜怒形於色，非常開懷，問，什麼事？

出版社打來的，那本寄出的書稿有回音了。

給出版了？采馨興奮地問。

不是，電話裡老闆沒有具體說要不要出版，只是約我明天下午到曉陽出版社見面談談。

那是有點希望了。

還不知道。要明天才見分曉。

那家曉陽出版社在交貝區一座殘舊唐樓下，非常小。一個經理，一個女殘疾校對員，一個編輯，一個女會計，一個整理貨倉的老頭，一個送貨的，再沒什麼人了，前面一個小空間，就坐著四個人，管貨倉和送貨的就在後面。真是精兵簡政。

王銳如約來到，迎接她的是經理，大概人事和投稿之類歸他管吧。

姓簡的經理精瘦，粵語和普通話都帶著濃厚的上海腔。

沒想到經理讀完他的書稿，讚揚的同時，也提了不少意見，說如果同意他的修改，拿回去再送回來。這家曉陽出版社可以試試為他出版。王銳喜歡寫作，但從來沒出版過哪怕很薄的一本書；他讀過一些中外名家最初投稿、常常碰壁的故事，能第一次就被接納實在太令他驚喜了！他當然沒啥意見，何況後來他回過頭來看，就覺得寫得實在沒那麼好，能出版已屬於意外的驚喜，鼓勵著他繼續寫下去。

最沒想到的是談話到了最後，當他要將書稿放進一個手抽的時候，經理請他坐下來，關心地問起他的情況。他將一切的一切都如實說了，初到貴境還不到四年，只做過一些粗活，妻子在製衣廠剪裁；目前他自己則在找一份工作做。簡經理問他，想不想到他們曉陽出版社做職員？王銳聽了，幾乎不大相信，還以為聽錯，再問一次，確是這樣問他，他當然夢裡都想，失業的日子，不才有空寫這樣一本五萬字的中篇嗎？他不想失態，盡量壓抑心中的驚喜，也就不怕問了一些細節，工作內容、薪酬、上下班時間、假期等等。當然，最重要的是工作細節，經理知道他喜歡文字，但目前這方面還不需要，最需要的是「行街」。

行街是什麼呢？他問簡經理。

行街就是粵語推銷員的意思。就是我們出版社一本書出版了，或圖書重印了，你就帶幾本樣書到到島城這一邊的一些書店推銷，看他們要多少本？你就把數量登記下來，我們出版社負責配貨送貨。

出版社有規定數量嗎？

簡經理搖搖頭道，沒有規定，他們第一次一般不會要很多，大概是三五本吧，等反應好再添書。還有，半島那邊我們是委託一家發行公司發行，三個月到半年他們會結賬一次，通知我們去收錢……

王銳又問了一些細節，才興奮難耐地向簡經理告別。

那天，歸途上的興奮自不待言。興奮之下，還將一把縮骨遮陽傘遺留在出版社，恐怕簡經理也沒發覺。

真沒想到只是一本小小書稿的「投石問路」，竟然會令他多了一份收穫，「天降」一份好差事給他。當然，他不知道在別人眼中這是不是好差事？對他來說，能到出版社做事，那是一步步接近了他的興趣，接近了圖書。在書店見到的文學圖書，不少就是這家出版社出的。儘管經理安排的工作內容，主要是行街，而不是坐下來的編輯校對之類，但大丈夫能伸能屈，什麼事都需要慢慢來，不好一步登天呀……

那樣的日子大約有三年之久，如今回想，也令他十分懷念。

他的第一本書，很意外地由這一家雖然很小，但頗有小小名氣的出版社出版。書內容寫的是南洋華人少女替當地人針灸的故事。該書封面是以赤道之國馬河做背景的女主角油畫畫像，大小規格屬於曉陽出版社一個創作系列。在書店，王銳曾經看過他們出版社出的這個系列的書，很是喜歡。多麼希望有日自己也能有這樣一本書出版，想不到世界上的事真是奇異，只要你加倍努力，很多事情都可以夢想成真，最怕你不努力，甚至連夢想都沒有。

在曉陽出版社做行街的日子，通常是半天開發票，交由兩位管貨倉的去撿書和包裝，下午就行街，推銷出版社出版的新書或重版書。島城並不大，從出版社出發，通常是乘電車，一路向東區、中區和西區方向去，一站站下，一站站上，有時書店要的書並不多，就那麼五本到十本，送貨的那小夥子送不過來，他會順便捎上。在書店裡，他會和那些店員聊天，培養感情；有時，他看看時間充足，也會翻翻書架上的書，喜歡的，就拿到收銀處買下來，都是同一行業的從業員，他們會為他打個七折或八折。

那時節，島城還沒地鐵。經濟不太景氣，網絡也還沒出現，人心純樸。島城每一區都有幾家書店，而且非常傳統，每月結賬的都有，也有三月一結的。王銳的工作雖然很雜，但出版、送貨、發行和結賬的流程在三年裡變得很熟悉了。

白天他替曉陽出版社做事，晚上得閒的時候開始寫長篇，他看到一些報紙居然可以刊載一些連載小說，而且連載時間還不短，他懷一個新的夢想，有一天，他的長篇也可以獲得那家報紙連載。如果夢想成功，那麼自己寫的又一部長篇小說豈不是又可以獲得認同而與讀者見面，還可以得到一份稿費。正好可以彌補文化出版行業薪酬的低微，家用不至於太過拮據寒酸。

離開出版社，他是依依不捨的。那次，他是被一份誇大的"優差"誘引，那是和木板有關的生意，後來發現，儘管請他做經理，還配備幾個夥計給他，但這做生意的行當他不擅長，不到一年就辭職不做了。

他又一次跌入失業大軍中。

人生充滿選擇，生命由你填色，王銳喜歡這句話，這一次他生命的顏色竟然又是灰色的。

在找工作的日子裡，他忽然看見了一則徵文比賽，題目竟然是他非常喜歡的《書與我》！談與書的因緣，他的心得體驗難道還少嗎？小時候在南洋時期他就很喜歡讀文學書了，不妨試一試吧！他在心裡鼓勵自己！令他最驚喜的是主辦單位是一家很大的老書店。也許，他會有機會像上次進曉陽出版社工作一樣，進入這一家六合機構做事，安排他做與文字有關的具體事務。他是如此喜歡文字工作，不管是在哪一部門。人需要慢慢找機會；機會就是這麼回事，一遇到就要緊緊抓住，不然很快就消失無蹤了。

他這一發現，好情緒頃刻蔓延身心，興奮元素一旦高漲了，竟然不知所措起來。

第三章 南下尋覓

那個鋪頭很小，位置在一條老街的轉角，這還不要緊，最特別的是，那是一棟有幾十年老齡唐樓的樓梯口，原業主利用了僅僅可以一個人的容身之地，外面用了一個鐵閘圍起來，以幾百元的月租出租。當然，規模之小，僅僅合適賣些家用小電器或手帕、內衣之類。

那時，小兒子王惟不到一歲，剛剛從南洋外祖母那裡送回島城，又託在一位同鄉阿姨家看顧。王銳和采馨兩個人不能都失業在家，結果匆匆忙忙在紅磡一帶找了這樣一個地點。王銳和采馨商量之下，賣些女性內衣如胸圍之類，由采馨看鋪。

采馨辭掉了船務公司的會計之職，王銳辭掉了木板門市的經理職，夫妻在一瞬間變成了"無業遊民"，只差沒有四處亂遊蕩而已。

這一天下午王銳走到小鋪前，采馨正在整理胸圍公司送來的貨，那是幾款最新到的胸圍。一部分放在小玻璃櫃做貨版，給顧客看，一方面將其他的放在底下的箱子裡。

王銳說，有個徵文比賽，看來很不錯，我想參加。

采馨點點頭，你都有這個命，反正還沒上班，你有的是時間，可以試試。

哈哈，也是的，那部《南下風雲》真沒想到一投就中，連載了七八個月，早就連載完了。每天連載約一千字。還有一部寫南洋華印兩族一起抗日的《鐵蹄下》在澳門一家報紙連載。看來無法不繼續寫了。

采馨見丈夫情緒大好，又鼓勵了他幾句。

這個徵文題目較容易寫，我會把在南洋喜歡讀散文小說的體驗也寫進去。

對了，我明天下午會去同鄉阿姨那裡看望小惟一下，你代我看小鋪約兩小時，所有胸圍的價錢都以小紙牌繫在上面，不明白的可以打電話給我。

采馨的口才無疑很好，加上她天生一張愛笑的臉，很惹得過路行人的好感，一些女性，都會停下來看看玻璃櫃裡的樣品。采馨又耐心熱情，那些職業女性看胸圍雖不是名牌，但質量確實不錯，成交的機會高。

第二天午後，采馨對王銳又交代了一番，就去探望小惟了。

一個大男人賣女性內衣，畢竟有其不方便之處，但也只有硬著頭皮來了。那個小鋪頭雖然已經夠狹窄，但胸圍是有大小尺碼的，夠一個人站在那裡試胸圍，外面用布簾圍住。如果嫌狹窄，他或采馨都可以從裡面的站位讓出來。

多麼希望今天下午不要有顧客來買，他想。兩個多小時而已，采馨很快就回來了，等她回來吧！偏偏就在采馨不在的空檔，一個頭髮染成金黃的新潮女子走過轉角的時候，被花款眾多的胸圍吸引住。她要王銳將多一點不同款式的胸圍都拿出來放在玻璃櫃上給她看，逐一翻過後，最後問他可否試穿，怕太大或太小的尺碼都不合適，最好試穿，王銳覺得有道理，於是就讓出地方，讓她進入，當時檯面上的胸圍凌亂，也不知道她抓了幾條就進去試穿了，不錯的話好像是兩條。她在狹窄的更衣室很久，出來的時候放下一條說尺碼不合適就走了。王銳愣了好一會，一直到她走後，才猛然醒悟，在裡面那麼久，肯定不止試一條，她一定是欺負他是粗男人，不方便檢查她的身體，渾水摸了魚。她顯然是帶了兩條進去，一條退還，一條穿在身上走了。王銳當場懊惱不已。

一直到采馨回來，王銳將前後經過說給她聽，還把自己的推理和懷疑分析出來，采馨哈哈大笑，肯定了他懷疑得對。新潮女子偷了胸圍，用了釜底抽薪的巧妙方法，真氣人！不過，胸圍雖不是名牌，價錢不菲，畢竟也是身外物，算了吧。這女子也算夠大膽了。

采馨覺得小鋪很難賺到什麼錢，隨時都可以結束掉。她去看了小惟，決定還是抱回來，自己照顧比較好。合租的家有兩個好朋友，有空也可以陪小惟玩，何況王銳的母親也住在家。

＊＊＊＊＊

王銳沒想到他那篇參加徵文比賽的《書與我》和另一位作者的文章竟然會獲得雙冠軍。接到通知的那一天他非常興奮，不明白為什麼方形字對他的命運會如此眷顧，儘管只是一份參賽作文而已。從當初《南下風雲》《鐵蹄下》兩部長篇被不同報紙接納連載，到中篇小說獲曉陽出版社接受出版，還意外地獲得一份前後做了三年的「行街」，好像冥冥之中總有神明在安排，暗示他似乎應該往文字這一方面發展。

采馨也很高興。

我想試試寫一封信給這家主辦比賽的六合出版社，問他們公司是否想請職員。六合規模比較大，能坐上編輯位置最好，你還是暫時在家照顧小惟。

沒問題。你記得老利嗎？

我知道他，他在做一些小生意，常常四處推銷他的東西。

是的，他還約我要不要合作做玉器生意，我沒同意。

前幾年，妳和洪震他們一起在寺街走盤，檯底摸手討價還價，也有賺；還把一些手鐲放在朋友的珠寶店裡寄售。

賺一些小錢不難，把生意專業化就不容易了。

過了幾天，王鋭發出的求職信終於得到回音，六合書店的經理親自打電話給他，約了他見面的時間。王鋭告訴采馨，這應該就是所謂的見工了。誰也沒想到按報紙的一整版一整版豆腐乾大小的聘請啟事，寫了幾十封信去應征，都是泥牛入海無消息，反倒是這類試探性質的求職信一封就夠。細想之下，必有其中微妙和原因。

妳知道什麼緣故嗎？他故意問問采馨。

你剛剛得到他們徵文比賽的第一名。

王鋭大笑，算妳聰明！這就叫著乘熱打鐵。我的應徵信就特別提到我參加過他們的徵文比賽得了第一名，在頒獎禮那天還見過面呢。這樣經理一定會有比較深刻的印象。

是的。希望如願以償。獲得他們錄用。

那天王鋭見工回來，采馨見到他情緒大好，估計六合書店要他了。

什麼時候上班？

妳怎麼知道？

看你表情，哈哈。

要是要了，就是有半年的試用期。

不怕的，試就試，你好好做，試用期很快就滿期了。那就可以轉正。

做什麼妳怎麼沒問？

這不必問的，如果你愛文字，最後必然會實現你願望。

也是，還不是編輯，他們先安排我在文宣部做。

那是做什麼的？

看書，然後寫寫一些簡單的圖書介紹或書評。也不錯的。我想，反正什麼事都慢慢來，如果不是機構大，也不會有這一部門。機會，總是會有的。

＊＊＊＊＊

那個宣傳部不過四人，有的負責編目錄，有的搞設計，他的工作是撰寫。之前就需要翻一翻書，才把書介寫好，有兩三百字的，也有五六百字的。什麼書需要推廣，什麼書不必，都由主任決定。六合書店的底層到兩三樓都是屬於門市，按門別類分佈排列。公司代理的書會在門市和讀者見面，而他寫的書介也會見報。好幾家報館負責圖書版的朋友有時會打電話給他，有時會直接上來要稿。那些有關版面，書店會刊登一些廣告，報館也就答應給書店一些篇幅發表書介，屬於互利性質。

半年後的轉正很快就到了，隨著試用期滿而來，只是薪酬未免還是太勉強。

不過窮日子也過得有滋有味，王銳和采馨是姨表兄妹。王銳母親自從他父親去世，就搬到島城居住，采馨母親則每年都會來島城探望女兒。

小惟三歲，去過日本、泰國；去泰國那次，外婆也一起去了。

有一年，王銳和采馨還帶小惟回到婆羅洲東部他們闊別多年的出生地山埠。對於王銳來說，離開整整三十年，采馨也有十七八年了，才舊地重回。

＊ ＊ ＊ ＊ ＊

六合公司創辦了一份讀書雜誌。請了舒進先生做老總，公司總經理要他自己選助手，他挑中了文宣部的王銳做刊物的執行編輯。這令王銳十分高興，以前不就是希望獲得這樣一份文職嗎？

舒進本來辦有一份大十六開的讀書雜誌，王銳投過稿，後來刊物停刊了，舒進被六合看重，請他主持這大機構的讀書雜誌。月刊改為大三十二開本，刊名就叫為《讀者與書》，內容主要刊些目錄、書訊、書介、書評和寫作知識等等。

日子就那樣一晃而過。

六合編輯部人才不少，一位南洋資深評論家老程推薦王銳到大馬列席亞細安文藝營，也順道讓他接觸、認識一些印尼和新馬的作家。

後來，大馬有關組織再次邀請他作為評審和文學嘉賓，出席美馬高原的一項文學營的指導老師，來的還有新、馬、台的著名作家。

他最大的收穫是蒙會長和一位老師陪伴他和幾位作家一起遊覽和參觀了馬六甲的中國山。這座明清朝代就埋葬了不少中國人祖先的、墳墓處處的山，給他許多聯想和感觸。他覺得等時機成熟了，他要為它寫一篇散文。

《讀者與書》的壽命只有三年多就停刊，他被調到同一系統的公司做編輯，也只是做了兩年，王銳就突然被裁員。

很感突然的他，心情非常失落。那沮喪的感覺一生從未有過，恐怕生命終止前，再也不能忘記了。

就是被裁員那一天，他感覺一整天天色都很暗。

走出那家公司時，世界似乎沒有任何人影晃動，世界末日的感覺最多也不過如此吧？他怕是眼睛花了，慢慢才睜開。漫天的星星好像都在俯瞰他。那時，什麼都不能想，什麼也都不願想。那一天，他像一隻無頭蒼蠅，茫茫然跟在朋友阿孟屁股後面，從此再和這家大機構沒關係了。難道從此就告別文字行業？多少年後，他才感覺，那一次，他就是一枚被廢棄的螺絲釘，從一架大機器身上飛出去。從此沒再回眸一眼。

＊ ＊ ＊ ＊ ＊ ＊

記得那次過了一些時日，采馨忿忿不平地對王銳說：

我上次計算了一下，他們逼你自己「辭職」後，所發給你的補償和遣散費少了，算錯了！

啊？是嗎？是否差很多呢？

差倒不多，不過，我已經決定替你追回這他們少的部分了。

既然不是很多，那跟他們追討，會不會不好意思？

什麼不好意思！屬於我們的，哪怕只有一分錢，也要爭取；不屬於我們的，哪怕幾萬，也絕對不能要！我一點都不含糊！我要替你爭回這一口氣！

這樣啊？

是的，他們也許不是有意的，但會計科顯然計算有誤。我雖然不是你們公司同事或會計科的人，但算數絕不會那樣差勁。

王銳忙開去，一會，聽到客廳的采馨在喚他，他從書房走出來，見采馨笑嘻嘻的，說，我已經打完電話了。那會計算很客氣，說明白，他們會再核對一下，會補一張支票寄過來，讓你簽收。

這麼快啊，妳厲害啊！王銳大讚道。

＊ ＊ ＊ ＊ ＊ ＊

開始失業在家。

小穎四歲，小惟也有十一歲了。

王銳那時寫過一篇《禮物》。他被裁員的打擊和悲情情緒籠罩了，感觸萬千。失業那幾天依然無法抽離，也只是默默地與采馨訴說，不可能向年幼的兒女傾吐衷腸。他為了表達自己撐起整個家庭巨樹依然雄渾矗立不倒的毫不認輸的心願，竟然到玩具店買了兩件小玩具給一對小兒女。這樣做，他的用意，既是表達養好一家的責任心永遠不會改變，也算是對炒他魷魚的機構和負責人的一種抗議。

在失業的日子裡，他需要加油和散散心。他跟采馨說了，全家到大馬走一趟如何？

好啊！看你那樣悶悶不樂的，我們走一走都好。

那就帶小惟和小穎一道去。

好的。

那裡一群文友都很好。他們會提前幫我們找一家價錢不貴的酒店。我們除了吉隆玻，還可以到怡保、檳城玩玩。

他們決定後，很快一家四人飛了過去，還提早一兩天抵達了。酒店櫃檯員工拿了一份報紙給他看，他嚇了一跳，上面居然刊登了邀請島城「名作家」王銳來大馬演講的、版面佔十六分之一大的廣告！蒙會長事先並沒有透露這個訊息。王銳完全沒準備啊，微微吃了一驚。

剛剛進酒店房間，蒙會長的電話就追過來了。

蒙會長說，不好意思，正在開會，沒來酒店，都好嗎？

不錯！蒙兄，看到你托酒店櫃檯給我們的報紙，安排我講座，你怎沒跟我講呀！

哈哈，你隨便說說，不必太理論。你創作經驗豐富，應該不難的。

王銳說，我也得準備準備嘛。

我知道，你行的！

聽眾會來多少呢？

應該不會少，文友我盡量動員，因為通告刊登在第一版下方，面積還不小，看來，有些非作家會員的文學愛好者也會來，他們都知道你。你在我們這兒的報紙副刊有專欄，名氣不小，讀者都知道你。

蒙會長這麼一說，王銳更緊張了，心想，在島城，他像一顆生鏽的螺絲釘被高速運轉的機器齒輪拋棄了，跌在地上任人踐踏，沒人理睬，可歎的是，熱帶的文友卻像如獲至寶似的，以禮待他；在他對失業感到彷徨、對前途覺得茫然一片的時候，對他伸出友愛的手，拉他一把，希望他能將他的寶貴的文學創作經驗分享給大馬的文友們。蒙會長平時寫詩，也寫小說散文，有一股對朋友的激情，雖然並不知道他是否有演講天分，甚至更不知道他為人有點木訥，拙於表達，完全信任他，他無法不激動，熱淚流進了內心，在心內洶湧澎湃。

夜裡，采馨和一對小兒女都睡了。

為了不打擾他們，他走進洗手間，思考第二天的講稿要怎麼寫，他也把香煙和打火機帶進去。正要進入時，采馨聽到聲響，問他在做什麼。

我要寫講稿，怕影響妳和孩子們睡眠，就在洗手間寫。

不知哪裡來的靈感，也不知道哪裡來的文學素養，他慢慢寫，慢慢組織。那篇《文學與人性》 的講座稿居然如有神助一般洋洋灑灑地寫了近四千字！

他坐在馬桶的瓷板上，小皮箱不重，就擱在大腿上平放。一個煙灰盅就擱在洗手盆的凹處，他寫了兩個多鐘頭，用的是普通的紙張，一時不知道寫了多少字，但煙灰盅內的煙屁股至少都有七八截了，看看都覺得很駭然；采馨多次希望他戒掉，但他煙癮太大，一直無法戒。發言稿寫完，看看手腕戴著的錶，已經是凌晨三點多了。時間流逝得渾然不覺，他收拾好所有東西，躡手躡腳走回睡房。采馨被聲音驚動了一下，翻轉身又睡去。

這趟南下，本來不過想散散心，沒想到尋尋覓覓中迎來的第一場考驗竟然是被尊重，邀請他講座。在他的文學活動中，講座已經不知道幾次了。但像這樣準備匆忙的，這還是首次。整夜，他都無法睡好，一直乾瞪眼到天漸漸亮了。

第四章 掌聲響起

那一場掌聲，爆發以後，很久，很久，在他生命的各個階段還在響著，響著，在他的記憶深處不可磨滅。

他生平聽到過的講座掌聲，何曾在那麼遠的城市響起？這異國的掌聲令他激動萬分。他在這之前聽到的掌聲都是在島城。蒙會長都不知道他的底細，不知道他的演講水平，就敢於大膽起用他，信任他，令他萬分感動！走進這吉市最大的大會堂，看到座位已經黑壓壓坐滿了人，他就有種怯場感覺，他以前在島城的聽眾根本未曾有過那麼多人啊！那一雙雙注視著他的眼睛，都令他微微冒汗，演講的內容一下子都忘記在九霄雲外了。他依稀記得，十幾年前，中國大陸南方，廣東西部的梧州，有家書屋售賣他的幾本書，大約有五百名讀者在書屋外排著長長的隊伍買書請他簽名，他在書屋內簽書，外面的讀者就熱情地大喊著他的名字……那時雖然沒有掌聲，但排隊買他的書，讓他簽名，大喊他的名字，就都是另一種更厲害的掌聲。

那一場掌聲，從此他就常常聽到了。在他失敗的時候，在他灰心失望的時候，在他想放棄自己的時候，耳旁就響起這異國大多數不知名的文友給他的熱烈的掌聲，仿佛掠過陰暗天際的響雷；也好似久旱的龜裂的土地期盼著春雨，等待著天空突然而來的一聲令人驚喜的響雷！他其實明白自己沒講得那麼好，手上拿著匆匆寫就的草稿，根本不敢看下面聽眾的面孔，哪有什麼好呀？掌聲，是對來自遠方島城的他的一份最大鼓勵！希望他以後講得更好！這是禮儀，也是一種濃烈的友情。

一直到終場，他才發現渾身被熱汗浸透了，一股一股的熱汗還在冒，滲透了衣服內的背心。他以往的人生裡，那裡有過這樣大的鼓勵？島城那個大機構，在莫須有的罪名下炒了他魷魚，像一顆廢了的螺絲釘遺棄他，毫不手軟！而這南方異域的陌生文友，確將他當兄弟姐妹，用掌聲歡迎他，也用掌聲鼓勵他！他能不感謝嗎？他能不激動嗎？

他渾忘了幾多次南下尋尋覓覓，這掌聲也就是他所要尋覓的東西。看不到，但聽到；聽到了，雖然只在現場的那一瞬間，但在他的人生裡延續響了很久，非常神奇。在他後來的日子，就常常回想起吉市文友聽眾給他的特別的掌聲，頃刻就感到無比的溫暖。

那一次，在結束以後，蒙會長就對他微微笑，知道他有些緊張，但還是稱讚他講的內容好，可惜就是眼睛一直看著講稿，如果眼睛能稍微看聽眾，那就可以產生和聽眾交流的作用，也許效果會更加好。這就是蒙會長對他的寬容，完全和那些一言不合就炒他魷魚的人不能同日而語。

在檳城的山頂公園，有個特別的景象記憶很深。那時，他們一家大小見山頂花園路面十分乾淨，有不少供兒童娛樂的設施，如蹺蹺板之類，大家玩得真高興的時候，突然，走來了一位攝影師，向他們招徠生意。

小惟見那個人背著一些古老陳舊的攝影器材，心想可能此人要為他們拍照，就說，爸爸，媽媽，那人要給我們拍照！果然，那人走過來，給采馨和王銳看了一些照片，都是黑白的，有一個人伸出一隻手掌，另一個人變得很小，站在手掌上的；有一個人在天上飛，而他背上背著好幾個人的，看起來很神奇，也顯得很真實。雖然知道這是靠攝影加上特技來處理，但能夠嫁接得那麼成功的，也算一種本事。拿來欣賞、玩玩也是蠻不錯的。不是嗎？

好！就這一張吧。采馨、王銳、小惟都不約而同地指著樣板中一家人飛天的那張，連小穎也在跟著在後面嚷嚷。於是，那人開始做起臨時的導演，帶他們到公園一處比較乾淨的水泥地，取了帶來的一把小掃帚，把地上的骯髒如落葉之類掃到兩邊，留下一個人俯臥的空間，讓王銳整個人面朝地板、背部朝天俯臥上去，又請王銳伸開左右手做飛行狀，再請他的三個家人從小到大依次排列騎在王銳的背部。雖然他們特意坐得很輕，不敢將身體的重量全都壓上去，但王銳依然感覺到了那不算輕的重量。一家人嘻嘻哈哈地坐在王銳的背部，老爸老夫身份的王銳也強忍住三個人的重量，按照導演的吩咐，張開雙手做飛天狀，讓他拍攝。終於大功告成。攝影師需要在暗房處理好特技照片，於是問了采馨在檳城還有幾天，住在什麼地方，他搞好會盡快送到酒店。采馨相信這個世界大多數都是好人，要是騙子，恐怕一兩次還可以有人被騙到，日子久了就會露出破綻，民眾互相轉告，他很快就會被唾棄了。這是傻瓜的行徑，而聰明人會憑信用，長期謀生下去，這是采馨的睿智和信心，也是她向大千世界投去的一張最大的信任票；就憑她心底的純真和善良，促使她辦什麼事都順利，遇任何困難都有貴人相助，屢試不爽，步步走向成功。

果然，第二天下午，那位攝影的人如約而至，把洗好的照片送了兩張到他們所住的小酒店。王銳一家大小搶著看，看了哈哈大笑。

檳城的飛天，也在王銳的記憶深處留痕。他在若干年後，作為散文詩《人生苦短》的配圖收在《雨中尋書》那本書裡。仿佛那張圖在證明著每個人都是在背著十字架來到這個世界的，背負著養家活兒的責任過一生的。什麼是生命的涵義呢？責任就是其中一項最大的意義；哪怕是最偉大的作家，最有影響力的領袖。何況，王銳認為自己不過是一般的小人物而已。

檳城的飛天，也許是無法解釋和言說的某種人生暗示吧。

回到了生活的島城，生活仿佛又回到了先前的寧靜，個人的小小世界猶如一灘死水，讓人一旦跌進去，就無法游出去，只感到身體越來越重，像被泥漿包圍住，快窒息了。投出去的應徵信，每天等啊等啊，都沒消息；忽然有一天，好消息終於來了，有兩個機構打電話給他，一家是學院；一家是教科書出版社。他們約了他在某一時間前來筆試或見面。

第一家是一所不小的學院，他們要請一位編輯。

報到處竟然來了五十幾人，先是要求他們填寫一份資料，然後安排他們走進一間教室寫篇為時一個半小時的作文，考卷是一份資料，要求根據那份資料寫一篇五百字的新聞報道。王銳很鎮定地完成了，自己認為寫得很滿意，準時交卷了。

大約一周後有人通知他需要見工，請他來學院一趟。

王銳來到，看到上次參加筆試的五十幾人，被淘汰剩下了十幾人；估計今天是第二次也是最後一次篩選吧。他的心未免有點緊張起來。

輪到他的時候，被問及以前的編輯經驗，他說了有關編那本《讀者與書》月刊的經驗。如果連目錄算，那月刊都有100多頁，對方笑起來說，我們編的是一份只有幾頁紙的校訊，不需要編那樣厚的雜誌的經驗，真是大材小用了！

很抱歉，我們不需要有那麼豐富經驗的。

對方那麼一句話就將他打發了，他還來不及怎麼回應，已經被逼站起來，真有所不甘心，但排在他後面的人已經走進來，他即使想到了什麼妙言妙語去回敬，也沒有機會表達出來了。

失業的當兒，除了不吃嗟來之食、發非法之財，大丈夫能伸能屈，就憑一雙手，一個腦袋，任何職業都不必羞恥，都可以去做。就像在人家的屋簷下，不能不低頭一樣，為了謀取生活來源，降低要求又有什麼關係呢？那時，他想的是，他們只需要具有編輯十幾頁校訊經驗的人，而不必豐富到具有編輯一本書經驗的人，區別不就是前者薪酬可以微少點，而後者所請機構必須付出較高薪酬嗎？他好想說，你們就照付你們認為經驗少的薪酬吧！可歎，那些比他年輕得多的應徵者，這一刻一個輪流一個地被接見，學院應該早就錄取了他們所需要的經驗較少的那一類人了吧。

這是第一次和他擦身而過的機會，沒想到竟然是這樣無緣而且那麼可笑的。

再有一次的見工，是一家較大的教育出版機構約他的。這家出版社以出版教科書為主，要求比較嚴格，事前也讓他試試編寫了一兩課，覺得有自己獨特的創意，就請他來出版社面談。介紹人知道他喜歡寫作，而且發表了不少作品。囑咐他見出版社老闆的時候順便將他出版的書和一些報紙剪報帶去，這當然沒問題。

那位經理翻了一下他的書和剪報表示讚賞。

這家公司，王銳覺得規模蠻大的，也知道他們在島城頗有點名氣。

談了很多關於工作上的問題，卻無法進入最後的確定階段。

經理提出了一個古怪問題，令王銳一時無法迅速回答，因為那不是簡單的YES或NO可以回答的，首先是要知道條件和前提。老闆的意思其核心究竟是什麼呢？

是這樣的，經理問王銳，假如他以後在這家出版社上了班，他業餘當然還可以繼續寫東西的，但他寫東西的版權是否可以全部歸這家教科書出版社所有？

王銳沒有馬上回答，因為直覺上，經理提出的問題其實很含糊，而且漏洞不少，說得難聽一點，這是一個很愚蠢的問題。至於在哪些方面愚蠢只有王銳清楚。王銳只說給他一點時間想想才回答他好嗎？

經理問他什麼時候可以給他答覆？王銳說，晚上回到家中，讓他好好地考慮，明天就可以回答他了。

王銳回到家，跟采馨說了見工時經理提出的古怪問題。他倆仔細反復地討論了一會，漸漸有了主意。王銳覺得最特別的是，在他找工作的經歷中，這是首次請人機構等著應徵者的答覆而不是相反。

所有寫的東西版權歸教科書出版社所有？唯一的可能，是出版社願意出版王銳所寫的東西，而且簽下了協議書。問題是，這怎麼可能呢？他出的難題中，沒有這樣的含義，更沒有這樣的許諾。經理的意思於是也完全可以理解成：即使他們一個字都不出版，也沒有什麼不對。這樣，王銳進入他們公司的附帶重要條件，就是以後所寫的東西不得在外出版，一旦出版就是違約；要嗎，你就是不得再在業餘寫任何東西，所有東西的出版都要獲得我們准許，

真是太可怕了！為什麼竟然有這樣要全部佔有你而只支付八小時薪酬的機構呢？

第二天，王銳在電話中客氣地反問經理，版權的意思是什麼，是否指的是他寫的東西教科書出版社都願意出版？經理答以不一定……最後雙方都客客氣氣各退一步，說有機會彼此再合作。

這個見工經歷也算比較特別，讓王銳一回想都感到很好笑。

沒有工作的日子雖然人生的鬥志沒有喪失，身上的銳氣也還有，但日子確也不容易熬。不過，比較很多朋友來說，他算很運氣了。也許窗內吹喇叭，名聲在外，報界的朋友都知道他，他每天要寫五塊豆腐乾，時間也太容易打發了。原稿紙一買就是十疊，一疊就是一百張，十疊就是一千張！五百格的原稿紙格子太小，他喜歡四百格的原稿紙，一千張，每張填滿四百字，一千張寫滿就是四十萬字！五個報紙專欄，體裁不同，有連載小說，有八百字短文（散文）,也有小小說，還有學生習作點評，以及三四百字的小品，題材無須擔心枯竭。

業餘寫作的稿費，王銳頗為珍惜，一單一單地記錄在小筆記本上，以便每個月統計。令他感到驚喜的是有時遠遠地超過了他在一個機構固定打工所獲得的月薪。不過，衡量起來，他的高興也並不太久，畢竟寫作只能是業餘的，無法當正職。爬格子不能生病，不能請假，不能斷稿!雖然累計的稿費不少，但前景不明朗，報館是一朝天子一朝臣，換了老闆或老總，原來的地盤和專欄就分分鐘會失去。他也不可能什麼都寫，不喜歡的東西也寫，與文字垃圾有什麼區別？因此，他失業時期的「賣文」生涯雖然有時稿費還不錯，卻不願意這樣潦倒下去！工作還是要找的。不過，像前一階段買張報紙，坐在公園的木長椅上仔細在報紙的聘人啟事劃劃圈圈的做法已經有點厭倦了，而應徵信，都是肉饅頭打狗——有去無回啊。在這個社會，人值壯年，價值已經大不如青年了。壯年雖然工作經驗相對來說都會比較豐富，但多數都有了家庭負擔，所需要的薪水要求也相對會高一點呢。

他專心把幾個專欄寫好，不時跑到圖書館翻報紙，看看有什麼機會。

偶然的一天，他無意看到島城圖書館貼在通告欄的一張約有四開大小的海報，那是圖書館主辦的徵文比賽徵稿章程，類別有短篇小說、散文、評論等等，首獎是港幣一萬元。他把字數要求、截至日期、送稿地址一一記錄在本子上。他那被冷冰凍傷的心猶如被火煮沸，慢慢發熱，越來越熱了。他將賽事的每一個字又從頭到尾讀了一遍，渾身的冰塊早就融化了，熱血被煮沸。幾乎可以聽到拍拍拍的聲音。

我要拿下這個獎！

我要拿下這個獎！

一個巨大的聲音從他的肉皮囊裡發出來，像是什麼時候早就有一個巨人躲在他身體裡面似的，使他自己竟然也有點害怕起來，而且多次重複迴響：

我要拿下這個獎！我要拿下這個獎！我要拿下這個獎！

任誰也控制不住。一直到他從圖書館走回家，這個巨人的鋼鐵一般的聲音還在內心裡和空間迴響著。華燈初上，墨藍的天幕呈現一層薄薄的粉紅，月只是如一彎鐮刀隱沒在雲層裡。四周馬路的車聲有點吵雜。王銳的內心被巨人的聲音佔滿，那些雜音進入兩耳只是嗡嗡有如蚊子在細語，呼呼似夜風掠過……

回到家了，他看到采馨在準備晚餐，小惟和小穎在做功課，一片安寧的溫馨氣氛。他好像今天有一個重大發現似的，準備鄭重地告訴采馨。

吃晚飯的時候，他對采馨說了。

剛才到圖書館看到一個徵文比賽的海報。

你試試參加唄。

散文、小說第一名獎金都是一萬元。

這麼多啊？

散文要求四千字以下。我想試試。獎金還在其次，主要看看有什麼新機會。入圍都好啊。王銳話表面是這麼說，內心不是這麼想。

什麼時候公佈？

說是年底，但頒獎一般都要到明年的第一季度了。

得不得都不要緊，反正現在還沒找到新工作，還不需要上班，你有的是時間。采馨仍然一如既往地鼓勵他。

是啊，我想好了題材，我想寫馬來西亞馬六甲的中國山。

好的。你有把握的題材一定可以寫得好的！，

得到采馨的鼓勵，王銳的勇氣如虎添翼，猛增百倍，內心發誓一定要拿下這個冠軍的榮譽，不是為了重賞之下必有勇夫，而是務必要洩洩這一口被人遺棄的惡氣！直到第二天清晨，他才醒悟，自己要在文學大賽事中露露一手，根本不是為了那豐厚的獎金，而純粹是不服於這他任職的最後一個機構將他踢出去！

說起這最後的一個機構，只是幹了兩年。雖然和六合機構同屬於一個系統，但人事上是獨立管理。《讀者和書》刊物前後只辦近四年，停刊後人事打散，他就被調到這千里馬機構做編輯，只做了兩年，他的厄運就從天而降。

他依然不會忘記那天的情景。

從來不是太自信的他情緒降落到最低點的時候，甚至懷疑

了自己難道是廢品？難道一文不值？那機構的經理大概知道炒一位業餘寫作人影響不好，要他以自己辭職為名義離職，但賠償按解僱處理，雖然差不了多少。那時他被召進經理室對他宣佈這件事，他還傻傻地問經理為什麼解僱他？經理托詞是“裁員”，他那時也輕信了。很多年後，知道內情的人才將真相說出來，他哪裡有什麼過錯？他上班哪裡犯過什麼錯？純粹是機構某些人不喜歡他在外被訪問，還在電視裡亮相，在外間報刊發表了那麼多文章………懷疑他究竟用了什麼時間完成那麼多的作品？

我就是要證明給他們看，我王銳不是廢品。

我就是要證明給他們看，我王銳不是廢品！

人的潛意識確實常常無法馬上覺察到，所做所為究竟是為什麼。慢慢回憶、細想、抽絲剝網，最後才恍然大悟，原來真相是這樣，原來目的是這個。

這個好勝取勝的心志是如此強烈，一路上內心裡的巨人揮動的拳頭幾乎要伸出嘴巴了！渾身的細胞仿佛都在呼喊，匯合成驚天動地的聲音：

我要奪取冠軍。我要奪取冠軍！我要奪取冠軍！

他開始了奪冠、維護自尊之戰。

他的塑膠袋裡裝滿了一百張原稿紙、圓珠筆，還有一些資料，包括小筆記本等等。一方面抽煙，怕影響家人，一方面他不忍心不理睬孩子，寧願“眼不見”，因此走到了約二十分鐘路程的一家快餐廳“開工”。那餐廳一側，就是屋邨最著名的地標——一艘開到陸地上的巨型郵輪“黃埔號”。其實那不過是一艘假船，甲板上是一家酒樓，輪船地底下是一家很大的超級市場。

當他買了咖啡飲品票、到櫃檯領了咖啡，就四處找位置了。然下午時分的下午茶，顧客特別多，他不敢一個人霸四個人的座位，再說也不可能有這樣好的位置；最後，他看到一張四人座位空出一個，就不管三七二十一，先坐下來才說了。他將原稿紙取出來，平放在自己座位的檯面上，縮著身子，開始一格一格地爬了。

到馬來西亞馬六甲中國山的情景歷歷在目，像是一出寬銀幕，在他眼前徐徐展現。陪同他的馬六甲中學女教師、詩人蒙會長、老作家……馬六甲海峽、古井、三寶廟、明清年代的墳墓……在他腦海中湧現又退隱，像是走馬燈一樣，一個個人物登上他的腦海舞臺又掠了過去。他內心的巨人又再次跑出來大喊：

我要拿冠軍！

我要拿冠軍！

他在原稿紙上第一行中間寫上題目：

《山魂》

第五章 上戰場，不再回眸

在一家程力鋼進過幾次的島城酒樓裡，程力鋼夫婦、王銳、采馨茶聚暢談。力鋼對剛剛成交、買下來的劍追區寫字樓頗為滿意。

王銳對采馨的堅決果斷非常佩服，要是他，這方面才沒有夫人厲害。這一次，力鋼第一次將太太也帶來了，讓采馨和王銳認識。王銳初看程太太，外貌似乎只有一兩成與采馨相似。也許經歷的事情不同，年齡雖然稍微小於采馨，外表看不出大小，然論儀態風度，采馨處事大度，見過大世面，顯然比程太太成熟一些。不過，看她比較少說話，都讓先生發言，看來是一位不失為相夫教子的好太太。

力鋼說，反正我已經簽署一張委託書，除了將這寫字樓出售，需要我的同意外，其他出租、營業什麼的，妳都擁有最大的權力。

好的，采馨點點頭，謝謝你對我的信任。

力鋼又說了，當然，自己用最好。

自己用？采馨看了王銳一眼，笑起來，我還沒想到做什麼哩。

比如開洗衣店也不錯的。六百英呎，約等於六十平米，地方足夠。

采馨說，好的，我們再考慮一下，做什麼好。

力鋼說，對了，這件事你們就保密吧，不需要說是我的物業，你們也可以說是自己購買的。總之不好說是我買來讓你們使用的。

采馨本來想問一句「為什麼」，但聰明的她，馬上想到了力鋼在島城的處境，他雖然生意都在南洋，但在島城卻有不少親戚，萬一外傳他幫朋友而不幫親戚，那麼對他就很不利。王銳想到的是，力鋼也不愧是正人君子，用了一種光明正大的巧妙方式「贈送」了一份禮物，實現了中學時期那種對采馨的暗暗喜歡，完全不露痕跡；王銳還想到的是，有許多學生時代青澀的夢想，來得突然，去得迅速，不留痕跡；力鋼的方式，是一種韌的方式，細水長流，永遠可以保持聯絡，友情高於一切。

采馨點點頭，可以，我們明白的。你放心吧，不會透露出去。

你們萬事開頭難，我可以注入一點資金支援。

采馨很感動，再次稱謝。

采馨又說：至於做什麼，我和王銳在詳細商量和考慮、決定之後，會馬上告訴你們。

力鋼說，好的，如果需要什麼或有什麼困難，我們在電話裡聯絡吧。

接著力鋼問采馨是否身上有一張紙，還說小小張就可以；采馨用打詢眼色望住王銳，王銳心領神會，從褲子後袋掏出一張被疊得很皺的A4紙給力鋼，力鋼將它撕了約六分之一下來，將它置於檯面上，然後寫出了他心目中的大概計劃，這個計劃建立在「假如以後做的生意開始盈利」的基礎上，利益分成的比例。

采馨和王銳看到這個情景，內心微微感動著。需知力鋼生意做得很大，可是不需要簽協議書什麼的，完全憑著對他們的信任，連利益的分配竟然也隨便寫在小小紙片上，而且撕下來，紙邊，都不整齊的呢？

不過，寫，是這樣寫寫。萬事開頭難，你們也不要有思想負擔。萬一最初沒法盈利也不要緊，等有盈利才說。最重要的是做得愉快，做得開心，這是最重要的。力鋼補充道，他說得很誠懇，采馨和王銳聽得很是感動。

茶飲得差不多了，點心也吃得很飽。力鋼和太太都大讚香港的點心做得很精緻，很好吃，在南洋根本不容易吃到。

力鋼看看手錶，發現時間剛是下午三點鐘，覺得時間還早。他說因為明天一早就要飛回去，他想到剛剛買下來的寫字樓再看一看。

寫字樓的鎖匙都交給你了吧？力鋼問。

給了。采馨說。

我想再去寫字樓看一下。

好的，我們一道去，采馨說。

王銳說，我們慢慢走，離這兒很近的，我帶路。

好！

采馨要埋單，但被力鋼阻止，堅持由他付款。

采馨說，島城這兒是我們的地盤，應該我們請。

不，島城也好，南洋也好，都由我們埋單，哈哈。

服務員看到采馨示意，走了過來，收了力鋼的一張信用卡。

埋了單，他們往那個剛剛成交的寫字樓方向走去。

那條小馬路很短，大廈只是十幾層樓高，所買單位在六樓，很快就到了。力鋼很大方，見到大廈樓下看守的，就打打招呼，就從口袋裡掏出一封小紅包塞過去，那個管理員有點受寵若驚。馬上站起來接過、道謝，很快走出來，替他按了電梯的電掣，再按他們要上的六樓六字。

采馨對他介紹說，我們的朋友，南洋來的程老闆，剛剛買了六樓的寫字樓。

程力鋼笑笑問，這麼說不要緊？

采馨說，不要緊，他也不知道我們是誰。

六樓到了，王銳將門開了。外面是木門，是推拉式的，裡面一道玻璃門。

地板鋪著米棕色地氈，似乎保護得很好，小小的廳擺著四套座椅，左面隔了兩個辦公房間，仿佛前任的業主知道寫字樓以後會供王銳和采馨使用，獨身訂造，給他們一人一間。

不需要再另外裝修就可以用了，力鋼滿意地點點頭。

他走進兩個房間，看到裡面各擺了一張很大的八成新的寫字檯，說，連辦公桌都有了，而且很新，如果合適，可以接著用；如果覺得不合適，才重新買。

采馨說，有道理，我看丟了很可惜，其實還可以用的。銳，你覺得呢？

王銳說，不必買了，都沒壞啊。王銳幾個抽屜都試試拉開又推進，又看看它們的六隻腳，完好無損。

寫字樓還有洗手間，看來是十分好用的。這看看那看看，大約二十分鐘後，他們離開了。

我們送力鋼和程太回酒店。采馨說。

不用，很近，我們自己會的。力鋼說，

明天你們很早去飛機場飛回南洋，我們現在送，明天就不送了。

既然采馨這麼說，力鋼也不便再拒絕了。

夜色下，劍追區的一些小巷和橫街街燈燈光暗淡。遠遠看去，朦朧的街燈周圍圍起一圈燈暈，猶如童話裡的夢街。阿拉伯人開的西服店，日光燈的強烈光亮和小街的昏黑形成了鮮明的對照。儘管店鋪沒有人問津，阿拉伯老闆的堅持和雄厚資本你是無法不佩服的。他們西服店門口外，總是有個轉動的圓架，掛滿了顏色五花八門的、價格極其便宜的領太，經過的時候，王銳停下來將架子轉了一圈，翻看領太的顏色和花款。好快又跳下臺階，落在原來的馬路上。走出小巷，轉到較寬的馬路，才看到遠遠的十字路口，燈光密集，車聲人聲喧囂嘈雜，力鋼夫婦他們住的酒店就在那一帶了。力鋼幾次請采馨王銳他們到此止步，不必再送下去，然采馨堅持送佛送到西，非送到酒店不可。

距離聖誕節還有個把月，酒店大堂內已經矗立了一棵接近天花板的高大聖誕樹，約有十五六米高吧。樹上掛滿了節日禮物。看到樹，采馨才記起連日忙碌，竟忘記了和力鋼夫婦合照。王銳帶了一部傻瓜機，采馨就請一位閒著的酒店服務員給他們兩對夫婦拍了兩張合影。

在酒店的電梯前，采馨王銳祝願力鋼夫婦一路順風，兩對夫婦就握手告別了。

有點累了，走到大巴車站又要走不短的路，他們在酒店門口上了一輛計程車回家。

到底做什麼生意好？采馨在車內小聲地自言自語，陷入了沉思。

珠寶？妳以前做過一段時間。王銳說。

珠寶成本比較大。而且來路不多。

力鋼提了幾次洗衣店。

他只是隨便提提，並不是叫我們一定要開洗衣店。采馨說。

我知道。

你的意思呢？

出版業如何？

出版業？采馨愣了一下。

當年我在曉陽出版社，就認識發行的。出書，發行很重要。有了發行，才有可能把我們的產品推銷到書店售賣。王銳忽然心血來潮，一時之間，一口氣說了許多。

采馨很仔細地聽。她也明白，如果是一盤生意，做生不如做熟。出版業，簡單地說，就是生產那叫著「圖書」的產品，然後售賣，從售賣中獲取盈利。有關的銷售點門市就叫書店。如果有行家願意發行（零售或批發）你出版社的產品，那就解決了這一盤生意最大的問題。

她聽著聽著，暫時沒出聲。心想，眼下的王銳，失業快一年了，如果能在這方面闖出名堂來，也無疑於解決了他失業的問題；當然，將門檻放得那麼低，也許不是他的本意，但這也是現實問題，有什麼羞恥嗎？

王銳說，我只是隨便說說，出版部門我做過兩次，前後累計也有十一年啊。只是我的興趣，不是很好賺的行業。島城的人都說，你要讓誰破產，就叫他搞出版！如果沒什麼錢賺，可以搞其他。我們再考慮考慮。

還在說話間，計程車已經載他們到家了。

＊ ＊ ＊ ＊ ＊

已經接近十一月底。王銳那幾天一直覺得眼皮在跳，不知什麼緣故？他根本不相信老人家似乎有點迷信的說法，說眼皮跳，有好事到。好幾天，他都不甘失望地到島城圖書館去，看看比賽揭曉了沒有？上次的比賽徵文，都說是四月底截稿，十一月比賽結果揭曉，可是二十七號他來了，二十八號又來，都不見揭曉的通告。二十九號他帶了上次參賽表格的說明文字來對照，說明文字那裡明明告訴他十一月揭曉，完全沒看錯。但佈告板空蕩蕩的，沒貼任何海報公告。十一月還有明天的三十號一天。也許正好在最後一天公佈。

第二天，王銳的眼皮又跳了幾下，但他已經沒什麼感覺，依然走到附近的那家圖書館，看看那裡的佈告板是否貼上了大賽獲獎入圍名單了。王銳接連好幾天都失望，此刻，可以說已經提不起興趣，也很失落了。腳步無力地走出電梯，朝那佈告板走去。突然，他才驚覺，昨日和前幾日的佈告板不見了！他站在原來佈告板的地方，四處尋找那塊失蹤的佈告板。最後，才驚訝萬分地發現佈告板被移到了樓梯口和電梯出口一上來就可以看到的地方。遠遠看到那板上就貼著一張約八開大的紙張，那是什麼呢？也許就是通知？

王銳的一顆心卜卜亂跳起來，速度加速。此刻，說平常心對待比賽，在他來說只是自欺欺人！如果說那平常心是對久歷沙場的老將來說，建功無數，還算合適，可是對他這樣的新丁來說，偶然拿過那一次《書與我》比賽的第一之外，再也沒什麼文學上的勝跡了。他對這次「翻身仗」寄託了太多希望，發過多少次必勝的誓言啊！這一次如果落選，那是希望越大，失望越深了！不知要如何向自己交代啊。此刻，他的雙腳仿佛都插進地板一米深而無法動彈了！雙手都幾乎要握出一拳的汗水了。歷經千辛萬難，才將雙腿邁出第一步。

王銳隱隱約約地感覺到那上面唯一貼著的好像海報的一張東西就是比賽的結果。人的第六感真是奇怪的預感，連眼皮跳動也是奇怪的暗示。他終於喘不過氣來地慢慢走到了那壁報板跟前，然後用力睜開了眼睛，幾乎要把眼睛睜裂了。是的，是的！眼前就是他日盼夜盼的賽果！他一項一項地看，一行一行地找，世界靜得彷彿都沒一個人存在，周圍靜得似乎只能聽到他心跳的聲音。他怕被別人當瘋子，就將頭轉向圖書館，很快掃描了一遍，有的，有人，只是不多！原來，所有的別人都在做自己的事，看書的看書，讀報的讀報，做作業的做作業，地球照樣轉，哪裡有人來注意他？一個人的悲喜，如果被控制得那麼低調，就是純粹自己一個人的事。……這樣的閃念只是一瞬間，他繼續看下去，放在頭一類的是短篇小說賽果，有冠亞季三名，然後是優異獎五名，總共八名。項目是獎項名次、姓名、獲獎作品篇名；第二大類別才是散文！名單開始進入他的視野，心緊張地要蹦出他胸膛，幾乎從咽喉跳出來了。他大半年前參賽的鐵的誓言，哪裡容得他有其他選擇？他根本只有一個選擇，就是他應該榜上有名，而且是穩奪第一名！他一眼就看到了散文第一名那行列出他的名字，然後是參賽的篇名《山魂》。由於他早就志在必得，他毫不懷疑眼前的事實。他如願以償了！他的誓言沒有落空！如果有皇天，嘿嘿，皇天真的不負有心人啊！他真的獲得第一名了！這個擁有至少五六百萬人口的島城，這個號稱島城水準最高的文學大賽，人才濟濟，高手如雲，多麼不容易啊。無論如何，有時謙遜得幾乎有點自卑的他，還是將眼睛從一米半遠的距離慢慢移近到十釐米遠，幾乎要觸及那些字了。不錯，如假包換的王銳，白紙黑字的王銳，終於吐出一口惡氣的王銳！王銳此刻忽然想起了炒他魷魚的那位經理，公開不敢炒他，非要名義上讓他自己辭職不可，行為太見不得陽光了。

這樣有才的人你們竟然炒他魷魚！這樣有才的人你們竟然炒他魷魚！這樣有才的人你們竟然炒他魷魚！這樣有才的人你們竟然炒他魷魚！

他狠狠地咒罵幾句。又勸自己，算了，算了，何必與這樣的人一般見識呢？斷他的謀生路，他是不會就範的，也不會服輸的，更不會跪在他們跟前求賜施四碗飯給他和他的妻兒吃！他要重新揮拳奮起！

想到此，他感到了渾身熱血滾燙滾燙的，就像要把所有害人精都澆死似的！當他清醒過來，才自己失笑了，一篇文章而已，難道威力竟然像原子彈那麼厲害？他自個兒搖搖頭，咒罵自己太惡毒太搞笑太小氣，何必這樣呢？他慢慢轉身，準備離開，進了電梯，下到樓下大堂，猛然憶起，對了，頒獎禮呢？怎麼通告沒說什麼時候？也許是自己粗心大意了，漏了看？

王銳回轉身，又搭電梯上去，再將通告從頭看一次，通告很簡單，沒有確定頒獎禮在什麼時候，只是說了，頒獎禮的確定日期會另行致函通知獲獎作者。王銳心想，頒獎禮他是一定要參加的，甚至生了病他都要從床上爬起來出席，因為據說這個獎至少代表著這個島城的最高文學水準，不為名利，但好像給他頒發了一張重要的、有分量的證明書，也相當於一塊磚頭或一片鐵片，可以當重量級的巴掌，打一打那個炒他魷魚的人。太豈有此理了，莫須有地炒他，還要他裝自己辭職！在他一家人最需要米飯、最需要溫飽的時候遺棄了他！假如他是一個懦夫，可以繳械投降了，跪著要求做下去，否則，家庭早就發生人道危機了！偏偏他和采馨都不是那樣的人！他們對好人，可以善良仁慈到比菩薩還菩薩，但對那些封鎖、妒忌、欺負、遺棄他們的人，他們會很強大，會是永遠無法戰勝的強者！

我王銳現在暫時贏了一局，加強了信心。他也明白那些不喜歡他的人知道了也許根本也不當一回事，沒關係，各做自己的事，每個人在地球上微小到微不足道，只要盡力，也就問心無愧了，不是嗎？

＊　＊　＊　＊　＊

采馨眼看日子一天天過去，替力鋼購下的寫字樓空置了一個多月，有點著急起來。這一晚飯後無事，小惟和小穎都在做功課，陳弓在看電視，她和王銳的思路都集中到了一塊。

力鋼的寫字樓做什麼好呢？

力鋼千里迢迢從南洋飛過來投資香港，那是不容易的，采馨心想，南洋那裡他什麼都可以做，也不難做，為什麼非要飛過來。目前他們那裡又不是遇到局勢動蕩或有什麼特殊情況啊，可見，他是別有一番心意和深意的。當然，他們那個地方畢竟不屬於自己的土地，萬一有什麼風吹草動就很麻煩。但這只是一方面；最重要的是她是他的同班同學，而且……她人品又好，值得他信任，有了這寫字樓，起碼的友情就可以長期維繫下去，而有錢賺，也兼是一個好處，不過，就變成很次要的問題了。王銳和她長期替人打工不是好辦法。看來，他也是有意為他們創造創業的條件和機會，就看他們是否有把握和是否有能力了。從另一個環境到島城這樣一個新環境，不知不覺也快二十年了，看來打工確是很難出頭。王銳為人老實，不愛吹牛皮，不喜歡高調處事，不懂拍上司馬屁，不和稀泥，因此他為人打工很難升高職。王銳一向勤勞，苦幹，肯幹，凡事從不氣餒，能吃苦，對兩個孩子慈愛和藹，對我照顧愛護，相信他是值得信賴的丈夫，假如我先於他坐上輪椅，他就是能夠一直推著我走的那個老伴……他喜愛文字，曉陽出版社出他的第一本書、兩家報館副刊連載他的長篇、參加六合機構主持的文學賽事奪第一獎，再參加島城最高文學賽事又奪冠，與其說是他僥倖，不如說他確實很努力，不斷磨礪，寫出了一定的水準。唉，就是奇怪，也許是遭人嫉妒，因為太有才？或者是他「還沒被人發現」？或者，就讓我來發現他吧！

對了，不是十幾年前到廟裡偶然求籤，就抽到一支籤，太有意思了。那是說一塊漂亮晶瑩碧綠的翡翠，藏在一個精緻的盒子裡，還沒被識貨的人發現，就那麼一直躺在盒內的錦綢軟墊上。是的，他應該就是那塊玉了，沒人發現。現在就讓我來發現他吧。

想到這兒，采馨哈哈大笑起來。

對面坐著的王銳問，妳笑什麼？那麼好笑！

我在想寫字樓用來做什麼好，采馨說。

王銳白天在外面跑了一天，到報館交稿，到書店，到銀行，又與文友茶敘，此刻已經有點疲累，就閉起眼睛養起神來。

正要入夢鄉，他看到采馨從沙發上站起來，向他招招手。

他迷迷糊糊地也站起來，跟在她後面。不知采馨要引領他到哪裡？

開門，乘電梯，下樓，走到人行道，采馨截了部的士。采馨請他上去，他上了，她也上去了。

的士駕駛了很久，他很睏，不知道小睡後，的士駛了多久，好像好幾個鐘頭，忽然感覺有人輕輕搖動他的臂膀，說，下車了。

夜色很重。王銳看到不遠處有一條很寬的河流，河水非常湍急，也許是地勢、前段過於狹窄，眼前的河水捲起了很高的怒浪，白色浪花四濺。他估測這距離島城鬧市中心已經非常遠了。但夜色朦朧，氣氛詭異神秘而且蕭殺迷離，夜靄很重，前村後店都看不到了，河對岸又是黑影重重，也看不清究竟是林木還是人影？視線慢慢移動到近處，才看到在湍急的河邊岸上，有個人騎在一匹金黃色馬上，背部對著他，久久沒回過頭來。他驚愕半嚮，不知今夕何夕了，怎麼會發生這樣的事？正當驚愕當兒，王銳看到那女的緩緩轉過頭來，令他微微吃驚。暗淡的月色下，看出是一位美女，戴著頭盔，渾身穿著甚重的鎧甲，颯爽英武，手上抓住兩把劍，發出淡藍色寒光，望著王銳笑；王銳再定睛細看，大吃一驚，竟然是采馨！再看看自己，摸摸自己，也早就全身武裝，上下鎧甲，只是沒有攜帶任何武器。

王銳!

我在！

力鋼那一層寫字樓，我已經想好了！既然你對出版那麼熟悉，又有濃厚興趣，那就搞出版吧！你看如何？

真的？

可是聽很多人說，你要叫誰破產，就讓他搞出版！難道你王銳不怕？

不怕！我的條件是，妳要協助我，妳一定要與我一起做！因為除了編務，我對其他行政、印務、推銷等等都一竅不通。

沒問題，你看我都準備好了！我也給你準備了坐騎，我看中了一匹黑色的馬給你騎，武器你接好！

說時遲，那時快，采馨已經將手中的雄劍扔向王銳，那雄劍在黑墨色的夜空劃出一條金黃色的弧線，發出貢貢貢鋼鐵摩擦的聲音，好不嚇人，王銳剛剛接過，采馨大叫馬來了，馬來了，你小心騎上，我們一道飛過河道！

踼踏、踼踏的馬急奔的聲音自遠而近，仿佛自天而降，王銳轉首看，只是一瞬間，那黑馬已經停住在他跟前。不知哪裡來的力氣，他看準了，縱身一跳，以寸步不差的姿態，讓他飛越的身體穩穩落在了那馬背上。好樣的！

采馨騎的是雌馬，王銳騎的是雄馬，雙馬動作如有默契，

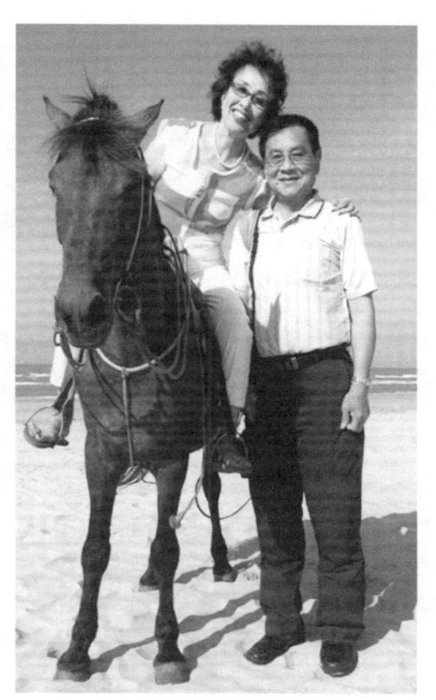

非常一致，昂首對空長長嘶叫，采馨的長鞭忽然在夜空中揮舞，猶如閃電發出光亮，還發出劈啪、劈啪的驚人的聲響，在采馨的帶領下，她的馬在這一邊先繞一圈，再往後奔馳約兩百米，然後聽到采馨喊道；

準備飛越過去殺敵了！衝啊！

我們上戰場了，就不再回頭！

王銳也非常激動，兩匹馬肩並肩，以非常快的速度從兩百米的起點往河流衝過去，飛越洶湧澎湃的河流的時候，風呼呼叫，雷聲大作，寒意襲來，激勵了雌雄雙馬的鬥志，勇猛得一時不可阻擋！在河流上空望著地下沸騰怒捲的浪花真是驚心動魄……

第六章 第一批產品

你幾乎睡了一個小時,鼾聲打得特別響！采馨見到王銳醒過來，望了他一眼說，你那麼困，就去睡吧。

王銳說，不是要商量嗎？

一直聽到你喊打喊殺，好像在衝鋒陷陣，在沙場打仗。

應該是吧。我夢見妳騎著一匹金黃色的戰馬，我騎著一批黑馬，彼此握著雌雄劍，雙雙飛過一條水流很急的大河，衝入敵陣。

哈哈，怎麼會有那樣的夢。

妳穿著十幾公斤重的鎧甲，打扮得真漂亮，就好像一位女將軍，我成了你的副將，戰鬥力一時無兩。

哈哈，以後我穿穿看，你可要幫我拍照。

他們都睡了？

都剛剛進房間呢。

妳想到做什麼好生意？決定了？

哈哈，就出版業吧，你熟悉些，我是一片空白，從零做起！我想了差不多一個月了，力鋼買下這個寫字樓，看來是傾向於不出租。他提供地方，就是方便及希望我們創業。你說過熟悉發行這個渠道，這很重要。如果做出版，你認為怎樣？

當然好啦，不過妳真也有這樣的意思嗎？

那當然!不能再拖下去了，空置是大大的浪費啊！

搞出版我當然很有興趣了，但妳一定要介入，幫我，我們一起做。

可以，我協助。

不，不是協助，是主帥。妳做董事長總經理，我就做總編輯！什麼事由妳最後拍板決定，以妳的意見為最後意見！

采馨笑笑，可以！

這也符合香港特色，香港社會是女權主義。我們以三年時間為準，如果守不住，失敗了，我們再去打工！采馨看到王銳，已經激動地從沙發站起來。

王銳走到她跟前，輕輕地拉她起來。

怎麼？她莫名其妙地被王銳拉起來，他還緊緊抓住她手掌，使勁地搖動，好像兩個大人物的久別重逢，突然禁不住的驚喜。

我們一言為定！

輕一點！

妳做董事長總經理！我做總編輯！什麼事由妳最後拍板決定！什麼事由妳最後拍板決定！以三年為限，失敗了我們再去打工！

王銳把這句話重複說了多次，仿佛自己此刻已變成了荊軻，即將出發去刺殺秦皇，氣氛悲壯，有人送行，周圍還有人合唱起《易水歌》：

「風蕭蕭兮易水寒，壯士一去兮不復還。探虎穴兮入蛟宮，仰天呼氣兮成白虹。」

采馨看他激動的樣子，笑著勸告，不要那樣「不成功，便成仁」的樣子，既然我們有心創業，就一定要做成功，盡力做到成功！

此時兩人對視良久，然後彼此一笑，慢慢坐下來。

遇到難題，或有爭執的，我最後拍板，或以我的意見為最後的意見。可以的，沒問題！

所有兩人決定了的事情，就不得反悔，或怪責某一方，王銳繼續說。

采馨說，這幾條也沒問題！

看看時間，已經快午夜十二點。

王銳繼續把一些開始的計劃說給采馨聽，尤其是第一批產品要出什麼。已經草擬好一個計劃要采馨看，采馨只是草草過目，說，編輯出版方面，你辦事，我放心，沒問題的。尤其在島城文壇上，你有不少文友、作家朋友，與寫作圈保持那麼良好的關係，這都是金錢未必買得到的財富，比許多出版社優勝！倒是公司名稱、公司商標、公司的出版宗旨方針最為重要，我們都一起來想，大約這半個月內就要確定下來。

好的，我們要特別點啊！商標草圖畫出來後，我們可以請畫家朋友完善化。

是的，然後我們定一個開張日期，請一些朋友來出版社吃吃點心，慶祝一下。

王銳說，對了，下午剛剛開信箱，接到島城圖書館的通知信，頒獎禮的日期定了，就在三月十四日下午兩點正。我們一道去。

好的。

＊＊＊＊＊

又是一個夜晚。

王銳和采馨就出版社的名稱、宗旨，方針緊鑼密鼓地協商，差不多到了可以定稿的階段了。他們分析了這幾年島城出版業的狀況，得出的結論是，香港兒童文學作家寫了不少出色的少兒作品，可是缺乏應有的鼓勵，很少有個人的專集；覆蓋市面上書店的，多是向外國買版權的兒童讀物，本土而且富有創作意味的少年兒童作品非常缺貨；這是一；其二是，流行讀物、流行文學目前氾濫成災，不需要再為他們推波助瀾，反而應該為島城的純文學敲敲邊鼓，吶喊加油！除了流行文學不出之外，宗教的、政治的、風水的、迷信的，也在不出之列。

王銳取出了一張紙，說，公司出版宗旨，我簡單擬了幾十個字，妳看看，是否可行？有什麼要修改的？

采馨將王銳寫的紙接過來默念——

為青少年出版優良的兒童文學、青少年課外讀物和知識性圖書，以及純文學書籍。

采馨大讚，簡單扼要！一個字都不用修改了。

接著，兩人協商擬定公司名稱，他們總結了島城出版業的宿命和魔圈是，為討好讀者口味，不惜庸俗和媚俗，商業化太重，一切為了賺錢，有違出版的初心、良知與道德，完全將社會獲益和作者獲益拋到腦後，很不完美，他們創辦出版社，就應該做到「四益」，即社會獲益、出版社獲益、讀者獲益、作者獲益。那就取其諧音，稱「示益」吧！顯示利益，就是做出成績的意思！作者獲益，可以解讀為發掘新秀，為他們出版第一本書。不要等別人捧紅了，才挖別人墻角！

沒有異議，過關！

幾方面議題采馨和王銳心有靈犀一點通，都有難得的共識。

談到出版社標誌，王銳和采馨考慮得很周密，一致認為，既然出版社將以出版少年兒童圖書為主，那麼商標就要有所體現。幾方面的獲益也要有所隱喻。這當中，最重要的當然是出版社的生存了。如果連生存都成問題，那麼其他就談不上了，用什麼象徵著生存呢？最典型的當然是穀子了。這個圖案，於是將穀子、樹、兒童等幾個因素聯繫和綜合起來，裡面還包含了公司名稱的第一個英文字母。他們將設計的構想寫在紙上，將委託一個畫家朋友按他們的意圖設計出來。如果效果不錯，以後，這個商標就和公司名稱等資料印在信封、發票、信紙和有關海報上，圖書的出版當然是一個重點，什麼都要印備。

＊＊＊＊＊

那場頒獎禮，采馨因為孩子纏身，加上籌備出版社開張，忙到一頭煙，無法參加，王銳雖然有點失望，也很理解。這位在身後支撐著他的女性，他已經很感激她了，總是在他最落魄困難的時候大力挽著他的手，使他屹立不倒！多少大人物的另一半也不過如此，何況他是那樣區區的小人物而已？母親常常說，大丈夫何患無職？只要非偷非搶、憑雙手謀生活，每個人都無所謂高尚低賤！采馨在他失業彷徨的時候，常常安慰他，你急什麼？慢慢來，暫時寫你的稿吧！哪一家機構敢少計了你的遣散費，我會來替你爭取回來！

采馨對自己的丈夫有信心，假以時日，他會有一番作為的！

寫散文，島城的名家很多，排名輪不到王銳。許多認識的文友誠心祝福他，當然也很驚訝，王銳一直是專注寫小說的，很少寫出有點影響的散文，怎麼一出手就手到擒來、直摘桂冠、猶如囊中取物呢？他那篇《山魂》內容究竟寫些什麼的呢？好朋友懷著很大的疑惑，紛紛打電話向他索取原稿，都想先睹為快。那些「老子天下第一」的自命清高的作家，根本從沒當他一回事，認為至多也是偶然、他只是僥倖獲獎而已！王銳不理那麼多，也不介意人家怎麼看，他只是抱著「我一定要把文章寫好」的心態參賽；而他的得獎則和他志在必得的內心誓言很有關係，也許僅僅是唯一的一次，空前絕後吧。畢竟人生不如意的事十常八九，何況創作的事絕不簡單，絕不是你可以寫就一定會寫得好，也不是你非常勤奮就可奪冠！寫作，還有天分這樣的成分在內，一篇文章的好壞因素實在太多啊。他很清醒這一次為什麼會取勝，嚴格說起來，這畢竟只是局限在少數人參賽裡的取勝！哪有什麼了不起啊？儘管如此，儘管明白《山魂》的勝出帶點僥倖成分，王銳還是感到無比興奮，覺得出了一口惡氣！

五個評審只是來了兩位，一位男的，姓陳，一位女的，姓吳，都是教授級，兩位都很年輕。那位陳教授似乎見過王銳，一見如故地向他走過來，伸出手與他熱情相握，熱烈祝好他，對他說：

你的《山魂》我們五個評判沒有任何爭議，一致通過給第一！

王銳聽了很是激動，也只是連忙說了好幾次謝謝兩個字回應。

在島城圖書館大堂頒獎禮的會場上，出席者不多。他等到優異、季軍、亞軍上臺領獎之後，才被喚名字上臺領獎。除了一張獎狀外，還有一封東西，估計裡面裝的就是一張支票，即那一萬元獎金。

握手，領獎，然後一起合影。連那位合影的頒獎者是誰，他也不認識，應該是圖書館最高館長吧。

頒獎形式很正式，也頗簡短。舉辦機構有一位女職員告訴他，獲獎作品將結集成書，出版後會寄給他，吳教授會代表評審小組寫評語。

結束後，王銳興致匆匆搭電車到碼頭，再搭渡輪回家。在電車上他忍不住小心翼翼打開信封，窺看裡面那張獎金支票。

一萬元！這是他失業前薪酬的一倍多。

寫東西、寫一種叫著「稿」的東西真奇怪！多的時候很多，少的時候十幾二十元或甚至沒有的時候都有……不過，比賽有那麼高的獎金固然令人感到意外的驚喜，但獲獎的意義在於給他信心和肯定，那才是最主要和重要的。他完全相信自己不是一無是處的、什麼本事都沒有；他有能力，接過創業中的總編輯一職，好好大幹一場！這才是最大的意義。

回家，他把手抽裡的獎狀拿出來，然後抓在手上展示給采馨看，看得采馨咪咪笑，替丈夫高興，一邊摸摸獎狀的質地，之後，雙掌小拍，劈劈啪啪為他鼓掌鼓勵和稱讚。一邊說，很威吧！？

王銳說，陳教授告訴我，五個評審全票通過，沒有爭議！

那更厲害了。別人還要投票決定，三票以上才通過！

王銳又取那張獎金支票出來，交給采馨。

采馨說，你入你名下的銀行戶口。

王銳說，妳管財。入我名下或聯名戶口妳決定。反正我們的錢沒分，你的也是我的，我的也是你的啊。

采馨又是咪咪笑，接過了支票。

王銳大笑，如果再有什麼合適的文學比賽，再試試參加一次，我心中念念有詞，我一定要入圍，我一定要入圍！那就一定可以再一次榜上有名！

采馨看他半認真半開玩笑的樣子，哈哈・大笑說，不拿冠軍，入圍優異就可以了呀，做人不要太貪心。

是的，玩玩，哈哈哈。

＊＊＊＊＊

酷氏公司的書清理得差不多了。阿酷前些日子忙著業務結束和通知一些作者來取書，今天一個大書櫃也請搬運公司搬到她家裡去。前前後後出了二十本書，算來創業也有兩年多的日子，風光過一段日子，到了這半年，才漸漸嘗到了入不敷出、倒貼的滋味。書，在島城賣了一段時間，就賣不動了，但寫字樓不便宜的租金照樣要還，哪裡來的錢呢？出版社出的又不是什麼名著、長銷書或暢銷書，只不過是迎合學校男女生趣味的、一部分可以再版好幾次的書，但一旦飽和了，也就沒有油水可再榨了。事實就是這麼殘酷，原來，出版業就真的那麼難啊。再辦下去，連公司請的兩位員工的薪水也出不了了。阿酷想到這一些，不免傷感，兩位員工早在上個月遣散，也給了遣散費。今天自己上來看看公司的最後一天。滿地的狼藉，令她無限感傷。就在她要走出寫字樓，將把鎖匙交給業主的時候，手機響了。

她接過來聽，是曾經做過王銳的小小頂頭上司的姜思。

什麼事？

沒什麼，關心妳一下，東西都收拾好了嗎？

差不多了。

無法請假幫忙，不好意思。

我的心很亂啊。

不要太難過。出版業本來就不容易做。

有什麼消息嗎？

哈哈，給你猜得很準。消息，每天都有，可惜都是小道消息。

哦？小道消息，很多後來都變成了轟動的真實新聞。快說吧！別賣關子了。我馬上要回家了。

這樣啊？趕回家煮飯？

一年到頭都在忙，都在外匆匆吃了才回家。

不如一起到外面晚餐，我做東。姜思說。

阿酷猶豫了一下，看看時間，晚上也沒什麼特別的事，就回復：OK。

現在七點了，八點半，我在你寫字樓附近的第一大廈二樓海景茶餐廳等妳。我們好好談談。

好！

八時半，剛剛結束出版社的小老闆阿酷和姜思先後來到第一大廈海景茶餐廳，服務員安排他們坐在可以看到海景的卡位。

妳瘦了，姜思說，儲蓄力量，好好準備，再叫一個大老闆支持一下，東山再起。

阿酷搖搖頭，還是像你一樣，好好去打工，不過，我沒有你的本事，你混得那麼好，一路升上去。

姜思頭顱很大，一副幾乎千度近視的眼鏡掛在耳朵上，頭頂的頭髮開始稀疏。沉靜的面容，初看不會發覺，仔細端詳，就可以發現陰沉的表情隱藏了一種盤算和殺機，一股寒意迫人而來，阿酷不由得心頭一震。為什麼過去沒留意過他的面容？也許從沒有這樣近距離相處、近距離看他的緣故吧？

但這種感覺只是在一瞬間,已經被他的另類笑容所掩蓋。阿酷看到他從背包裡取出一張剪報的影印副本，說，妳看看我剛剛發表的這一篇。

阿酷取過，那是專欄文章，大約僅六七百字，標題很長，套用了俗語——《有人辭官歸故里，有人連夜趕科場》。很快，她從頭到尾速讀了一遍。

你在嘲笑諷刺誰？阿酷輕輕搖頭，進一步問，趕科場的是誰？

妳太孤陋寡聞了，外面早就議論得沸沸揚揚了！王銳要開出版社了！

是嗎？那樣低調老實的人，連打工都不會擦鞋討好上司，怎麼會自己做！？

妳有所不知，聽說買了寫字樓，還在商業遊客區哩！

在什麼區？

劍追區。

王銳有後台！他有一個聽說很厲害的老婆——一個女強人在幫忙他！

哦！這樣啊？

不過，他們以為出版好做，充滿美好的幻想，可以賺大錢，才那樣想大搞一番。許多朋友都等著看他們很快就執笠的笑話。

最近成立出版社的，沒有幾家，你寫這種冷諷熱嘲的潑冷水文章，不怕他們夫婦看到嗎？

他們在緊鼓密鑼籌備中，哪裡會留意！

阿酷說，你已經在機構裡做到副經理了嘛，都是同行，這樣罵人，不太道德吧？

姜思冷笑一聲道，他在報紙上到處發小說散文，發表得那麼多，真讓我看不慣！

阿酷說，那也不關你的事嘛。

哼！他的精力時間都放在寫作，公司的事可以做好嗎？

阿酷說，他在你打工的公司工作出什麼紕漏嗎？

那倒是沒有。

你們公司把他炒掉，文壇議論紛紛的。看來是你傑作吧？至少，你也多少做了「貢獻」！阿酷看了姜思一眼，她和姜思業餘都寫些東西，她早就聽說姜思此人心狠手辣、陰沉自私，對他有威脅的、會超過他的人都警惕防範，常常先下手為強，陽的陰的，都一起交替使用對付同事和下屬。剛剛的文章剪報，就是使陽的。

姜思笑笑，我做事公正，妳知道的。哈哈，貢獻？一點點啦。

阿酷說，我不瞭解他們的背景，他們會成功或失敗我不敢下斷語。

在島城，你要叫誰破產，就讓他搞出版！這是出版業的宿命，難道你沒聽說過嗎？姜思狠狠地說，文壇和出版圈我接觸的朋友都在笑，都在等著看他們的笑話。他們失敗，只是時間遲早的事而已。

晚餐和咖啡送來了，阿酷和姜思開始低頭吃飯，沉默了一段時間。阿酷想到一樣米養百種人，這世界太奇怪，處於弱勢的王銳，聽說失業了好幾次，並沒有惹他姜思，他憑什麼要對人家那麼仇恨，處處要置人於死地呢？

* * * * *

同一個晚上，在王銳和采馨屋子裡，示益籌備工作的最後交換意見和新書出版進度處在最尾聲階段了。

王銳說，八本書的菲林都交給工廠了，開張後一周就可印出來，馬上可交給發行商發行了。

采馨說，開張日邀請約六十位親友參加，我前幾天都一一打電話了，打個八折，排除臨時有事的、忘記的，能有四五十人來就已經夠熱鬧了。再多也不行了，寫字樓只有六十平米，容納不下啊。

王銳說，姜思在他報紙的專欄，發表了一篇《有人辭官歸故里，有人連夜趕科場》，外面文友讀到的，都紛紛來告訴我，問我看了沒有？我特地去買了一份報紙做紀念。

做紀念？

是的，看看以後他說的靈驗不靈驗？

采馨哈哈大笑說，讓他以後自己打臉。

王銳把報紙從手抽裡掏出，攞在茶几上。

我一會才讀，看標題就知道不會有什麼好話。

那是，把我們開出版社的事大大冷諷熱潮一番，挖苦挖個夠。最後還請大家等著看我們的失敗，我們的可恥下場。

啊呀，這麼說啊？怎麼這樣壞。不過，不要緊的，最好多罵一點。聽說，上蒼常常懲罰那些心腸不好的人，我們做我們的。我們要做得成功，這才最重要！

采馨說得太對了，王銳很贊成。

是的！我也寫了一篇散文詩回敬，不過只是有感而發，他這樣的鳥人，不值得去駁他，筆都會嫌骯髒呢。何況，也許被他下毒咒，說對了。

王銳掏出一篇還沒發表的稿子。采馨取來看，讀出題目——

《狗叫，駱駝照樣前進》。

哈哈，題目真棒！

我寫好，以後有機會才發表，最重要的是我們的第一批產品，要出得好，那才是有影響力、有震懾力的炮彈！

采馨說，轟隆隆，轟隆隆，他以後會狼狽得四處逃竄的！

王銳說，是的，我們用我們的成績，一起向他們開炮吧！

第七章 無腳的推銷員

電話，一直沒響過。

講三年沒響過，也許太誇張；但說一年沒響過，你應該相信吧。

說「一直」帶點誇張，一次可能有，但很可能不是有關生意的電話，那就完全可以忽略不計了。

沒有生意電話，受得了嗎？。

兩間房間，一間采馨坐鎮，一間王鋭辦公，各有一個電話。大廳，靠近門口那裡的寫字台上，也擺著一具電話。那是小趙坐的位置。

王鋭和采馨幾乎天天都上班，只是采馨需要照顧從幼兒園上小一的小穎，經常只能上半天班。

兩間小小辦公室相鄰，有趣的是采馨和王鋭坐的方向，正好是面對面。電話也能相通，只是中間隔著一堵墻。

中午，吃過飯，王鋭煮滾了水，沖製好三杯咖啡。他端了一杯給采馨，一杯讓女職員小趙自己到小廚房來取，一杯就端進自己的房間。

你過來一下。他剛剛將咖啡放在檯面上，就聽到電話響，提起來聽，原來是采馨喚他過去。

王鋭說，我以為是誰，原來是董事長！

王銳走進采馨房間，坐在寫字檯前靠墻的椅子上。那些寫字檯、椅子都是前業主留下的，還很新。

開張已經有一年了，除了文利公司賣力為我們發行到書店外，都沒有一家公司來電話訂我們的書。采馨說。

是的，王銳說，書店屬於寄售性質，總數量有限。

我仔細算了一下，很有問題的，采馨說，我與文利的老闆聊了一下，了解了他們的運作。第一輪發行，每家書店最多拿個三五本在書店擺一擺，有讀者買才再補貨。島城兩邊書店很少，只有幾十家是專賣雜書的，其他所謂書局，其實主要賣教科書和文具、少量工具書，如詞典、字典之類。一般不賣雜書。現在我假設有一百家書店，每家都代售我們出版的書，每家平均入三本，也不過三百本。我們的書一版印兩千本，剩下的一千七百本呢？無法消化的話，就很成問題啊！

采馨慢慢地說，王銳無法不點頭，采馨說得很有道理，人家都說一版圖書銷售完，最多收回成本，只賣了七分之一，而七分之六，要賣很久的話那就成問題！

這個問題很現實。書印多了，如果本本都那樣，那我們就會很快像酷氏公司一樣結束掉！采馨說。

就給那位姜思不幸言中！王銳說。

采馨點點頭道，我們除了委託發行商發書店外，我們也要有自己的渠道，盡快地把一版的書銷個七七八八。

王銳陷入了沉思。

采馨說，我們一起想辦法。你是否了解，人家的出版社，究竟是怎麼做的呢？

王銳說，大的出版社，財雄勢大，他們請了很多推銷員（行街）。我們現在四個人開支已經夠大了。而且開張不到一年，員工不能再添了。

采馨說，這幾天我們一起來想辦法。

王銳說，外間沒有多少人知道我們這一家出版社，這是一個大問題。我們出版社要廣為人知才行，才可能有轉機。

采馨點點頭，對！要害就在這裡。人家有專人，有推銷書的行街人員，他們重點就跑學校推銷。我們好好想辦法，不需要請人，但也可以達到像他們推銷員一樣的目的！

好！王銳說，快五點了，妳先回家吧。

采馨站起來，收拾好東西，背了提包，離開出版社。

采馨跳上回家的大巴士，找到了中間一個舒適的位置，閉目小寐。

三月十八日示益開張，寫字樓擠滿了來道賀的五六十位親友。公司準備了一些簡單的糕點和汽水招待。在門口，擺了一些花籃，寫上了祝福的好話。這些朋友來自銀行界、寫作圈和舊日一起玩的好朋友，連母親、一對小兒女王惟和王穎都來了。一些朋友最愛問的問題是，寫字樓是買的還是租的？他們如實地回答：朋友借給他們用的。個別的聽了，不免會懷疑，也許是他們自己買的，托詞是朋友的。於是，內心裡就會產生一些疙瘩，從此懷疑他們欺騙他。大多數朋友信任他們，也不會多問，默默地祝福他們創辦的出版社獲得成功。采馨聽王銳說那八本書編輯出版的過程還真不簡單，經過那麼多程序。幸虧這一切都有他擔當，不然一個人什麼都做的話，也夠辛苦了。在這一行，她完全是一個新丁啊！人人都說，你要叫誰破產，就讓他搞出版！這是否出版的宿命呢？還記得一年前，王銳和她展望創業前景時的豪言壯語和「不成功，則成仁」的決心，失敗了，我們再去打工！是的，能伸能屈才是真英雄！王銳來自出版行業，被當垃圾丟棄，現在我們自創門戶，就要當他是寶，我一定要協助他成功！我一定要力助他成功！看看同樣在出版行業，我們怎樣拼搏和奮發吧！……不過，這一行真是不好做，人家是集團式、大機構式去經營的，我們是私人的，力單勢弱，難道註定無法生存？……在大巴士上閉眼養神，采馨的思路猶如小溪流，慢慢流動，流動，一年來的示益日誌，一頁一頁地翻動，猶如被風吹拂那麼暢快，一些事情想開了，一些事情陷入不解的漩渦，一些事情促使她下決心，必須快點做出最後決定。

發行的朋友已經很盡力了，剩下他們，需要努力拚搏。

海那邊，暮色已蒼茫。

巴士進入他們住家那一區域，已經是萬家燈火了。

那大約是一年半後的時間，王銳依然沖好下午的咖啡，坐在采馨寫字台前那張椅子上與采馨談公司的前景。

采馨告訴王銳一年半裡公司大約出了多少本書，共投了多少錢下去。做生意需要資本、成本，她發現回報慢，完全不像其他生意。有的生意一本萬利，有的生意利潤大，而圖書的生意就不同於其他貿易，利潤小，而且回本慢。一本書的銷行，不但和作者的名氣有關，還與書的內容、意識有極大關係。圖書和飲食・、生活必需品比較，屬於精神層次的，是排第二位的。兩千本的書印刷出來，如果靠書店的零售，不知什麼時候才可以銷完？但如果一本書進了學校，而且被老師當課外必讀書，一個班級一個班級地訂，那就比在書店慢慢零售銷得更快。一家書店只能賣個三五本，賣不動就賣不動了，但一個班級至少就有三十幾位學生，二十五本到四十本完全沒問題，這就很厲害了……

王銳點點頭，說，那就需要將我們每一本新書都宣傳一下，讓讀者、朋友、學校都知道我們出版社最近出了什麼書。我以前在六合公司就搞了一段時間的宣傳。這方面我可以的，我們有優勢，問題是用什麼形式最好。我還在考慮。

明白。

出一份書訊如何？然後寄到全島城的中小學。突然，王銳心血來潮，隨口說了一句，采馨聽了，覺得這個主意不錯。

書訊，這個好！我們可以出成季刊，有目錄，有新書介紹，上面還有訂書表格、書展表格……采馨一口氣說下去，似乎很興奮。

王銳說，其實目錄很重要，我們編目錄的時候，可以把訂的數量空格印在每一本書的最右邊，讓學校填上訂購的數量。

形式你可以考慮一下。打字、印刷費用我會打聽後預算一下。采馨說。

妳看要印多少？

我看中小學都要寄。我們的書程度是跨年級的，從小二到大學都合適。因此書訊小報起碼都要印一千到兩千份。

這麼多要怎麼寄呢？王銳問。

趙小姐可以負責寄。中小學地址也可以拿到的，書店可以買到有關本港學校資料的書。我們雖然用了這種笨的辦法，但我相信堅持下去，總是會有效果，會有回報的。

我初步考慮，採取八開小報形式，比較會引起注意，我們的目的不是用來供對方收藏，沒有必要採用一般書的三十二開的形式。再說，八開，版面可以安排得活潑一點.也可以發表一些短的書介和散文。

一切由你安排，你這方面是專家，有經驗。采馨說。

＊＊＊＊＊

這一天采馨將趙小姐喚進來，交代接下來的工作內容，希望她明白，出版行業如果不努力，不精兵簡政，不以少勝多，沒有特色，沒有創意，很快就會關門大吉。

趙小姐不怎麼說話，幸虧也喜愛文字工作，不然一般人那樣不高的薪酬，哪肯入這一行呢？采馨還記得公司開張幾個月後，一個中午，就有一位女生，看上去約莫二十五六到二十八九的模樣，按了「示益」出版社的門鈴，說是來找工作的。采馨開門讓她進來。

她最初說希望有機會給示益的出版物插圖，她已經在外面書店看到示益的圖書，後來，還希望能聘請她做事。

外面有聽到我們什麼嗎？

有啊！都說示益出版社那對夫婦很厲害。趙小姐微微笑。

哈哈哈，我雖然大膽掛一個董事長的頭銜，在這一行都算一名新丁。采馨說，王先生則做過好幾年行街、圖書宣傳，但出版完全不同於珠寶生意，賣一顆鑽石，好價的話不知賺多少，但書不同，第一版印兩千，賣完，了不起就回本，還要靠第二版賣得越多越好！飯一定要吃飽，但沒人說，書一定要看。

知道。

采馨說，當然我們會設法做好它，不要做到執笠。

我相信你們不會做到執笠！

為什麼呢？

你們外面人緣那麼好，作家朋友那麼多。

妳怎麼知道的？

你們出的第一批書，應該有十幾種吧，我都在書店看到了，好幾位作者都是著名作家啊。

我們剛剛創立，不可能請很多人，我們如果請妳，校對、插圖、郵寄、接電話等等，什麼都要做。

我知道的。

那妳什麼時候可以上班？

明天我就可以上班。

試用期三個月，滿期薪水我們再給你加。如果沒問題了，我們就這樣定！

采馨記憶中的趙小姐見工記簡單過程就是這樣。趙小姐沒有像其他應征者將應征信用郵寄方式寄來，而是上班後將信和簡歷補交。

……往事歷歷在目，趙小姐站了・好一會・，采馨才勒回憶野馬的韁繩，回過神來，請她坐下來。

我們的生意訂單很少。電話都是您接的，妳最清楚，幾乎沒有人用電話來訂書，尤其是學校。再這樣下去，我們非執笠不可。我和王先生商量一下，會出一份書訊季刊。成本要比請一位行街低。我們會印兩千份……

這時，王銳走進來，聽到采馨的話，加了一句：據說島城的中學至少就有四百間，小學一千間左右。說到這裡，王銳把手中的兩本厚厚的專書擺在采馨的寫字檯上，說有關的中小學資料都齊全，這兩本是最新出的，特別好用，趙小姐可以按照上面的地址郵寄書訊。

采馨問，剛剛買的？

王銳點頭，采馨和趙小姐一人取一本翻看。

王銳繼續說下去：我們的新書訊息都會在我們出版的小報上宣傳，讓全島城的學校都知道。最初工作量會大一些，因為我們不了解哪些學校重視學生的閱讀，哪些學校願意訂書，有點像「人海戰術」。海內外認識的作家、朋友也盡量寄，擴大影響。這樣在需要精神支撐的時候，他們都會支持我們。

趙小姐點點頭。

采馨說，印製兩千份，大部分都要設法寄出去，那工作量的確很大。我們都可以幫忙的。

趙小姐問，書訊叫什麼名？

采馨說，我和王先生商量，叫《益友》，妳覺得怎樣？

不錯呀。

王銳說，本來想叫《書友》，以書為友的意思，後來覺得《益友》也很貼切，書，就是我們的良師益友啊！

趙小姐出去後，王銳坐在剛才趙小姐坐的那個位置上。

采馨問，你計劃《益友》什麼時候出？

王銳取了采馨寫字檯上的一份年曆看，現在是七月，距離十月份還有三個月・，一年出四次的話，那就選在十月十八日出創刊號吧！

籌備、編輯的時間夠嗎？

夠，怎麼不夠！現在還沒多少生意，我可以編，等忙不過來的時候，就讓趙小姐來編，讓她學學劃版面。

好的。對了，有好消息，你知道了嗎？

不知道。哪一方面的？

發行公司的老闆來電，大讚我們的欣賞系列出得好，很受書店歡迎，不斷來添書。他還說，這是我們出版社的特色，其他出版公司都未曾出版過類似的書。

王銳聽了大為開心，哈哈哈笑得很滿意，果然，我們的一番苦心沒有白費！你想想，我們的作家朋友多，關係好，其他出版社就沒有這種優勢，我們約了十幾位兒童文學作家給我們都寫來一篇兒童故事，然後我們寫寫簡單扼要的賞析，再出些思考題、練習讓學生做，在書的最末頁附上參考答案，一切都為老師們設計好，他們不推薦給學生閱讀才怪呀——難怪發行商很欣賞。

采馨說，旗開得勝，我們要發揚我們的優勢啊。

王鋭說，好戲還在後頭，看看我們十月的攻勢吧！《益友》出版後，一定會帶來什麼轉機？那位姜思恐怕囂張得太早了些吧。

哈哈，怎麼會提到姜思？小人一枚。

聽說最近他“流年不利”，也領到了他機構裡的大信封！情況不太好。

采馨微微吃驚，啊，終於自己也被炒了？我都不知道。做人真的不要太壞，遲早會有報應的。

有朋友打電話告訴我，他在報紙上的專欄後來還寫了好幾篇，對我們開出版社繼續冷諷熱嘲。

這樣啊？那對他的壞，我們還是輕估了！采馨搖搖頭。

采馨又歎了一口長氣，說，真不明白他這個人，怎麼搞的？和他沒什麼仇，非把我們置於死地不可。

王鋭說，最好的態度就是不理睬他，他就會自討沒趣了。

采馨說，好！我們不說他了，說說我們公司的事更重要。剛剛又有好消息！我們兩種書，都是欣賞系列的，賣完了，可以盡快再版。看來這類欣賞系列可以繼續編，將作者從十幾名擴大到幾十名、一百名！這樣影響會更大。

王鋭說，好啊！我們好好籌劃籌劃一下，既然是我們的強項，我們多出幾本吧！目前這樣的書還是不多啊，主要出版社和作家的關係沒有我們多，也沒有我們好，他們出島城作家合集的條件就不如我們。

大家看出版業那麼艱難，都很願意支持。采馨說。

剛剛洪震從家裡打來電話，說小穎好像有點感冒了。采馨一邊收拾東西，一邊說；王鋭一聽說小女兒生病，有點緊張起來。他說，那我們快點回家，看看要不要去看醫生？

第八章 三大戰役

兩千份的《益友》在王銳和采馨的協助下，趙小姐終於按照預定的時間全部寄出去了。由於沒經驗，除了不必貼郵票，可以在郵局那裡統一辦理外，一切都用土辦法，令工作量太大。例如《益友》折成好幾折，還要塞進信封裡哩。也許，一個人做這麼瑣碎的事，四五天都不止吧。

趙小姐覺得每天都很忙碌，日子過得充實，工作簡直多得做不完。王銳覺得那些宣傳品，其實不需要每一份都有回應，每一份都非產生其立即的效應不可；宣傳之道非常微妙，只要其中百分之幾有回應，那就很不錯了。比如說只要其中有幾家學校覺得他們出版社很有誠意，邀請他們到學校展銷，書展效果又不錯，那麼有了口碑，傳了開去，越來越多的學校填了那書展表格，傳真過來，家家效果特別好，書展收入即使只是和和宣傳開支打成平手，那也很值得了，那就是走出了成功的第一步。來日方長，可以慢慢把生意逐步推上去。因為口碑很重要，就像滾雪球一樣，越滾越大，那就完全證明他們創辦出版那份叫《益友》的書訊完全沒錯，路子走對了。

不知不覺出版了三四期，那些預期的效果越來越明顯了。

工廠將第四期《益友》送來寫字樓時，王銳將每一包都抽出兩份，然後折疊、套好，走進采馨房間，坐下來。

他將其中一份遞給采馨。

每到下午四五點光景，一天瑣碎的事務做得差不多了，王銳就會走過來與采馨聊聊工作近況和安排。

他嘻嘻地笑，將自己那一份放在鼻子間嗅聞。

采馨抬頭看他，罵他，神經病！

王銳說，油墨香，新鮮出爐啊！

采馨問，剛剛送到？她翻了翻，點點頭，印得不錯。

王銳說，妳不說編得很好？

采馨說，當然，你確實也編得很好。

王銳平時在朋友面前都很謙虛謹慎，只有一個人例外，那就是在他的摯愛采馨面前，就會很自然地表露真實的自己。不過，哪怕是多麼親的自己人，他的「醜表功」也是很有分寸的，不會有橫掃一切的誇誇奇談，而是實事求是的敘述。

早就跟妳說過，王銳點燃了一支煙，我做過宣傳，辦起書訊小報不會太差。妳看看別人的宣傳品，很少辦成報紙型的，大部分都是小冊子，而且大部分都是目錄而已。我們有妳寫的「社論」、最近新書書目、出版社全書目、書展表格、重點書簡介、書評、活動報道、出版消息等等。最絕的是妳提議的，將我們的圖書目錄，設計成訂單，每一本書資料的右邊，都留下小空白位，供學校寫上訂書的數目。這是妳的偉大發明，這一著非常高，非常成功！這樣一份八開的書訊小報，行外的可能會丟棄，但行內的為了瞭解，多數會保留起來參考……

你有沒有吩咐趙小姐，每個學校寄兩份，中文科主任和圖書館主任？采馨問。

有啊！他們有需要時都會訂書。

已經有好幾家學校填了書展表格傳真過來！采馨對在外面忙碌著的陳弓說，下個星期要忙了，除了拜六，天天都有書展！

陳弓在外面的辦公檯大聲回應，那好啊！賺多一點！

采馨、王銳、陳弓商量之下決定，目前的書印好，除了一大部分運去發行公司外，剩下的暫時堆在寫字樓，等書出得越來越多後，準備在工廠區先租一間約兩百平米的貨倉置放圖書，陳弓就在那裡辦公和管理。

……采馨忽然想到什麼，說，麵包車我們也要買一輛了，如果書展多了，請人運輸總是不太方便，何況陳弓自己會開車呢。

是的！如果錢不夠，先買二手的也可以的。王銳說。

采馨看看錶，未到六點，就說，醫生那裡是八點關門，我們來得及帶小穎給醫生看。我們走！

＊＊＊＊＊

每到出版社沉靜一片，電話不響，令人有些著急的時候，總是有些好消息傳來。這些好消息雖然一時之間還看不到實際好處，但都有可能成為出版社轉危為安、走向一馬平川的局面。

下午快六點的時分，門外有人按門鈴，趙小姐開了門。王銳走出來一看，是《島藝》校對兼發行穆日林。王銳引進他，讓他坐在采馨對座靠墻那一張椅子，他則與他並排坐在外面一張。

老穆從書包取出一包書稿，說，年申易先生讓你們看看，這部長篇是否合適在你們出版社出版？王銳將那疊剪報從公文袋取出來看。題目叫《兩島記》。剪報刪改得很多，有不少就整頁整頁不要。塗塗刪刪，有的是改錯字，有的是刪或改句子，不過，著名作家年申易畢竟是嚴謹的作家、出版家和編輯家，哪怕每一頁剪報都很小，而且排字排得密密麻麻，他的字體清晰，可以辨認，重新排字還是可以看得清楚的。

老穆說，年先生一九七五年在報紙連載的長篇，當時全文長達六十五萬字，這一次為了出版，他刪了又刪，差不多刪去了五十萬字，剩下十五萬。

哇，王銳嚇了一條，那麼厲害呀？

寫連載那是隨寫隨發表的，現在出書，他很認真。

采馨將書稿翻了翻，點點頭，沒問題，我們馬上安排打字，打好字就通知你來取，你和年先生校對完，我們再去改正。

王銳問，那封面設計怎麼樣？

老穆說，年先生把封面要求都交代了。老穆把一小塊深藍色圖案從袋子取出來說，用這圖案擴大做封面。

采馨說，年先生很特別。

王銳附和道，是的，與他小說一樣，小說是每一篇都與眾不同，他的書封面大都是自己設計，每一本都有特色。

王銳繼續說下去，年先生創辦《島藝》已經八年，八年前為了專心編這本在世界華文文壇具有影響力的文學雜誌，推掉了許多報刊的專欄寫作，其中一家的小說專欄，還讓我去寫。

當然，王銳和年先生的認識，早在八十年代初，那時年先生編好幾家報紙的副刊，都曾經約過王銳寫稿。

年先生對文學創作的一絲不苟和認真謹慎，感動了王銳，他覺得這位老前輩的創作精神，太值得他王銳學習了。

大家又談了一會，看看窗外的天色，已經漸漸地黑下來，王銳采馨收拾好東西，約老穆一起下班回家。老穆從劍追區的地鐵站回去，王銳采馨住的地區還未通車，他們只好搭巴士回家。

＊＊＊＊＊＊

陳弓從車子卸下最後一箱書後，累得渾身大汗，用毛巾抹抹額頭上和脖子上的汗，就趕緊將麵包車開到這家中學的停車場，然後喝了一口水，走到禮堂幫忙王鋭和采馨擺書。王鋭夫婦倆將圖書從紙箱裡取出來，堆疊在兵乓檯上。學校提供了四張這樣的檯給他們展銷圖書用。示益出版社創辦近兩年，大約出版了六七十種圖書，那是遠遠不夠展銷的，他們還需要向幾家大公司拿書供寄售用。

學校按照示益出版社董事長采馨的要求，可以向學生們告知，有個叫王鋭的業餘作家會到展銷會為學生簽名，書買得多的話，還有精美的勵志書籤贈送學生。學校萬分高興，他們幾十年來，都沒有出版社肯安排人手到他們學校書展，更妄說請作家來學校親筆為師生們簽名了。

大約一個多小時後，四張兵乓球檯已經擺滿了書，十幾個空箱堆疊在禮堂的角落。學校的工友搬來兩張學生用的課桌，一張給采馨收銀用，一張讓王鋭簽名用。他們正在整理帶來的文具用品，一會，學校兩位女教師走過來。她們都自我介紹，一位是中文科主任，另一位是圖書館主任，采馨即刻從自己的座位站起來，掏出名片遞給兩位；王鋭有點狼狽地站起來，也掏出名片，在采馨向對方介紹之後，他就把名片遞過去了。兩位主任也把自己的名片遞給他。

這位是作家王鋭先生，一會他會為買書的同學簽名。

采馨如此介紹後，也將早就準備好的要送給她們倆的書讓王鋭寫上抬頭，即兩位主任的名字。

圖書館主任說，大約九點，我會安排初中的同學來看，每次大約兩個班到三個班，明天是高班的同學。我有空會下來看。

中文科老師手上抓住示益出版社出版的《益友》上的目錄，對采馨說，你們出版社出版的書我們都各要兩本。還有，我們準備向中一中二的同學推薦必讀的課外讀物，讓他們讀了做讀書報告，你們可以推薦一下。

采馨速度很快，馬上有反應，從展銷檯面選了五本給她，主任說，我帶到辦公室看，決定了會告訴你們。

說完，兩位主任走了。

王銳指著自己一頭的汗和凌亂的上衣，對采馨苦笑道，我來不及換上衣，她們就來了，那麼早!真狼狽，我現在到更衣室換衣服。

采馨正要說什麼，看到陳弓走過來，對采馨說，街市距離這兒很近，我去看一下，看有什麼好吃的早點買，大家吃一點，現在剛剛八點五分。

好，采馨看看手錶，確實很早，才八點五分。她抓緊時間將小檯面整理好。最重要的是「收銀處」那三角形紙質字牌、放大小鈔票和輔幣的錢箱，還有準備獎勵買書超額的同學的書籤、一些售賣的小件精美文具、鎖匙扣之類。最有意思的當然是那個裝錢的小小塑膠箱，其實本來不是收銀用的，而是裝一些鉗子、螺絲批、榔頭之類東西，但廢棄了很久，給兒子拿來裝四驅車和其他玩具，後來兒子也不玩那些了，工具箱第二次廢棄，采馨有天看到內裡一格一格的，覺得非常好用，就成了現在的廢物利用。采馨沒想到後來這個工具箱給兒子小惟深刻的印象，上大學後寫了篇題為《工具箱》的文章:

工具箱

在香港，每天，我總有機會看見那個已經有十五年歷史以

上的工具箱。這個工具箱曾經是我的至愛，裡面存放了我的戰車和零件，那是一段多麼短暫和深刻的回憶？從我不再玩四驅車的那一天起，工具箱不再屬於我，裡面也不再存放甚麼工具零件。後來，它成為了媽媽事業上不可或缺的一部分。裡面，存放了她十多年來的心血。

父母搞出版，推廣學生的閱讀風氣，常常要到港九新界各中小學辦書展。說他們是學校書展界的翹楚，實在並不過份。每次到學校書展，媽媽總帶著那個工具箱。書展前，工具箱總是沉甸甸的，裡面存放了各種供找續的輔幣；書展後，工具箱變得輕了，因為裡面盛載著的不再是一個個的輔幣，而是一張張的鈔票。生意好不好，把工具箱拿上手感覺一下，就能知道了。

某天，我跟媽媽說：『媽，換個電動收銀機吧，可以出單據，挺方便的。』媽媽好像不太願意的樣子，回答說：『電動收銀機需要電源，萬一學校不提供電源或有甚麼零件壞了，那怎麼辦？』我來不及反應，媽媽又再說：『還是用這箱子好，最原始的方法往往是最有效的。』曾幾何時，我又再跟媽媽聊起那個箱子：『媽，不如換一個大一點兒的箱子吧，這樣就能存放更多輔幣和鈔票。』沒等我說完，媽媽已很堅決的拒絕了我的提議，她說：『不換，這箱子用慣了，而且能給我帶來好運。你的零用錢，也是從箱子裡來的呢！』

媽媽管那個工具箱做錢箱，上面的一層存放輔幣，四格剛好能存放一元、二元、五元和十元面額的輔幣；下面的一層存放鈔票、客戶的名片和記事用的紙筆。媽媽跟那工具箱之間的

感情，或許是我所不能瞭解的。十五年過去了，那個工具箱，除了存放過四驅車、零件、輔幣和鈔票外，還盛載著我的童年回憶，還有媽媽的心血。

王銳和采馨沒有想到後來只協助幾次書展的王惟能寫出這樣出色的文章，工具箱，對兒子來說，是盛載了他的童年回憶，對他們來說，何嘗不是盛載了他們展銷生涯的辛酸和滄桑？

采馨收拾好，也把「作家王銳簽名處」的牌子在專門給他坐的座位擺好，還有他的印章、印泥也都齊全了。這時正好王銳也走過來。

怎麼樣？王銳指著煥然一新的自己。

采馨點點頭，看到了眼前的丈夫，已經變成了一位西裝筆挺，打著紅色領呔、頭髮梳得油亮的另類人物。她噗嗤一笑，點點頭，不錯，剛才是苦力，現在是作家了，哈哈。注意，一會，坐得不要太靠近我，這學校兩位主任都不知道我們是夫妻，給她們知道還真不太方便。

哈哈，王銳大笑，偏偏坐下去，故意親密地緊挨著她，還用右手搭著她的肩。采馨先是嘻嘻笑，很快就微微掙扎開，嚇唬他說，來了！來了！

王銳以為真的學校老師來了，馬上鬆開手，將和她靠得很近的那張簽名小課室桌子拉開十幾釐米。又將椅子面用紙巾擦了一遍。

我剛才抹了一遍。采馨說。

王銳看看禮堂的牆鐘，時間才八點十分。

今年學校邀約的書展下來兩個月已經有十五場，幾乎排滿了。采馨壓抑不住興奮說，我們公司才進入第二年呢。

王銳問，都是中學嗎？

采馨說，中小學都有。大多數都是兩天。

王銳也大為興奮，道：這就是我們的《益友》小報發揮的最大威力了。我們沒有行街，都是靠它發揮推銷的功能，證明我們出版這一份刊物完全沒錯！

對了，熊禮昨天問，書籤還要不要設計別的款？采馨問。

王銳說，要，要！你看他設計的這套春夏秋冬，就很受歡迎！

是的，要給他一些象徵性的畫酬他都不肯收，說印出來送他若干套就可以了。

王銳搖搖頭讚道，島城人情薄，處處講錢，像熊禮這樣的人差不多死光了！

對了，我們的書，書號用到現在，已經到了第七十幾本，上次我們商量過，書號到第一百本，我們出一本多人合集，順便舉行一個發佈會，把作者都叫來亮相，發樣書給作者也可以省一筆郵費，也請一些頭面人物致辭，這樣我們出版社就會有更多人知道。

采馨一口氣說下去，你想好了什麼主題和書名嗎？采馨又問。

王銳說，我一時想不出，也還沒有時間考慮。妳認為呢？

采馨說，《童年》你看好不好？因為每個人都有童年啊。

王銳想了一下，可以，題目就用童年好不好？會不會簡單了點。不過，簡單好，人家訂書也方便記。

采馨說，我幫你列作者名單，我也可以幫忙打電話約稿，為了表示正式，我們還可以正式發約稿信。

王銳說，好！

……說話間，時間已經快九點了。但聽得一陣吵鬧聲，他們看到禮堂門口，穿校服的學生已經排著隊，在班主任老師的帶領下，向他們這兒走來了！

來了，來了！采馨打起精神。

王銳也拉了拉領呔，正襟危坐起來，也跟著喊，來了，來了！

說時遲，那時快，老師已經帶領他們來到展場，對他們交代了一些買書的具體細節後，就指著坐在禮堂一角收銀處一側的王銳，大聲說：

你們買了王銳的書，可以請他親筆簽名！他這兩天都會來到展場，請同學們珍惜和抓緊這個難得的機會！采馨小姐會為大家介紹著名作家王銳先生——

采馨此刻霍然站起來，大方地走到展場中央，對大家說——

王銳先生的著作都集中擺在那張一號檯，有興趣讀王銳先生的書的同學可以自己挑選，然後請王銳先生簽名，他如果時間上來得及還可以寫上你的名字，為你題詞和蓋上印章呢！

采馨站在檯與檯之間的通道，雖然她不是什麼演說家，但儀態優雅，笑容甜美，聲調抑揚頓挫，又非常親切，顯得很有煽動性和誘惑力，一下子就把所有的男女生吸引住。王銳聽了只是低下頭掩住嘴笑。心想，我老婆也真厲害，一個一本正經、坐得平直，一個繪色繪影，煞有其事。

……這一次書展成績不過不失，也許和學生家庭經濟一般很有關係，總算起來也許只是“打和”，但氣氛很好，學校的宣傳，老師的推動，都已經竭盡全力。雖然從盈利角度來看，示益出版社不算很理想，但無疑給了出版社一支強心劑，那些取得的經驗非常有益，也是金錢所買不到的。而令王銳最感動的是學生對作家的尊敬和喜愛，他們排長龍，也不過為了得到他的一個親筆簽名！如果說連學生都希望獲得他的手跡，他是不是應該更謙虛謹慎，用心寫得更好呢？這種精神的鼓勵，也未必是每一位作家容易擁有的。

＊＊＊＊＊

《童年》發佈會無疑非常成功。

地點假借島城一家特色餐廳舉行，除了邀請到《童年》四十八位作者的大多數出席，連島城兩個最大的、最有代表性的作家組織的主席、會長都來了，還有發行商、資深老作家年易申夫婦也都來了。四十幾位作者都一一在被介紹時站起來亮相了，氣氛熱鬧，會場嚴肅活潑兼而有之，認識的，聊幾句久違了的家常；不認識的交換名片，應酬一番。議程告一段落了，還有免費的午餐招待。

大家的興致很高，有作品收在《童年》內的，自不必說；即使那些沒有作品收在書內的，翻翻書，看看目錄上熟悉的名字，也會很感興趣地讀讀作家們的童年往事。因為約稿規定文章字數所限，作者們的文章都寫得很精短，因此無論大人、學

生都不會厭煩，選讀的話也可以很快讀完。尤其難得的是，在每篇文章下面，王銳還寫了非常凝練又充滿文采的賞析和導讀，頗獲好評。

過了兩三年，王銳和采馨又策劃《父親・母親》和《良師益友》的出版和大型發佈會，在島城文化界、出版界產生很大的影響。在王銳和采馨合編的十年紀念刊，特地撥出專章，稱為《三大「戰役」和發佈會》，有關文字引錄如下：

一家出版社的選題十分重要，一些看來貌似平常的選題，常常為出版社中人所忽視，但一旦出現市場效應，馬上會引來跟風。

《童年》《父親・母親》《良師益友》的出版就屬這種情況，我們有意將這三本姐妹作出版的國際書號安排為第100、第150和第200，在出版時都配合以簡單隆重的發佈會。作者、行家、校長、老師等濟濟一堂，十分熱鬧。這種群體性活動堪稱一種出版業罕見的別開生面的形式。

三本書都具有作者多、文章短的特點。《童年》作者48位，《父親・母親》90位，《良師益友》100位。我們有意讓香港的青少年熟悉我們的作家，帶動作家其他書的銷行。

這三本書因為作者多，編輯工程亦大，但化多少氣力，相應也獲更多回報。三本書都多次上了多種好書榜，成為歷久不衰、眾口交譽的健康好書。

第九章 榮譽

示益出版社創立後，最初以一年二三十本的速率出書，引起外界的注意。書那樣地種多質高，而且公司精兵簡政，每個人都獨當一面，這委實創造了出版界的一個大奇跡；好幾年後，島城的書藝局對文學出版的策略出來後，又有不少作者獲得資助，將書交來請他們製作。最不可思議的是，島城書藝局對一本書需要資助多少心中無數，還打電話給采馨，請她將平時一本書的製作成本，包括打字、編校、封面設計、紙張、印刷等的大約費用提供給他們參考。這也令采馨受寵若驚。

那天，在公司吃過午餐，王銳就走進采馨的辦公房間，坐在她跟前的座位上。她對王銳說，很奇怪喔，島城大出版社那麼多，他們只欣賞和信任我們，竟然來問我們這個。

也許看到我們出了那麼多好書。公司做派也比較老實吧！王銳說。

我們製作了幾本得到資助的書，看來他們也比較滿意。采馨說。

王銳也滿意地點點頭道，書藝局算島城半民間機構，能得到他們的信任，也真不容易！

采馨說，就是。我們一開始就出版市面比較缺乏的、健康的、本地作家創作的兒童文學作品，彌補了島城少年兒童精神食糧不足的空檔，而不是唯利是圖，這就很惹島城讀者的好感。一家有誠意的出版社，大家是會感受到的。

王銳點點頭說，我們示益的那個益字，就包含四個方面是意思，讀者獲益、作者獲益、社會獲益、出版社獲益。這樣的出版社宗旨，很普通，不敢妄稱偉大，但也確實沒有其他出版商想得出來。誨淫誨盜，出版社賺錢，這樣的情況不少啊。

采馨道，我們公司名聲好，有威望！這是最大的榮譽和財富！

＊＊＊＊＊＊

當采馨和王銳攜手走上台，從頒發人手上接過那張製作得很精緻的「商界展關懷」獎狀時，心情激動不已。走上舞台時王銳還興奮得差一點跌個踉蹌。

采馨也早就忘記那頒獎的嘉賓是誰？但台下熱烈的鼓掌聲她是清晰地記住的，一直響在她耳際。王銳也牢記住那次生命裡的掌聲，他認為這樣的掌聲，遠比一些利潤重要。利潤每家公司多多少少都會有，但掌聲卻未必。

在那年代，也沒有幾家出版社享有這等榮譽。

之後，在那佈置、裝飾得大方得體的舞台上拍照留影，采馨和王銳的心思都想到一處了，公司創辦以來，他們所做的都沒有白費，一切都物有所值！當然，公司得沒得獎，他們都可以心安理得，但公司獲頒「商界展關懷」的獎項，他們也不覺得太意外，可以說是實至名歸！榮譽的名稱，簡單地說，意思就是他們這一類公司，充滿了對社會的人文關懷，不是唯利是圖的出版商。

不少親朋戚友在台下為他們拍照。這第一次社會上給予的榮譽真是來得及時。

歸途，王銳對采馨說，我最不喜歡人家稱呼我們出版商，我們應該是出版人，不是嗎！

對呀！我也是。

＊ ＊ ＊ ＊ ＊

島城中心圖書館舉行「島城文學圖書展」屬於史無前例之舉，不僅是因為展銷和純展不同，純展覽比較容易，因為這只要選擇有一定文學和歷史價值的書籍就可以，不需要考慮銷行；但展銷不同，價值之外，還得考慮色香味等雅俗共賞的健康賣相即普羅大眾的口味。文學價值和商業價值多半很難調和，但只要示益出版，這兩點就不成問題。

那天，采馨接到有關部門的電話、將電話放下後，笑嘻嘻地，故作神秘道：

哇！爆炸新聞！

什麼？王銳正在將熱氣騰騰的咖啡端進來。置於采馨桌面。他從來沒看過她那樣神秘。

我們被選中了！

選中什麼？

島城有關部門舉辦全城的文學圖書展，只選了十六家，我們被選中了！剛剛有關負責人打電話通知了我，還問我們做嗎？我沒與你商量，馬上回答，我們參加！

當然呀！那樣好的機會，用錢都買不到！

王銳搖搖頭歎道，島城少說都有兩三百家出版社，正式出版圖書的沒有幾家，出純文學書的更少！

采馨說，純文學書籍難銷，都很少人要出。旅遊書、風水書、股經、教人賺錢的書就賣得很好，難怪文學出版社那樣難選出來了。

王銳滿意地笑道，我們才創辦幾年，有這樣的成績也算很不錯了。

采馨說，我們在做傻子做的事，哈哈。

王銳說，傻人有傻福，也是社會對我們的好回報吧。

出版好書，不能本本都講賺錢！

就是！有的出版社目光短淺，難怪一下子就執笠了。

兩個人你一言我一語，說得興高采烈，對自己的出版社——示益，竟然短短幾年就產生那樣大的影響感到欣喜，也完全出乎意料。島城至少也有七百萬人口，純文學書那麼少人出，也令人感歎。他們覺得自己不過是小小的出版社，人緣好，才可能得到大家的信任和支持。連資深老作家年申易先生也樂意將書交由他們出版。像《兩島記》《黑白錄》《<醉>評論選》 等，都是有價值的純文學，其他出版社恐怕不願意出。反過來說，如果年先生不信任他們，他們也無法出版。其中《<醉>評論選》由年先生編選，但有所不便，用了示益編輯部的名義，估計會血本無歸，申請了當局少許資助。《醉》有幾種版本，獲得華文文學界的好評，名家評論不少，該書大抵是節選，評者多達幾十人。

采馨想到了什麼，又說了，我們出新人的第一本兒童文學書，也做得不錯。是呀！王銳說，有好幾位都是我們發掘的。

哪像有的出版商，等她（他）紅了才出，或者乾脆挖角！

王銳附和道，他們出的兒童文學作品，有好幾位這幾年都是從我們出版社先紅起來的。

七月驕陽下，在島城最大的公園操場上舉辦文學圖書展銷，確實比較辛苦，示益的采馨、王銳、陳弓、趙小姐四個員工都出動了。十六家出版社按有關當局劃出的位置、在借出的檯展擺自己公司出版的讀物。每個公司都有統一的四面通風的帳篷遮陽，十六個展商就圍成一個長方形的方陣。由於地方有限，采馨和王銳協商之下，不能帶太多書，七八箱也就差不多了。他們的兒童文學雖然比起大機構都向外國買版權然後出版中文版，名氣無法相比，但也有資深兒童文學作家和島城的新秀，作品充滿了本土氣息，令本地的小讀者有一種無法取代的親切感，因此世界名著固然不朽，但發掘島城的兒童文學好作品，實在是一件功德無量的事情啊。這個時候，純文學代表性作家年申易的書雖然出版得還不多，也少人問津，但他們不會放棄；王銳一早也看到了自己的著作無法銷行得很快的狀況，對自己的作品的定位不至於太高；心中有數，期望不大，就不會太失望。「不寫最累」的意識和感覺幾年前早在心上慢慢滋長，不能賣也好，能賣幾本也好，他感覺都不會影響他繼續寫下去。

頭一天，化約一個多小時就很快把所有圖書擺好了。賣相比較好的、發行和反應不錯的，就平放，讀者可以看到封面；反應一般或數量太多的，只好用鐵書夾夾住，只能看到書脊。

大半天不見人影，陳弓抹完身上的汗，攤開雙手，對著王銳和采馨苦笑道，看來要喝一個星期的西北風了！

采馨安慰他道，不會的！我們的《益友》都特地宣傳我們這一次的文學圖書展，寄出兩千份，老師們不會不知道。有好幾位熟悉的老師和家長，我還特地打電話通知了。

王銳說，就當一次宣傳也好。

坐在書攤內側的采馨和王銳並排坐著，采馨檯面擺上兒子很欣賞的那個收銀工具箱、發票簿、臨時發票本、書籤等物；王銳跟前，擺著作家某某簽名的牌子、印章、印泥，簽名的圓珠筆、小白紙等物。夏天，加上在這樣的公園裡，他們不需要像在學校那樣嚴肅嚴謹甚至正襟危坐了。

整個展場一片冷清，夏季的驕陽在天上高掛，草坪上泛著白光。

幾個熟悉的行家走過來，與采馨、王銳打招呼，然後翻著他們示益出版的圖書，點頭讚道，你們認識的人多，熟悉那麼多作家，出的都是創作性的，不簡單啊！采馨口才好，與他閒聊起來，才知道，又有幾家出版社結束營業。

王銳靜靜聽他們交談。

出一些兒童書，但多向海外買版權的行家魏老闆說，最初一些人以為出版業好賺，入了行才知道能維持平衡已經不錯。

是的，采馨回應，有兩餐吃可以偷笑了。

王銳忍不住了，說，再多一餐就是賺！哈哈。

哈哈哈……魏老闆和采馨也笑起來。

魏老闆讚賞道，你們示益，捱了好多年，捱過來了！蔡小姐，妳真叻！女強人一名！

魏生，你不好這麼說。我們最初三年每天都拍蒼蠅、喝西北風呀，還有，我根本是新兵入行，如果不是為了幫王銳，我也許都不會入這行吧。

這樣啊？那妳豈不是更犀利？哈哈。

第一天， 開門紅一赤字，一本都沒人買，他們失望地收工了。

第二天、第三天……都是三三兩兩，幾個愛書人來翻翻看看，銷個三五本，

一直到最後一天。

那天，上午靜極了，時間一秒秒流逝，一直到下午，太陽收斂了它的光芒，大約接近四點，他們準備收拾，將圖書收進

紙箱的時候，一位約莫三十來歲的女性走過來，看到采馨和王銳，點頭點打招呼。采馨站起來，女子走近他們的書攤翻動他們的欣賞系列。

你們示益出版的這些欣賞系列不錯。

采馨遞給她一份最新出版的《益友》小報。

她接過。

采馨又遞給她一張名片。

她接過，也從手袋裡掏出她的一張名片給采馨。她一看，是一家中學的中文科主任。

我也兼教中一的兩個班。她自我介紹道。

接著，她打開《益友》的目錄版，精神非常專注。一會，用手指著欣賞系列中的《美麗的島城》，問，這一本有貨嗎？

采馨說，有啊！

坐在采馨一側的王銳站起來，從攤位中取出《美麗的島城》遞給那位中文科主任。采馨對主任介紹他，王銳，自己是出版社總編輯，這本書是他編的。這一本已經重印第四版了，學校反映不錯。

如果訂兩個班的數量，有沒有貨呢？

兩個班，那是多少本？

我們一個班是38本，一個班是39本，那總共是77本。

有的。

可以送一本教師樣書嗎？

采馨說，可以，我們的慣例，只要訂30本到40本約一個班級的數量，都免費送一本教師樣書，我們可以送妳兩本。

不用，我一本就夠了。

沒關係，多出的那本，可以送給小朋友或圖書館主任。

主任笑起來，也好吧，你們真有人情味。

哈哈，那可以確定了嗎？

可以，確定了。三天后能送貨嗎？

陳弓在旁聽到，明天下午都可以！

學校主任有事先走了，臨走前，王銳簽署了一本自己的著作《陪你》給她。主任受寵若驚，連聲道謝。

圖書很快就裝了箱。開幕那天帶來九箱，結束的時候也帶回九箱，似乎一點都沒減少。

貨、人都上了車，陳弓開車，王銳和采馨坐後面。陳弓旁副駕駛位是趙小姐。麵包車離開展銷場，往高速公路駛去。

陳弓說，什麼仇都報了喔。

這是他們示益出版社最喜歡說的行話，生意不好，突然來了一單特別大的訂單，就有如報了一次大仇。

哈哈，凡事都不需要太著急，不到最後，都不知道勝敗！

王銳說完，采馨也參與道，天下不會有絕人之路，總是給好心人好報，這就是天意！

是的，以為最多就是零售幾本，哪裡知道來一單特別大的。差不多就是八十本！如果我們一早知道生意不好，就婉拒主辦機構的邀請，哪裡會有這樣的機會？

真是這樣，采馨說，什麼事都要試一下，機會就在其中。

陳弓說，我們有時做人太計較，計較賣多一本少一本，結果大的生意就在後面等著來！

王銳說，即使這一次一本也賣不出也沒關係，這位學校的主任來看書，至少會做我們健康出版物的宣傳員，替我們傳揚出去，讚賞示益出版，必屬佳品！

他x的，也有這樣的一天！讓我們翻身，讓外界知道我們的厲害！陳弓發洩道。

你一言，我一語，外面車水馬龍，華燈初上，馬路開始被車子擠塞得水洩不通了。

＊＊＊＊＊＊

是的，書展不能太功利，次次都講賺錢：書，也無法要求本本暢銷，本本都講經濟效益，最重要的是具有社會效益，如果兩者得兼，當然很完美；可是這樣的情況還沒降落到他們頭上。世界名著則不乏這樣的效應。

像王銳收到這樣的一封信，就令他既感動，又感慨萬端。

沒有書展的日子，他們都會到寫字樓上班。采馨忙著和學校老師、行家聯絡，王銳則忙著拆來信，為一些重要合集寫前言，也為一些作者的邀請為他們即將出版的新書寫一篇短序。

他們各自坐在屬於自己的辦公房間做事。中間只隔著一面厚墻。天意讓他們都面對那墻。如果拆掉墻，他們就看到彼此的臉了。

下午飯後兩點多，瞌睡蟲大舉向王銳進攻。他手抓著看完的信，人卻像公雞頭一篤一篤的，呈現半進入夢鄉的狀態，頭低垂幾乎碰撞到辦公檯面，也許覺得頭顱有點重，猛然一醒，又繼續和周公糾纏，然後那富有節奏的打鼾聲響起來了，在外面辦事的趙小姐不敢發出聲音地笑，隔壁的采馨喊——

喂，那麼好睡呀？

她從對面的辦公室躡手躡腳地慢慢走過來，站在王銳的檯面前，笑嘻嘻的，王銳猶沒發覺，頭顱依然快要接觸到桌面了，猛然又下意識地抬起。

忽然，感覺自己的鼻子猶如匹諾覺在《木偶奇遇記》中那樣，無限度伸長、伸長……然後被人捏住，還對他說，你這樣很不好看，快醒醒！……

王銳感到臉部有點異樣，發現自己鼻子有一隻手在捏，原來是采馨。

哈哈……以後晚上早點睡。那麼大聲，趙小姐在笑。采馨說完，就回到自己的房間，繼續辦事。

王銳也打起精神，繼續拆信，剛才捏在手上的已經看過，他又拆開新的一封，突然眼睛一亮。信很短，直書，字跡工整，但那些鼓勵的言辭，將王銳的心都燙暖了。信全文如下：

敬愛的督印人、總編輯：你們好！

收到這封信你們一定感到十分唐突，我只是普通的讀者，你們不認識我。

自從幾年前在書店看到你們出版的少年兒童書後，我就很留意你們公司的出版物。在流行讀物氾濫成災的島城，你們太有誠意了！像發掘兒童文學新秀，出版她們的得獎作或第一本書，就不是一般出版社願意做的事情，我知道原因，那是擔心知名度低，書銷不出去，血本無歸！你們重視純文學是有目共睹的，在島城，堪稱出版界的有心人！你們根本不是出版商，而是真正的出版人！

前些時候，我在島城中心的一家書店偶然買到王銳先生的《陪你》一書，讀完非常感動！感謝王銳先生陪我度過了一個寂寞假期。所收文章都寫得很棒，大大鼓勵了像我這類認為人生毫無意義的讀者對生活的信心，書也編得蠻有次序的，分輯科學而清楚。為了不浪費，我讀完把書送給一位一向為人比較悲觀、甚至有自殺傾向的好朋友。他也讀完了，被王銳先生對人生的熱情擁抱、對生命態度的豁達大大感動了，原來有尋短見念頭的他，馬上摒棄了自殺的想法，決心好好過日子！還要我感謝王銳寫了那樣精彩的文章，出了那樣好的書！

王銳以後出版的書，我都會本本買，支持王先生！

鞠躬

一讀者

梁敬上

X月X日

看完信，王銳霍地站起來，興奮地手掌往檯面猛力一拍，激動地大叫，太好了！他抓著那封信，走到采馨房間，站在桌子前的有限的位置，將采馨那一邊當舞台，問，要不要聽我朗讀？

采馨一頭霧水，問，什麼？

收到一封信，寫得很感人。

給你的？

給我們兩人的，不過沒寫出名字，抬頭只是寫督印人和總編輯。

很奇怪，他怎麼知道？采馨好奇。

我估計他是看了版權頁。聰明的他估計我們這家示益出版社主持人是夫妻檔。他欣賞我那本《陪你》。信很短，我讀吧？

你讀。

不到三分鐘，王銳用很有感情的聲調讀完了全信。

采馨聽得專注，不斷點頭。

寫得的確很好。開心吧，晚上不必睡了，哈哈。

用陳弓的話說，就是什麼仇都報了！我的書即使只賣出一本，有這樣一封信鼓勵支持，就值得我繼續寫下去了！

你真了不起，救活了一個想自殺的人！

采馨的隨口而出，令王銳更加興奮，說，我讀到那一行的時候，就感覺我好像站在高樓下面和三位朋友一起拉網的人，等著他從三十幾層高的天台跳下來，將他救了過來。一本書的面世還有什麼比拯救一個人的生命更有價值？

采馨同意，說，你呀，這一次功德無量了！

她呷了一口咖啡，又道：你寫封回信給他。

好的，謝謝他。

謝謝他之外，徵求他允許，把他的信刊登在我們的《益友》上！

對對，沒有妳提醒，我都沒想到這一點。

哈哈，你當然不會想到！你的確總是比我笨一點啦！

＊＊＊＊＊＊

榮譽，總是歸於勤勞、真誠而問心無愧的人。

榮譽，得來不易，豈是你想在一夜裡摧毀就摧毀得了的？

從島城第一流的純文學作家年申易把最偏愛的書稿交給他們出版，到當局將他們列入十六家文學出版社而邀請他們到島城最大的公園操場進行為時一周的書展，以及有關當局頒發兩次社會貢獻獎給他們示益，都是充滿智慧和汗水的榮譽，用金錢是買不到的。

但有人是不自量力的。見不得人家好，看不慣你的事業蒸蒸日上。

他們被嫉妒之火燒壞了心，被仇恨心態的毒液注入了血液，無法自控。

這實在也令王銳和采馨感到太意外，也覺得太荒謬了，也許一直到他們幾十年和退休之後，也無法想像和猜測，為什麼會這樣？

那天是中午，大約十一點左右。

門外兩個陌生人按鈴，趙小姐開門。那兩人一高一矮，穿著便衣走進來。

王銳和采馨看來者似乎不尋常，不約而同從房間出迎。

那兩人沒有笑容，也沒有主動伸出手表示要握的樣子，使手伸到一半的示益夫婦神情有些尷尬；進來的這兩人只是將兩張牌亮在手上給王銳采馨看，那牌子上印著一個大大的「廉」字，其他三字就很小了，和三個字的名字一樣小，根本看不清楚是什麼字了。既然那樣有來頭，當然不會假，必須認真接待。

請問，這裡是示益公司？你是不是王先生？

我是，王銳說。

夫婦倆將他們迎進自己的房間，高矮個子分別坐在王銳辦公檯前面的兩張椅子上。他不好意思，沒敢坐在自己的大班椅上。采馨拉了兩張椅子，他們並排而坐。這樣，不大的房間已經被四個人的椅子擠得水洩不通。

看來高個子職銜是高一點的，負責問話，另一個取出紙張，擱在筆記本上記錄。

王銳和采馨用家鄉話對白了幾句。夫妻倆很快有了默契。王銳問采馨的意見，誰做對方發問的主要回答者？采馨的意思，如果是有關編輯的問題就由王銳為主，她做補充；如果是有關整個出版社營運的，她可以回答。

既然有了默契，緊張的心緒一下子放鬆下來。

不過，當對方冒出第一句開場白時，他們還是大大吃了一驚！

有人投訴你們。

啊？王銳采馨的嘴幾乎張大成為一個大0型，但沒有說什麼，只是等著他說出第二句話。

投訴你們示益出版社！

投訴什麼呢？采馨已經忍不住了。

你們是否有一本書叫《《醉》評論選》的？

有啊。

有沒有發稿費給作者們？

沒有。

為什麼呢？

王銳回答，這樣，這本書是島城書藝局資助的，當時沒有申請稿費。書是年申易先生編的，他忙，沒有一一來得及告訴所有作者，有的作者根本人不在島城，遠在海外，不方便通知。但憑著年先生的崇高威望，評論摘錄被收入書中，作者們一般是年先生的好朋友，不會有意見的。

王銳一口氣解釋，整個過程他最知情。

采馨站起來，從書架上取出一本《《醉》評論選》樣本，遞給高個子。他翻開版權頁，看到編者一欄上，印上的是「示益編輯部」，他問：

書是你們編的嗎？

不是。

那為什麼這樣寫？

年先生為人低調謙虛，他不方便將自己的名字印出來，因為《醉》是他的著作。

哦！那你說申請時沒有申請稿費，有什麼可以作證明嗎？

可以，我們有申請表格的副本。采馨，放在你第三抽屜的宗卷檔案裡，妳取一下。采馨很快取出來，遞個高個子看。

表格上，項目沒有稿費一項，整個申請的數額和批准函上的數額完全一致。

島城書藝局為了節省資源，只批准文學藝術出版物的印製成本，不主張再付給作者稿費。

……

要問的都問了。矮個子也滿滿地記錄了一大張半，他遞給高個子過目，點點頭，又將記錄交給王銳看，如果覺得記錄都屬實，那就在第二張的下方簽署。王銳看完，給采馨看。她看了覺得都是剛剛王銳描述的，非常如實，用家鄉話對王銳說，你可以簽署。簽好，那人說，你們可以留一個副本。

王銳簽署時一點顧慮也沒有。高個子要求索取申請表格一份副本，采馨吩咐趙小姐連記錄一起複印，她印好表格交給來人，記錄則給出版社留著。

他們好快就起身走了。

一個離奇的「投訴」荒謬鬧劇終於結束了。

王銳搖搖頭，可怕！他們奉命而來，一點都不可怕；可怕的是背後投訴的人！那是為什麼？聯想起年先生編的《島藝》發了我不少文章，《島藝》就收到好幾封匿名信，而且信的字句是剪下報紙的字粒張貼組合成句的！你看看這種人陰險不陰險？

哈哈，本以為你們文壇乾淨，不食人間煙火，原來也這樣骯髒！采馨感歎地大搖頭。

王銳說，平靜的海面下有暗湧啊。

采馨說，除了嫉妒，看到我們示益發展得那麼好，那麼快而不甘心之外，無法有其他解釋。

是呀！這種鳥頭太愚蠢，把我們看成那種區區幾千塊錢都要貪污、都要裝進口袋的財奴。我們會為了吞噬一本書的作者稿費而自毀前程嗎？哈哈哈！

采馨也笑起來，蠢豬啊，也許他自己就是那樣，難怪無法改變命運，一輩子只好做上班奴，一輩子失敗！

第十章 聯手

示益最艱難的創業守三年已經撐過去，出版社穩步向前，越來越產生深遠的好影響，有一年他們的出版物，居然多達十一種上了好書榜，那是他們的事業如日中天的一年。

時分進入1995年，情況，已經非創業初期可比。

王銳喜歡文學之外，也喜歡所有的藝術，如電影、美術、設計等等，這令他們的出版物，從封面到內容，品味都不俗。那是一種雅俗共賞的格調，既不清高到用牛皮紙做封面、只印上書名幾個字，什麼設計都省了，讓普羅大眾覺得神秘、高雅到天上去，無法接受，也不願意庸俗和媚俗，討好一些讀者的低級趣味。因為走了其實並不太容易的中庸之道，反而往往一紙風行。

學校的書展預約也多起來了。單是一年內。島城、離島的書展多達約五十家，無法否認，這是那份無腳推銷員——《益友》發揮了巨大的威力。印製費、郵寄費和所花的人力、物力和時間，雖然也不少，但比起請一位推銷員的薪酬，顯然還是省出不少，非常划算的。再說《益友》容量非常大，不是簡單到只是刊載圖書目錄而已，八大版有時還不夠，還會增加兩大版，有書評、書介、新書目錄和示益出版社的最新最完整目錄，有時還刊登一些文藝性散文小品。於是，這樣一份書訊，可讀性、資料性和實用性都達到一個高水準，大受歡迎。所謂實用，學校訂單、預約書展，都靠這一份精彩的小報，其作用遠遠超過了一般的純目錄。

采馨和王銳都明白，一家出版社不能單單搞出版，而應該配合以一系列帶服務性的工作和勞動，未必要事事牟利，主要是擴大影響，帶動圖書的銷行。

他們稱這種方式是「聯手」。

不少學校要求他們協助編輯印製學生文集。這類文集不需要書號、不需要售賣，只是在印好全部送到學校，供他們本校學生每人一本和外校交流之用，因此不需要屯倉庫佔地方，也不需要發行，雖無法增加他們的知名度，但對於加強他們出版社和學校的關係，加深對他們的印象，無疑大有好處。因為和學校來往多了，他們對你出版社熟悉了，對出版社的出版物當然也會格外注意起來，尋找適合學生課外閱讀的讀物。

采馨漸漸和學校的中文科主任、圖書館主任熟稔起來，比起其他同期的出版公司，甚至個別大出版社，竟然也有過之而無不及。

寫字樓裡，常常見采馨和她們打電話聯絡，聯絡的是感情，得益的是業務。在電話裡，采馨要推薦或介紹示益的一些適合學生閱讀的出版物，也變得較容易，也很自然，不像一些銀行，打電話推銷銀行業務，問你要不要借錢？常常遭到接電話者的無情回絕，理由就在於彼此不認識、沒感情。

當然，這當中也有王銳的辛勞付出和配合，他雖然不需要校對，但發稿、編輯還是需要的，如果有空，學校派不出校工來取稿件，他就會親自出動送稿。

一些大型群體性合集，是作家與作家在同一本書內的聯手，打破了一個作者在一個封面內孤守十幾萬字、難免寂寞的孤單；這種聯手，顛覆了傳統的以名氣包攬全書自始至終的馬拉松長袍的單調，改以不論名氣的有無大小，大家一律平等的、在千把字的範圍內大顯身手、各展其才的特別形式。這種聯手，不但是島城作家、老師的聯手，也是島城寫作人和千島之國寫作人的聯手。

以《良師益友》為例，承繼了前兩大戰役《童年》和《父親・母親》的成功，《童年》48位作者，《父親・母親》90位作者，已經令人矚目了，到了這第三本大合集，如果作者比前兩本少，那就不大好了。

時間臨近一九九七年了，采馨和王鋭選擇了六月十五日出第200本書，那剩下半個月，就是島城回歸的大日子。時間上，一切顯得非常緊張。

書，當然要提早出版，書號選了第200本。

那是一年前，在寫字樓，王鋭為了籌劃《良師益友》，來到采馨辦公房間商量所有的細節。

采馨桌面堆滿了最近出版的樣書。

不知不覺，我們也出版了一百九十九本書。王鋭說。

那《良師益友》編為第200，是吧？采馨問。

《童年》第100，《父親・母親》第150，不錯，《良師益友》就編第200.

有意思。采馨說，那麼準備收多少作者？

當然不能比前兩本少，《父親・母親》都已經90位了，《良師益友》我看就100位吧！王鋭說。

有沒有那麼多作家、老師朋友呢？

對啊，我也在傷腦筋。我們認識的島城寫作人沒有那麼多啊。

這樣啊？南洋千島那裡，我們認識不少文友，也可以約約啊。

對對對，我一時也沒想到。這樣好啊，我們的書就有了不同的另類色彩，對他們在那裡的華文寫作也是一個很好的支持！他們那裡華文寫作、發表到現在還沒有解禁呀。我想，文章可以入書，他們供稿一定很積極踴躍！

聽到王銳那麼說，采馨大感興奮，說，那你趕快約他們寫！

我擬一份簡單的約稿函，發給他們的頭頭小嚴，托她搜集稿件就可以很快OK了！我想約二十五篇，這樣佔全書的四分之一，我們島城七十五篇，佔全書四分之三，這樣就很完美了！

這時，采馨站起來。看看墻上的年曆，拿了紅筆在上面寫寫劃劃做記號，然後盤手計算了一下，我們還有一年多的時間，你也不必太趕太急！時間完全足夠！

好！那就那樣辦！

＊ ＊ ＊ ＊ ＊ ＊

既然出了年申易第一本書《兩島記》，就繼續為他出下去吧？

王銳和采馨最初不是沒有擔心和猶豫。

但這一年，形勢正在將困難逆轉，將他們帶向好的方面勇往直前。

昨天，年先生又將他剛剛修訂的、自己比較滿意的長篇小說《小刀》讓穆日林交來。

這幾天出版社沒有學校的書展，王銳就抓緊時間，勤跑董事長采馨的辦公房間，商量包括出版業務等一切公司雜務事宜。

沖過咖啡烏，王銳將兩杯斟得滿滿的黑咖啡端來，一杯采馨，一杯自己。他朝大廳喊，趙小姐。咖啡沖好了，自己去取！

趙小姐雖然是島城的道地女仔，但對南洋咖啡也很受落。她也完全明白，南洋千島之國的粗咖啡，少了某些牌子咖啡的匠氣和附加物的滲入，卻自有熱帶地方的那種土氣和無法阻擋的濃香。

咖啡新鮮沖開，非常燙，裊裊升騰的咖啡香氣飄散，氤氳得整個示益的寫字樓空間，每一吋空氣都瀰漫了咖啡的芳香。

年先生的新書稿看了嗎？采馨看到王鋭大腿上隔著整包的《小刀》。

剛交來，我們就下班了，哪裡有空？

他的書我們到現在出了幾種？

王鋭答，《兩島記》《黑白》《〈醉〉評論選》，三種。《〈醉〉評論選》是別人評論他的《醉》，不算他的著作，嚴格說起來，就是兩種。

老作家啊，不容易。

他交來想出版的，都是娛樂自己的純文學，而且每一部都有每一部的創意和新意，其實是不用看的！王鋭說。

這幾種銷行怎樣呢？

王鋭搖搖頭道，都不大好，好慢。

采馨點點頭，也許是品種出得太少的關係。書在某種意義上來說，有點像一家廠商的產品，單單只是出一種，往往影響不大，等多出幾種，就會引起市場和讀者的注意，所以我的看法，我們對他要有信心，不管目前出的發行得怎麼樣，繼續為他出，一定會有轉機的！

妳說的正合我意！膽子也比我大！年先生人低調，其實我看過他的《兩島記》《黑白》太棒了，他那種簡潔文字，每一個字可以說都是有力的子彈，發射在最有用和最恰當的地方。

還有手法和技巧，都是那樣與眾不同。他是島城的寶，也是整個世界華文文壇的一級文學原子彈！問題是目前還沒充分被人們發現和發掘。

是的，文學原子彈！我們一起來引爆它吧！

最難得的是他幾次表態不要稿費，怕我們虧本啊，采馨說，目前像他那樣好的作家已經沒有了！

他的書稿其實是不需要審看的！等打好字校對錯字、好好欣賞就沒錯。王銳說。

好，就交給你了。采馨說。

發稿！明天就發稿！王銳說，這一本《小刀》出版後，就和他前兩本《兩島記》《黑白》聯手一起宣傳吧。都是年先生作品，品種一多，會有影響的，我也可以寫幾篇書評，讓多一點人知道。

還有其他事？采馨問。

有，有文友、我們的顧問建議辦一份學生刊物。我對雜誌缺乏信心，最後的宿命都是停刊，無疾而終！何苦呢？

采馨說，那就再看幾年再說了。

＊＊＊＊＊

忙，忙到渾然不覺。

忙，無暇過問暗角裡的流言蜚語，常常只是對那些中傷破壞一笑置之。也許正是抱著「狗吠，駱駝照樣前進」的心態，才一步一步將一條狹窄的小路慢慢走成可以漫舞的暢通大道吧？

王銳自問安分守己，不愛在眾人面前說人是非，道人長短，有時也感到很奇怪，為什麼連他們那樣不喜歡陷入文壇小圈子的公婆倆，也會被閒話所困。

只當下班後、吃晚飯或睡覺前，他們躺在床上，鬆懈緊張的情緒，解除身體一天的疲勞，不需要為公司繁瑣的業務煩惱的時候，才會閒聊包圍在示益出版社周圍那無形的束縛他們的網。

唉，莫名其妙，連我們這樣的好人也有人拼命攻擊。

采馨洗好澡，剛剛躺下來，聽到王銳狠狠地發洩了那麼一句，一躺下來，就安慰他道，你是庸才廢物，你所做的事失敗，肯定就不會有那樣多閒話！

那倒也是。

你想想，姜思在我們創辦、開公司前就預言，我們不需要幾個月就會像阿酷的公司那樣關門大吉，可是我們不但沒有垮，我們開張到今天，已經走過了好幾年，他怎會不恨？不少出版社出了十幾種書就失去影蹤，我們到現在籌備中的《良師益友》就是出到第200種了！怎能不讓他們大吃一驚？除了嫉妒，我真想不出我們一向清清白白，有什麼好攻擊的？

采馨說得有理。本來，王銳一向不喜歡猜測，但無端被惡言污衊攻擊，一系列事實都說明采馨充滿睿智，說得在理，你是無法不相信的。他向年申易主編的《島藝》投稿，年先生幾乎都用了，也幾乎期期都有他的作品，《島藝》編輯部不久就收到了奇奇怪怪的、用從報紙剪下來的紙粒組合的匿名信；他們出版年先生的幾本書，很快，有人來調查他們出版其中一本書的細節，有沒有私吞稿費。

這難道不是無形的另類意義的「聯手」嗎？

你說得有道理，他回應采馨，他們大概只是幾個人，看到我們將那麼難經營的出版業進行得那樣風生水起，心起嫉妒，有所不甘，於是想辦法破壞。人呀，一旦被嫉妒之火燒壞了腦，被不服的心蒙住了眼睛，就會失去了理智，陷入瘋狂，還有什麼幹不出來呢？

就是，就是，你不要在意。

我才不在意。哈哈，放屁都沒時間呀。

采馨突然說，今天穆日林打電話找你，正好你出門不在，他跟我聊了幾句，告訴我說，儒天已經沒在《島藝》雜誌社做了。

哦，不知道出了什麼事，王銳問。

我沒詳細問。據穆日林觀察，說無非做得不開心，哪裡有其他原因？

王銳說，當初他可興致勃勃的，外間傳說，到淺川開一次會，不到半天就把自己名片派光了。

采馨哈哈一笑，有點誇張吧？這麼厲害？

我倒是有點相信哩。他這種人……

采馨的睡意襲了上來，上下眼皮越來越粘，最後猶如夢囈般細語：

睡吧，我要睡了，讓他們去破壞好了，我們不必理睬，做我們自己的事吧。

王銳將檯燈熄了，睡房內一片黑暗，唯有對海的窗口，將維多利亞港對岸不夜城的燈光引誘進來。

明天，又是一個戰鬥的、緊張的一天。

七點就要抵達郊區的一家學校，那五點半就得起身了。

王銳支起半個身子，悄悄觀察妻子，她已經累得睡了；他愛憐地在她額頭輕輕地親了一記，之後，渾身來一個放鬆，拉了被到下巴，也漸漸進入夢鄉。

＊＊＊＊＊＊

姜思沒想到自己也會有被機構解僱的一天。他本來抱著一步一步爬上去的野心，哪裡料到半途就遭到這麼大的挫折，這對他打擊太大了呀。他在主任這個位置剛剛坐上不到一年，屁股都還沒坐熱，腳還沒向經理寶座跨上半步，竟然這麼快就從主任位置摔下來。

那天他被頂頭上司喚到經理室，經理準備了一個大信封，也沒有請他坐下來，姜思臉色嚴肅中還帶點陰沉和不悅。

你就做到這個月底吧，過幾天就是月底，這信封內裝的是補償你的一個月薪水。

什麼原因炒我？姜思似乎平靜的語氣中壓抑著極大的憤怒和震驚。

沒有什麼原因。現在市面不景氣你又不是不知道。

經理這時候突然彎身，從他右邊辦公桌最下面一個抽屜抽出一大疊報紙，從大班椅子站起來，帶著微微的怒氣，將報紙甩在檯面上。

這上面的「文化絮語」是你的專欄吧？文章都是你寫的吧？

是，姜思聲音小得像蚊子在細叫。

你不需要否認，每個人的白紙黑字都是自己在這世界上留下來的痕跡，那是無法洗掉的。你都寫了些什麼呀？島城的同業，差不多有一半都給你咒罵光了和諷刺光了！出版業那麼難做，誰給你那樣的權力去冷諷熱嘲？出言傷人，你的目的是什麼？你可知道外間行家反映很壞？他們有的甚至還誤會我們公司指使你這樣做！當然，辭掉你，這只是其中一個原因。說理由，十幾條都不止吧。如，你手下的編輯，沒有一個做得長久的！為什麼呢？你想過沒有？前後已經走了九個人！按你選題出版的十幾種書，幾乎全都是發行一次就滯銷了……這些理由足夠了嗎？我們再留下你，行家就會看我們笑話。

……姜思已經忘記如何反駁或據理力爭，反正這個經理也太厲害了，所說的一席話就沒有一樁是無中生有！全都是事實。自己上得山多終遇虎！這要怪誰？多年來，他無所顧忌，筆路縱橫，寫得暢快過癮，自我感覺很好，天下無敵，誰想到自己的情況經理如此瞭若指掌，最可怕的是連「外面對你的生活作風有很多議論」都知曉。

那天，他走出經理室，雙腳幾乎沒有什麼感覺了。

月底，最後一天，他走出機構，渾渾噩噩，昏昏沉沉，面部肌肉陰冷僵硬猶如戴著僵屍面具，他恨自己膽子不夠大，他回望著經理室的門，目露凶光，好想拿一把剪刀，衝進經理室，往他腹部猛力刺進去，再用力搗兩圈，挖出他的腸子讓狗吃，殺死他後再肢解他成十幾塊！

嘗到失業半年的滋味，姜思的銳氣減了不少，筆下的火焰也漸漸降溫，其實，那個名為「文化絮語」的專欄在他被炒魷魚的一周後，也被該報總編輯叫停了。當然那是老闆的意思。島城的老闆與各地的報業老闆一樣，最忌諱報紙上的文字涉及影射攻擊，擔心陷入官司，因此聽到的投訴多了，防範於未然，會不留情面地將屬下有關員工辭掉，以免夜長夢多，所辦的報紙萬一出事，那就來不及了。

姜思沒想到這樣一件小事，也會在出版江湖上傳得沸沸揚揚，再沒有人誇獎他的文筆犀利，等待看熱鬧，很多機構都怕瘟神一樣怕了他。深怕吸收了他這種人入公司惹事生非，令公司倒楣。

但姜思這種人偏偏愚蠢，不明白他到處應徵碰壁，是什麼原因？如果他聰明，就不會去嘲諷人家，更不會看不起那些安分守己的老實人，當他們是愚蠢人！正是這一類蠢人逆潮流而動，做出「愚蠢」行為——有人辭官歸故里，有人連夜趕科場！幹出了轟轟烈烈的出版大業！別看人家小不點，從來歷史上不看你規模大小，而是看你出版了什麼？

無法可想之下，老婆的冷言冷語更令他心靈有點崩潰了，她看不慣他本事不如人家，還笑人家。看到家裡差不多揭不開鍋了，就到朋友開的公司打半天工了。

晚上，飯後，他忽然閃起一個念頭：打電話給儒天吧！看看他那裡需要人手嗎？那麼久沒聯繫，會不會唐突呢？

他從家裡撥了電話。

是儒天兄嗎？

是，你是哪一位？

姜思。

什麼風？

香風。哈哈。

以為你飛黃騰達，忘記你小弟了。

有好幾年了，沒聯絡。

你老兄至少做到經理了吧？

姜思苦笑一聲，沒有啊，反而被踢出來了。現在落魄。

不是有百萬讀者的專欄「文化絮語」在經營嗎？也不知儒天是諷刺還是開玩笑，語氣竟然是那樣認真。

說笑了，剛剛也被停掉了。

啊，真的啊？為什麼？

闖禍了，說來話長，有空我們約約時間喝咖啡，詳細談。

找我有事？儒天問。

有，無事不登三寶殿。找你討一碗飯吃！

說笑了，你老兄找不到工作？我就不相信。

儒天，我也感到奇怪，發了不知多少封信，都沒回音。

也許你老兄要求太高。這特殊時期將就一點吧。我在《島藝》做得不愉快，自己辭去了。目前這一份也只是過度過度而已，換點鈔票解決三餐。

姜思還想說什麼，儒天打斷話道，現在我有點忙，再約時間談吧。工作，我可以為你留意留意。

＊＊＊＊＊＊

放下了姜思的電話，儒天冷笑了一聲，內心的話語是「你也真活該！」在電話裡當然不好說出來，此刻，沒有別的人，只有老婆阿寶。

你罵誰活該？老婆問。

還有誰？儒天搖搖頭，搞不臭人家，現在反而自己先臭了。

他們現在當紅，不好太露骨去碰，風水輪流轉，我們慢慢等著看他們倒霉，這個小姜，不自量力，結果自己倒霉。

阿寶是十足十的家庭婦女，外頭風浪險惡，這個圈，那個圈，她什麼都不知道，有時什麼都相信，有時又什麼都不相信。

她問，你說的他們是誰呀？

當然是年先生和那兩公婆啦！

阿寶還是不明白，再問誰是年先生，兩公婆又是誰？

儒天輕輕搖搖頭，有點不耐煩了，妳整天在廚房忙，外面天塌下來都不知道，，自己好好想吧。

我不煮，晚上你有好吃的吃嗎？阿寶反駁。

對了，下星期要到澳城開會，大約前後一個星期，包吃包住三天。其他多呆的幾天就自己付錢。

開什麼會？你什麼時候走？

會是下星期三報到，當晚是歡迎晚會。我星期一就飛，先到曼都，約朋友在那裡會合。

好的。

夜晚阿寶入房間休息後，儒天還在書房，興奮不已。上午，他接到嘉市的親密女文友劉小楓的電話，約他一起遊覽曼都並渡過屬於他和她的兩夜。然後一起飛到南洋蘭島開會。

這樣啊？他雖然和她不是第一次了，但她那麼主動熱情，他還是很意外和感動的。他沒馬上答覆，只說不會有太大問題，但家裡還是要說一下的。

你是怕老婆吧？小楓在電話裡有點挑戰的意味。

妳都很清楚真正的我。

我知道。

我們距離上次見面有一年半了。

都想我了吧？

廢話。在曼都，妳等著瞧，我會把妳焚燒掉的！

你別說得那麼嚇人！小楓聽了心裡甜絲絲的，對了，今天看了島城日報我的專欄嗎？《等你，在曼都》。

一會看，妳他媽的也夠大膽的！

散文詩，誰知道裡面的密碼。你他媽的老婆也蠻可憐的，恐怕一百年她對我們的事都一直蒙在鼓裡。

妳厲害。我們聯手，她當然只有受騙的份啦。

隔墻沒有耳，阿寶睡得很熟了，還發出微微的鼻鼾聲。夢裡，她被成堆成山的柴鹽油米醬醋糖包圍，忙三餐忙得一頭汗。

房間的門，開了一條細縫，儒天的一隻眼睛在觀看房間睡床上的阿寶，心裡想著的是一年多沒見的小楓。……

第十一章 董事長和總編輯

1996年某日是王銳和采馨的小日子。

1967他和她重逢於廣城，到1996年某日就是二十九年；如果從1972年他們結婚算起，他們牽手已經二十四年了，差一年就是銀婚了。

1957年采馨從婆島山埠來到雅都，探望大姨媽，也看看小表哥王銳。那時小表哥妹合影了一張照片，無意中保留了一甲子年。

小時候王銳八歲就告別山埠，那時小采馨還小。

說他們青梅竹馬，不太準確，但說有緣絕對沒錯。王銳的母親是大姐，采馨的母親是妹妹，也就是她們家族後輩口中的大姨和二姨。

緣分，來自大姨、大姨丈對小外甥采馨的喜歡和疼愛。大姨丈也就是王銳的父親，在1967年他們少年少女時期在廣城重逢的時候，在南洋的雅都「認定」外甥女、他們疼愛的小采馨和他們有三重緣分。一是血緣、親緣，即如假包換的外甥女；二是義女，又稱乾女兒，從小她就與她弟妹們不同，不叫大姨作「大姨」，而是跟著大姨的兒女們喚，前一個「阿母」，後一個「阿母」，大姨怎不樂開了花？不是女兒，勝似女兒，還不趕緊收為乾女兒嗎？然，大姨丈如何能感到滿足？想來想去，唯有再發展多一重關係，才能將外甥女小采馨這樣天下難找的孝女和乖乖女長期留在他們王家！那就是成為他們王家的媳婦。那就需要表哥王銳和表妹采馨互相愛上，最後喜結良緣才行。

什麼時代了，阿銳能看中，對阿馨展開追求才行。現在不興父母之命了。我們不好包辦婚姻。大姨擔憂。

大姨丈道，我當然明白。我寫一兩首詩給他們，表明我們做父母的態度。

他們現在已經在萬千里外的廣城了，住在雅都的我們無法遙控他們呀，

知子莫若父，我不相信阿銳會不喜歡采馨。

＊＊＊＊＊＊

如果從少年的王銳和少女的采馨重逢的1967年算起，到1990年他們攜手創業，時間跨越了二十三年，是什麼令他們這樣一對本來有各自職業工作的他們，走到一起來了？「上戰場，不再回眸」的堅毅和勇氣，固然是重要的原因，「妳當董事長，我做總編輯」、「遇到分歧，最後以妳拍板為準！」的默契和共識遵守，非常重要，成為示益出版社堅持多年的不二法寶。

外界不少人無法相信和理解，一對夫婦辦起一個出版社，居然能夠這樣齊心。

大部分意見相左，一言不合，為出版社種下隱憂，沒有多少年就關門大吉。雖然島城風氣一向屬於女權主義，但這也不是他們能夠撐住多年的根本原因。采馨外表美麗，內心強大，敢於擔當，處理大小事果斷勇敢，加上上蒼太過鍾愛她，還賦予她一顆善良的心，一個聰慧睿智的大腦，哪怕最初入行，出

版業對她來說，是一片空白的，不需要多久，她已經可以獨擋一面了。王銳踏實，不尚空言，顧全大局，秉性溫和，一是一，二是二，敢於居於第二，於是示益出版社內部處於最上層也最核心的決策者，就從來沒發生哪怕再小的爭吵。一個出版社，就好像一個家庭的「家和萬事興」，如果夫妻雙方都強勢，都要爭名奪利爭得頭破血流，公司不很快結束几稀！這就是示益最大的秘密之一。當然還有一個很大的秘密是寫字樓是程力鋼夫婦的，不是他們的；朋友問起，他們都是那樣說的，有些人不信。更有個別人，認為王銳采馨有意欺騙他們，喪失了作為朋友的道義，從此與他們結仇。世界上的事可以說千奇百怪，說實話也會遭嫉結仇。王銳采馨和程力鋼夫婦有過口頭協議，不能道出他們的名字和身份，這個就是他們最大的道義，比起與別人的沒有協議和許諾，又有什麼理要無端告知？只好無奈地得罪了。有默契就要遵守，有許諾就得照辦。一項事業，太艱難了，個別朋友的背棄，也令他們夫婦非常無奈。

回想當初，「妳做董事長，我任總編輯！」「有爭議，妳拍板！」「失敗了，我們再去打工！」正是這樣的口頭協議或稱默契，讓他們在無風無雨的平安日子裡和驚濤駭浪中顛簸前進的，不禁走過了六七年。

當然，他們相信，屬於他們的日子不會那麼短。

一墻之隔，采馨打電話給隔壁的王銳，心情似乎非常好。

喂，在睡覺嗎？怎麼沒聲音？

我在寫一篇宣傳稿呀。

我們公司，還有幾年就是十週年，我想到時搞小慶祝，你看怎樣？

好啊！一本特刊總是免不了，那就要提前籌備啊！

有空你可以開始列一個計劃了。

好的。妳說的小慶祝，如何小法？王銳問。

起碼兩三百人吧！

那不算小了！會不會太聲張呢？

怎麼會。做人要低調，但做一番事業不能太沉默，應該廣為人知，盡量宣傳。正如一本書面世，最重要的是讓人知道，不然怎麼銷行啊？

嗯，有道理。

明年是島城回歸的一年，會有很多事要處理，我們明年銀婚紀念，那就提早一年——今年來慶祝。

時間不多，天天都有書展，星期六晚上，我們兩人世界，到外面餐廳吃一餐好吃的？

好，這樣好，不要太驚動孩子，他們都在考試呢。采馨道。

就這麼辦！

采馨此時有電話進來，說了句，我有電話，就中斷了與王銳的談話。

好的，我把稿寫完！

＊　＊　＊　＊　＊

說是把稿寫完，眼睛卻不聽使喚。午餐後的一小時後，周公最喜歡躡手躡腳地悄悄來到，看準他在打瞌睡的最佳時刻捕捉他，押解他進入睡眠狀態。沒有喝咖啡的他，最無法自控，仿佛有個管睡眠的神在他不留意的時候，常常向他使出了催眠術。

宣傳稿宣傳的那本書，涉及不少敏感的時代背景。那些感性的文字，猶如墨筆蘸了水，頃刻化開成一幅幅灰黑色的黑白圖，還瀰漫著不安氣氛和喧鬧聲。那個特殊的年代，是很難令人忘記的。

記得那時接到父親的信，說小采馨北歸的消息，王銳感覺非常突然，看看信所說的日期，小表妹四天后就抵達廣城。他匆匆忙忙收拾行裝，就乘火車趕到廣城。大學已經停課一年多了。為什麼采馨會在這個時候回來？令他百思不得其解。他在大學裡沒談戀愛，難道是冥冥中有一個神明的安排，或者中華文化傳說裡的月下老人降臨了，要將紅繩繫在他倆各自的腳上？第六感非常奇異地賦予他一種神秘的、好奇的感覺，令他急於迎接她、接觸她和看望她。

漫長的火車車程上，真無法入睡。一旦閉眼都是小表妹的影子在晃動。他如同患了相思病似的，感覺這或許就是上帝帶給他生命種最重要的禮物，采馨的北歸對他的一生絕對有很重要的影響，但這只是一種奇怪的預感，想找證據，一時又沒有任何事實或細節足以支持。

那時候，所有的印象還停留在小采馨七歲與外祖母從山埠來到雅都的時段。長達十年，遙隔重洋，音訊全無，一封魚雁都要跨越大海大山、歷時五六十天才抵達收信人手中。他從來沒看過十六七歲的采馨的樣子，她究竟長成什麼模樣？王銳的好奇心越發濃重起來，恨不得現在就站在她的跟前，仔仔細細把她端詳。小表妹在雅都他的家住了多久，他已經忘記了。那之前，他知道她年紀小小，就能歌善舞，登過舞台表演，贏得親友們的齊聲讚美。聰明、活潑、靜乖，是大家對她的評價。在他家裡，她對大姨媽（王銳的母親）阿母長、阿母短地叫，樂得母親笑得見牙不見眼，疼愛有加。不但事事偏心，要是王銳欺負采馨，被訓話的一定是王銳呀。飯後分蘋果，要是王銳撿了大的，母親一定說他了，采馨從婆洲那麼遠的地方來，你要愛護她、讓她，蘋果，應該大的分給她啊！也許小時候的一些小事印象那樣鮮明，十幾年後，結為連理後，王銳事事容讓，都是讓采馨優先了，包括出版公司的職銜稱謂和權力大小。世事循環，層層相因，屢試不爽。

初見少女采馨，王銳暗暗驚訝，童年的小表妹印象已經蕩然無存，女大十八變，真是驚人。他不相信采馨居然變得這樣高佻，他嚇了一跳，乍見之下，還以為是另外一位少女。王銳慢熟，雖然癡長她幾歲，感覺只是年紀相當，因此見到她竟然有幾分羞澀靦腆。豆蔻年華的她正在為繼續學習或工作苦惱，亂糟糟的時局大大影響心情，哪裡會想到其他的事？初見小表妹的王銳以兄長的名義關心初到廣城的采馨，牢記著父母在南洋的交代，急她之所急，一時也沒想到兒女情長方面的事。歲月還沒催熟采馨，看來她是大有潛質的，也一定會越發動人，只是那時候的她顯得還有點青澀，也稍見羞澀，不太有主見。王銳真沒想到第二年再見她時，她已經出落得如剛剛轉紅熟的豐碩蘋果，飽滿得幾乎要滴出汁來，也許歲月催人熟，換了一個新環境，馬上不同。

那首先是一張拉手風琴的照片引起的。

大約一年左右的光景，在大學校園、與好幾位同學同住宿舍的的王銳有天收到表妹采馨寄自廣城的信，信裡夾著一張她拉手風琴的照片。端在手中的照片，令他簡直看得眼睛都發直了，以致手兒有些顫抖起來。什麼叫目不轉睛？他到那一刻自己完整演繹後，才知道中國人的成語就是絕妙的精煉語言。

站在小陽台的采馨，滿臉笑得燦爛如花，陽光的笑容何等明朗，王銳沒有見過同班同學裡有哪一位有這樣迷人的笑容，尤其奇怪的是，她的笑瞇瞇的明媚的陽光表情裡，有種無法抗拒的魅力和魔力，不是誘惑力，而是教人感動和受感染的親和力。仔細研究，才發現來自兩邊紅撲撲臉頰中那深旋進去的酒窩。她留垂下少許劉海，兩邊扎起不很長的辮子，穿著短衫長褲，胸前拉著手風琴，斜斜地依偎在台欄杆上。王銳將照片欣賞了，和信一起塞進信封內，可是塞入不久，忍不住又抽出來看，如是者凡四次，說百看不厭一點兒都不算誇張了。在同宿舍同學的注視和開玩笑之下，他不好意思再多看幾次。最後一次，要收起來的時候，睡在對面床的匯生要求欣賞一下，他只好公開了。匯生大讚「真不錯」後，馬上迎來其他幾位同學的圍觀和傳閱，紛紛讚同王銳的表妹長得很美，鼓勵他一定要追到手。他們欣賞她的陽光個性、迷人笑容，還說「兩邊這樣深的酒窩，看下去簡直就比酒醉還厲害」，王銳說八字都沒一撇，什麼都還沒開始裡！同學鼓勵他，肥水不流外人田，你不醉就傻，就是罪過！說得王銳恨不得馬上再飛廣城，緊緊將小表妹摟在懷裡好好欣賞個飽！可惜，她遠在廣城，他在鯉鎮，豈是容易要去就馬上去的？ 既然不能說走就走，他只好將采馨那張拉手風琴的照片晚上置於睡覺枕頭右側，入睡前看個飽，還趁同宿舍的幾位同學沒注意的時候，捧在手上、放在鼻嘴之間親親幾下，才安然進入夢鄉。第二天醒來在床上再看多幾眼，然後才滿足地起身。

一周以來，他對她的喜歡幾乎進入熱昏瘋狂狀態。

那張照片，就是王銳受了表妹外表美的感動，動起追求采馨念頭的起始，開始了長達三年的艱苦的、漫長的愛的追求歷程。

陽光、迷人、無邪、純真、開朗……這樣的女孩，哪裡去找？不就是上帝特地安排給我的嗎？這樣的表妹，還與母親有那麼多那麼深的三重關係，難道可以拱手相讓，白白讓給人嗎？無論如何，再有幾座大山擋在我面前，我都要攀爬過去！

如果那人本領再強，我也要以生命比拼，用勇氣、智慧、毅力、時間和耐心打敗他，贏得美人歸！哪怕時間需要幾十年，采馨跑得比光速還快，我都要在後面追到她；即使她跑到天涯，我已經下了決心，也要將她追到手。

＊＊＊＊＊

沒有聲音！喂！在睡覺啊？在做什麼呀？

采馨見王銳的房間沒有動靜，就起身，輕輕走到丈夫辦公室門口觀察個究竟。果然，寫稿疲倦的王銳坐在他的大班椅上，俯身在檯面，手上握著筆，頭一篤一篤的，如公雞在啄米一般，夢遊仙境。采馨本來要走上前去捏捏他鼻子，捉弄他，又可憐他工作疲倦，心想，還是讓他夢遊太虛仙境吧。

她轉身回到自己的辦公房間。

看看前面墻上的月曆，今天的日子，用了紅筆劃了個圈圈。猛然記起今天是和王銳重逢於廣城二十九週年的日子，說好了晚上出外美美吃一餐小慶祝一下。看看手錶，時間才下午四點多。那就讓王銳再休息一下，也許，他是在做好夢。好夢是不容易醒的，人生難得幾回好夢哩！

不禁想起了當年自己也是抱著一枕青春好夢，北歸，想著好好讀書，讀完大學，找到一份好職業。哪裡想到正遇到亂世？自己未免失望，幸虧有王銳表哥的迎接和安慰，才不致太過彷徨。聽說表哥王銳是和大夥乘大輪船北歸的，七年後她卻和另一南洋女生搭飛機取道金邊再飛廣城的，可見時代不同，交通工具也有別了。在鯉鎮讀書的王銳一旦知道她千里迢迢飛廣城，心情緊張，二話沒說，就幾乎連夜乘火車趕來了。他那種異乎尋常的對她的關切，在普通的兄妹關係中是不可能有的；在一般的表兄妹關係中，也是不尋常的。大姨丈在她到雅都準備北歸時就開他玩笑，說把兒子王銳交給她管了，說希望她確認和阿母的關係就是義女之外再增加一種叫婆媳的關係。弄得她羞愧難當，不知怎麼回答，只好說她太小，她還只有十六七歲呀！她還想讀書，讀到大學，然後再找一份工作。談情說愛，應該到大學那種年紀才說吧？因此，對於表哥的超乎兄妹的關心和疼愛，她始終沒表態。剛回來那年，他沒有異常的表現，關心她的戶口、就讀或就業情況；沒想到一年將盡，她寄了一張站在陽臺上拉手風琴的照片給表哥王鋭，事情開始發生了微妙的變化，他幾乎三天寫一封信，每封信雖然沒有直接說愛她、喜歡她，但說他很想念她，牽掛她，不知道她身體和心情好嗎？這種敘述非常想念她的內容和句子佈滿全封信，表現得很強烈。有時，信在路途經歷的時間沒那麼準，她不時就一次收到兩封或三封信，也不知道該先看哪一封信為好？只好兩三封一起拆開了，看信底落款的日期才決定先讀哪一封。使她大為感動的是，好幾次，她查看寫信的日期，發現竟然是同一日寫的。這說明，他在一天內，竟然因為想念她而寫了三封很長的信給她。滿紙的想念，滿紙的關心，她讀了感到無比的溫暖，萬分的親切，遠方有這樣一位表哥日夜在想她！這難道不是愛，只是這種愛用了親人、表兄妹的關係來包裝。她有點招架不住。為了減輕他的思念，她不能不回信給他，但也不可能以與他同樣的寫信次數、同樣的長度回覆給他。她的回信最多收到他三四封後回一封，而且比較精短，就主要問題回覆他，說她的身體很好，就是心情不好，主要自己的前景不明朗，沒有心思想其他事。勸他不要過於想念她，歡迎他再到廣城度假，見面。感情的事她諱莫如深，盡量迴避，或只說以後才考慮。

她明白這樣少次數、字數又短的信，他是不滿足的。

王鋭還告訴她，那張她拉手風琴的照片拍得很好。照片裡的她真美，很好看，還說，她已經和一年前大不相同了。這一句，她想了大半天，憑她那麼聰明的腦子，也不知道其中的具體意思究竟是什麼？以前醜，現在好看、漂亮了？還是什麼意思呢？下次寫信給他，一定要問他一下。

那些日子裡，她暫住在王銳在廣城的嫂子倩嫂家中，倩嫂也算她的表嫂。

與她差不多同一個時期北歸的一些男生知道她的住址，不時來探訪她；左鄰右舍同齡的女性，漸漸和她搞得熟絡了。有一位還假冒她兄長的語氣寄求愛信給她；還有南洋北歸的一位姓田的男生，上門約她看電影。她始終猶豫不決，心無邪，想得簡單，最初還想答應，後來回心一想，還是問問倩嫂的意見，看看她怎麼說？沒想到，過來人倩嫂的看法很值得參考，她的意思是，約看電影、約吃一餐飯，看似平常、好像同學、朋友之間的友誼正常活動，實際上不普通，包含著另外一層的意思。倩嫂問，田男生約妳看電影，是約很多人還是僅僅約妳一個人呢？采馨說，好像只是約我一個人。倩嫂哈哈一笑，妳看，我說的沒錯吧？他是有目的的，不然不會只是約你一個人。又問，田同學以前在南洋對她如何？她說，很好感，常常獻殷勤，還寫過紙條，引用了一首詩詞，不過，她已經不會背誦了。處於彷徨的她馬上拿定主意，婉拒田同學的邀請了。記得倩嫂還發表了一番議論說，妳這位田同學，相貌可能比阿銳帥一點點，但阿銳純樸老實，還蠻可愛的，這一點是田生所沒有的。倩嫂還說，王銳表哥對妳好，你可以考慮考慮他對妳的感情。那時，采馨她很驚異為什麼倩嫂居然會這麼說，為什麼她能看得出來，於是她問倩嫂，為什麼知道王銳喜歡她？倩嫂說，妳不是給我看一封信嗎？信裡，阿銳好像什麼都沒說呀。倩嫂說，是的，沒有說愛，但滿紙的想念，妳以為只是普通的

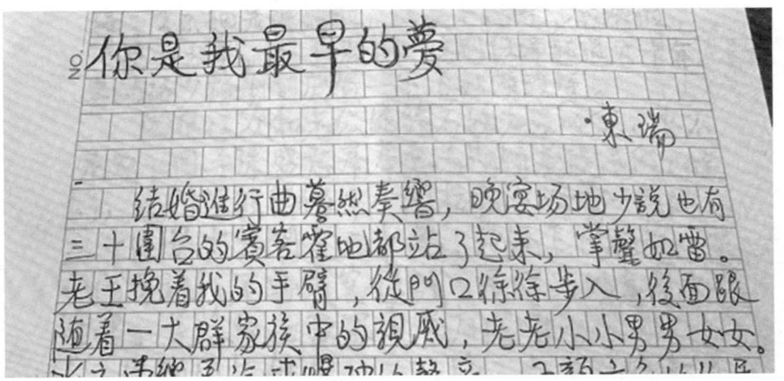

你是我最早的夢

·東瑞

结婚進行曲驀然奏響，晚宴场地少說也有三十圍台的賓客霍地都站了起来，掌聲如雷。老王挽着我的手臂，從門口徐徐步入，後面跟隨着一大群家族中的親戚，老老小小男男女女。

想念嗎？可能妳太單純天真了。即使妳沒給我看那封信，我也完全可以判斷阿銳太喜歡妳了，已經在追求妳了！她聽了大為吃驚，嫂子言之鑿鑿，有什麼根據嗎？於是問，阿嫂怎麼可以這樣肯定判斷？倩嫂又是一笑，我幾乎兩三天就收到一到兩封信，有一星期還天天開信箱，拿他寫給妳的信，幾乎拿到手軟了。大部分信不用我偷看，摸在手上，厚厚的感覺；放在掌心，沉甸甸的，妳只是給我看過一封；其他的，我沒看，也會推論上面寫了什麼？哈哈。他大哥，也就是你最大的表哥，當年在杭都追求我，也寫過很多信，但都沒有阿銳癡情，對妳那樣癡心。采馨說，他是表哥，關心我落戶的事。倩嫂又噗嗤一笑，道，關心需要寫那麼多廢話嗎？這明顯是阿哥阿妹情意長呀！采馨這時也已經忍不住笑了，欽佩倩嫂的分析，她還說，世界上有用那麼多情書關心表妹的例子嗎？……這阿嫂真厲害。

記得最後一句，意味深長：我最近有寫給王銳一封短信，我說妳已經婉辭田同學約妳看電影邀請了，請他放心；不過，有假期還是歡迎他從鯉鎮來廣城探望小表妹，畢竟多接觸和少接觸、不接觸是不同的。

…… ……

第十二章 一日的時光

中午十二點。在一家很普通的餐廳。

點了都是很普通的咖喱，咖喱石斑，咖喱牛腩……可是因為這咖喱飯式自己在家做起來比較麻煩，就很少做。

二人世界慶祝相逢和結婚快三十年，決定到外面吃前，也約了陳弓一道，陳弓一旦知道他們外出吃的意義，馬上表示不好打擾，他可以自己解決，不肯去。陳弓與他們住在一起，租了他們一間小房，平時沒事提早一小時回家煮飯炒菜，三人一道吃，關係如兄弟姐妹一般。

茶餐廳的咖喱做得不錯。

週末，食客不多。

他們週末那時候實行長短周，今天正遇長周。

王銳和采馨工作太忙碌，為了創業，盡快把工作搞上去，進入正常的軌道，全副身心投入，不知日子如何流逝的？外面上映什麼電影一概不知，也不可能有假期遠遊了。有這樣到外面吃一餐的機會真是難得。

點的飯還沒送來。不是在大眾化的速食店，而是在那種不中不西的、燈光不太亮、設計裝飾比較雅緻講究的餐廳，價格略貴；唯一的好處是比較幽靜，便於商量事情和私密的交談。

采馨說，等我們金婚，再搞大一點的慶祝。

王銳說，希望我們那時都健在！

金婚不很遙遠，肯定健在，我們才走不到一半路程呀。

王銳說，看到阿惟轉性，最為開心！他在中學還有兩年，現在已經做到學生會秘書、圖書館管理員了。小穎學習成績也都不錯。如果我們事業做得再出色，可是兒女各方面都一團糟，那還是算失敗啊。

那是，寧願我們夠三餐就可以了，采馨同意並補充道。

是的，自己名成利就，出人頭地，可是自己的下一代考試零分，那算什麼啊？

是啊，采馨十分讚賞道。

王銳和采馨的兒女觀，竟然達到了高度的一致。

采馨忽然想到了什麼，說，對了，今天我到銀行打簿子，你澳門又有一筆稿費打入。看看簿子的稿費儲蓄，也不少了。

王銳苦笑了一下，都是小錢，等著開飯的話，非餓死不可。

不要小看，小錢累計才厲害，采馨說，講一個笑話給你聽，上個星期天，我開衣櫥想拿出一件衣服，也許將衣櫥的門拉得太大力，上面一包包東西掉下來，打在我頭上。

啊，厲害吧？王銳緊張了一下，抬頭看她的頭額，有沒有出包？

哈，你先聽我說，我看到一下子跌下那麼多東西，都往我頭上砸下來，簡直有點像下雨，躲都躲不及，心想這下完了，完了！

這時，兩碟咖喱飯由餐廳服務生送來了。

唔該要兩杯水，采馨對著服務生說。

一會，兩杯水送來了。

我還沒說完，你那時不在，大概下樓買報紙去了。那些包打在我頭上都不痛，我好奇怪，一看，原來是我們到學校書展賣書收到的錢，平時我整理成一紮一紮的，然後用廢報紙包住，再用橡皮筋圈住，塞在上面的衣廚格，隨便塞，開櫥子太大力被搖動，一個不穩，就紛紛掉下來了。

我都忘記了。有一部分錢放在那裡。怎麼會放在那邊？王銳問。

我們一個禮拜幾乎天天去學校，哪有空去銀行存。

都是多少面額的？王銳又問，他平時不管財政，這衣櫥上格藏寶，他是知道的，也是用為有一兩次協助過整理，但沒想到日子有功，藏了那麼多，而且多到竟然會滾下來，砸到采馨的額頭。

哈哈，不愧為財神到，天降鈔票！妳成為有福之人了。他開采馨玩笑。

采馨說，你不要以為紙鈔面額大，其實佔百分之九十都是十元的、二十元的！但你也不要看不上，累計會變成不少，積少成多，積小變大，曾經幾次儲存銀行，都好可觀。

王銳說，我想，我們做人腳踏實地，過普通人日子，沒什麼羞恥和不好。財富是可以積累的，財富也要看開，不要看得太重，也不要看得太輕，看在什麼意義上和場合裡。

采馨說，那當然！做這一行，要發達，要大富大貴，我看很難的。我們要自律，出版的東西意識都要乾淨。我們文化意識上有一定的潔癖，沒什麼不好，如果生產文化毒品，錢賺得再多，我們也是敗壞自己名聲的，害人害已啊！如果不是為了照顧你的興趣，我大概也不可能入這一行吧。

明白。出版業那麼艱難，我想出書，要公司有點盈餘才好，我也可以發函爭取一些會長或企業家朋友的資助，他們都很尊敬我。當然，如果書能賣，所有收入我都不會取一分錢，都歸公司！能給我出書已經很開心了。

這幾年，顧著拼搏事業，沒多少時間談心，一餐咖喱牛腩和咖喱石斑是一起吃的，這樣可以嘗到不同的滋味；很快吃完了。為了延長談心時間，采馨給王銳叫了咖啡，自己要了檸檬茶。不過，餐廳只是坐了一半食客，沒人在等位置，他們也沒有馬上離座的必要。

王銳說，有些人看到我外面又連載又專欄的，又發表散文又發表小小說的，出書又多，可能心裡不平衡。

嫉妒！那還有其他原因？……你是說那兩個？

不一定是那兩個。嫉妒？我不敢那麼說。反正我寫自己的，也沒空打聽自己有沒有被議論，何必？太無聊了吧？即使封鎖發表，也封鎖不了。東家不打打西家。島城報刊那麼多。我可以另外投呀！我們活著為自己，不是為個別人鳥人；現在更忙，搞了出版社，為讀者，為社會，為作者，為公司！最有意義的是為小朋友出書，我們的兒童文學、少年文學大受歡迎……王銳一口氣說下去，信心滿懷。

采馨看他根本不把一些是非看在眼裡，大為欣賞。她說，人就該這樣。有人把公家的東西作為自己的私有財產，大搞關係，就讓他去，我們做自己的事最重要。

王銳說，這類人假公濟私，利用職權謀取自己的利益，什麼時期都會有，不值得我們大驚小怪。

看看時間已經過了快一兩個鐘頭，餐廳的食客走得差不多了，似乎只是剩下他倆，王銳看了采馨一眼，說，我們也走吧？過幾年我們金婚紀念，搞一個小慶祝！

一言為定！采馨也看了王銳一眼，說，能和公司三十年一起舉行個慶祝典禮最好！

到時才說，不一定搞在一起。

＊　＊　＊　＊　＊　＊

同一天，下午兩點，南洋蘭島。

一家豪華的五星級酒店報到處，一對男女拉著小皮箱，登記並取了每人一袋的大會文件和大會送的禮物、書本，就到酒店櫃檯跟酒店辦事員要求安排房間和取鑰匙。

漂亮的辦事員一身深藍色的制服，領子間打著空姐般花款特別的一朵花的紅色領呔。看來是華裔，話語腔調不很準。

證件。她對他倆說。

接著，從他們手上接過兩本護照。

辦事小姐讀出了姓名的外文拼音，接著又讀出：儒—天、小—楓，對嗎？

儒天和小楓點點頭。

小姐問 ，安排一個房間？

儒天望了小楓一眼，對小姐笑了一下，不、不，兩個。

小姐抬頭看了儒天，又看了小楓，帶點疑惑和故作神秘，反問，你們不是夫婦？

儒天搖搖頭，答她，不是。我們同飛機。

哦！小姐看了電腦裡的客房示意圖，說，七樓，那一間在東，一間在西，不要緊吧？

小楓看了小姐轉過來的電腦畫面，又看看儒天的眼色，儒天看到兩間房間在通道的一東一西，走路起碼也要一百來步，搖了搖頭，說，太遠了。於是，他正式地對櫃檯小姐說，那麼遠，我們有事要互相找真不方便！

小姐點點頭，明白。那你們要怎樣的呢？

儒天說，最好就是相鄰兩間。

小姐說，會議代表都集中安排在七樓，差不多客滿了。七樓沒有相鄰的了，六樓怎麼樣？

儒天一想，遠離他人的耳目，更好!就說，好！就要六樓的吧！

小姐將護照、卡片鑰匙、早餐券等物擺在櫃檯上，儒天和小楓各自取了自己的。

櫃檯小姐交代他倆，你們放下行李後，可以馬上下到大堂的餐廳午餐。上午來的在十一點到十二點都吃了，你們晚點到，不要再遲，遲了就打烊了。

小楓回首，謝謝小姐。

櫃檯小姐回答，不客氣！

她剛剛坐下來，旁邊比較胖的辦事小姐，特意站起來，看著儒天和小楓遠去的背影，輕輕搖頭又無聲冷笑一下，對著女同事說，這年頭，唉！這也未免太露骨了吧？他們要做狗男女最好在外面，把那一套搬過來這國際文化會議，算什麼話呢？。

櫃檯小姐勸住她的怒火，說，別說得那麼難聽，雙方你情我願，又沒有公然開房。

那住在隔壁要幹什麼？

這我就不知道了。小姐做了一個怪臉。

儒天和小楓進了電梯。

他們還真以為我們在澳城開會。儒天說。

小楓說，但我們確實到了曼都幾天，沒騙他們。

也騙了，妳說約朋友一起走，我也說約朋友一起走。都不知道，朋友是異性，而且同住在一間房，儒天說罷，搖搖頭，有時也覺得我們的另一半太可憐了，被我們騙得團團轉。

說著，升降機上到了六樓，兩人已經將行李一起拉到小楓房間。

房間很大，大床不小，雪白的床單讓儒天看了一眼，就忍不住匆忙將手上的拉槓放下來，也將小楓抓著拉槓的手一把甩開，跨一步到她跟前，雙手繞過她的腰肢，緊緊一抱，笑嘻嘻的說，想死我啦。

小楓一步步後退，儒天一步步前進，終於把她壓倒在雪白的大床上，儒天整個身體壓在她身上，將頭埋在她的胸部。小楓嬌嗔，餐廳快打烊了，我們現在去吃飯，晚上還有大把時間。

小楓把他推開，整了整凌亂的衣服，坐起來，兩人走出門外，將門帶上，走到電梯前。也許，代表們都在房間休息，酒店六樓就見不到一個人影。

電梯門開了，兩人走進去。

小楓說，在曼都三天都在一起了，你還不夠。

誰叫妳那麼迷死人。

今晚開幕式，我們早點溜走，儒天說，我先洗澡，然後我到妳房間。

這也是天意，安排我們在六樓更好，左右沒有耳目注意。小楓說。

餐廳早就沒人了，一個長桌都是一個一個四方盤的菜餚，量都不多了，看來是自助餐吧。服務員在收拾，見到他們在拿盤子，馬上停止了收拾，走過來打招呼。一個服務員端來兩杯橙汁，放到他們座位檯面上。

兩人各自將喜歡的菜餚取回來。

儒天將小楓沒取到的香腸和豬肉丸分一半給她。

已經沒有了，我掃光，有多，正好可以分給妳。

謝謝。

手機叮噹響。

儒天一看，是老婆阿寶的，問他已經平安抵達澳城嗎？

儒天回覆了幾句。

誰的？小楓很敏感地問。

我家黃臉婆的。

小楓說，我先生也在問平安到達了沒有。

儒天信心滿懷道，其實文人逢場作戲，各有需要，也沒什麼的，只要做到小心翼翼，不留痕跡最好，不至於鬧得雞飛狗跳，吵破屋瓦。自古才子多風流，才留下好文章。互相鼓勵嘛，我倒覺得我們的婚外情很健康！

哇！大才子！大情人！你出口成章，不發則已，一發就是偉大的婚外情宣言哩，當然也很荒謬啦。

哈哈哈，儒天大笑。

此刻。大約有三五個服務員站在遠處，靠在食物旁的墻壁前，遠遠望著儒天和小楓，看他們親密的樣子，很想聽他們的對白，但那些悄悄話，音量很小，哪裡聽得到？不過，小楓還是看到了她們在交頭接耳議論著他們。

小楓說，看到吧？那幾個女服務員在議論我們。

儒天說，估計在議論我們這一對帥男美女是不是夫妻。

小楓笑起來，臭美，我先生帥過你不知多少，外面都在讚你俊，其實你是有點可愛的猥瑣。

帥有什麼吊用，還不是乖乖接受我送給他的綠帽。

呵呵，你這沒良心的。

＊　＊　＊　＊　＊　＊

同一天，也是下午三點鐘光景。島城。

姜思在約五十平米的家，心情煩躁。他將銀行存摺取出，準備外出。

姜太太問，你要去哪裡？

銀行，給阿珍入錢。姜思沒好氣地回答。

姜太知道阿珍是他前妻，兒女還生了四個，每個月他都要按照離婚協議書入贍養費到她銀行戶口。

你呀，本事一般，老婆倒先後娶了兩個。哼。

姜思不作聲，任由太太冷言冷語，他明白，前一個太太看不慣他性格上的陰沉小氣，與他離異；這第二個沒幾年，又與他處在缺乏交流的冷戰中。也許這就是自己的宿命吧。

太太繼續嘮叨，你沒本事，就盡力做好自己的事，幹什麼吃飽了飯沒事幹，去惹人家呢？'

好了好了，新工作最近會有希望，每個月家用不會少一分給你。

誰稀罕，我賺的都比你多。

…………

薑姜思好不容易走出家門，頭都發漲了。不順心的事接二連三。唉，儒天說自己自身難保，無法幫忙他；一個姓淩的同行聽說有大老闆支持，將開一個書店，如成事，會請他來幫忙。……他到銀行辦完事情，看看手錶，才四點，距離出版行業六點下班的慣例，還有大把時間，就到街角轉彎處的汽水自動出售機買了一罐冰凍咖啡，看到附近對面就是一處樹蔭濃密的公園，走了進去，他選了一張在大樹蔭下的木長椅坐下來。烈日斜照，還沒有收斂住最後的熱威，他打開咖啡罐喝，一股清涼沁滿胸腹，感覺猶如冷流注入燥熱的腹地。他又從手抽掏出從報紙聘人啟事版撕下的幾則看來聘請還不錯的職位的方塊，有意在淩先生的許諾落實前，前往一試。雖然大部分機構都希望先將求職函和簡歷寄上，才決定約見不約見，也許，不按程式辦事，也有意外的結果出現。

風無端地忽然吹過來，一陣又一陣，吹得人欲睡。他揉了揉眼睛，看看腕錶，趕緊站起來，心想，太遲人家就下班了！

先是進入一家大機構，收發處的人問他有什麼事？他說見工；那人說你把資料郵寄過來，他騙說接到人事部電話，約他見面。那人只好放他進去了，還引領他到人事部的會客室，沒想到那裡已經有好幾個人在等。收發處的小姐進到人事經理房間報告他的姓名後，他就被安排在會客室等候。被約見的人大約不到十分鐘就出來了。輪到他了，經理從一堆宗卷小山查找他寄來的資料，他忙說，他的求函信和簡歷忘記貼郵票被退回來，又怕過了截止期，因此親自攜帶簡歷和求職函上來，說完，就將資料雙手奉上。人事經理接過，將他的資料看了一遍，只是問了他為什麼在上一個機構沒再做下去？他簡單地答以「因為裁員」。很快，經理請他回去等通知了。

「等通知」是不要你、你已落選的最佳婉轉詞，他是知道的。

走出這家機構，想到有一家雖然沒聘人，不妨走上去看看。他沒看到招牌。他按報上的電話打了電話，是一個小姐接，對答幾句，果然沒錯請人，但始終沒透露出版社名稱。小姐告訴了他位址，那麼巧，就在附近。他搭電梯上去，沒有留意外面的公司名稱，只是牢記層數和座號。小姐開門，還沒進入，就看到一個很優雅的女子坐在裡面辦公室大班椅上，他不認得她是誰，她也一愣，似曾相識，裡面坐著的一個男子也站起來，與姜思打個面照，彼此都愣住了，這不是姜思又是誰？姜思也想，這不是王銳是誰？難道他進錯了機構，竟然找工作找到示益出版社來了？一時間慌了，也不顧王銳問他上門來有事嗎？他只是連說我要到隔壁找人，進錯門了，進錯門了。他慌得連退好幾步，還狼狽地差一點跌倒。好快退到門外，不等電梯了，直接步下六樓樓梯，直衝下去。

……我是怎麼回事？我這是怎麼搞的？找工作找到他們公司了？怎麼沒看清楚門口的招牌？腳步好快，一腳踏空，他整個人向下滾下去，他痛徹骨骼，大叫一聲，啊呀……

努力睜開眼，才發現此刻自己身處公園，睡了過去，一個不小心，身體重量不平衡，就從長木椅跌在紅磚地面了。原來是一場白日夢。

這個可怕的夢見鬼了。工作，好找不找，竟然找到那對夫婦的示益出版社去。幸虧只是一場夢，要不然簡直醜死了！夠狼狽了！，傳出去不難成為出版界的第一醜聞。我以前曾經做過那位王某的小上司，而今居然求職求到他和他老婆創辦的公司！豈非笑話？他搖搖頭，鄙視自己地甩了自己左右臉頰各一下，並且呸了一聲，往地上吐了一口口水，X那媽臭X！怎麼自己那樣沒出息！還是等凌先生的電話吧，能暫時在他的書店裡混個店員也好過淪為沒工作的失業漢呀。

＊ ＊ ＊ ＊ ＊

同一日的時光，有人，為事業密商，為創業打拼；

同一日的時光，有人，假借文學名義，背著家庭，為權色入迷；

同一日的時光，有人，一子錯，滿盤皆落索，陷入失業低谷。

第十三章 不盲的心靈

學校禮堂一大群同學在看書，將六張擺滿圖書的乒乓球桌團團圍住，可是一反往日展銷的嘈雜，此刻，靜悄悄毫無聲響。

往日，每一堂課，在老師的帶領下，如同一群麻雀，吱吱喳喳地飛入展場。

頑皮又可愛的學生，有的打打鬧鬧，有的看書選書，有的跑過來，問收銀的采馨，精緻漂亮的書籤可以買嗎？多少錢？采馨就回答，非賣品，你們買書超過一定的數額，就送書籤，作為獎勵！有的走到王銳跟前，伸出手來，問他可以不可以給簽名？就簽在手掌上？王銳就回答，最好買書，簽在書上比較長久，簽在手掌上，一旦洗手就洗掉了；有的同學取書來問是不是王銳的最新著作？有的同學問書展舉行到什麼時候？有的同學怕喜歡的書明天沒有了，特地拿了一本，要采馨代收藏，等明天帶錢來才買……男女生問題很多，問這問那；帶班的老師也常常被他們纏住，有的開老師玩笑，有的向老師借錢……整個書展場所就像一個小型的市集，吵吵鬧鬧，嘻嘻哈哈，打打鬧鬧。

何曾有過像今天一般的靜悄悄的沒有一點兒聲響?

這究竟是怎麼回事呢？

本想問問為什麼這個班很安靜，一點都沒發出聲音，後來看到一個女教師正在與采馨說事情，就忍住不打擾他們了。慢慢再看，慢慢再觀察，又發現這些初中男女生彼此之間用手語對談，似乎分成三三兩兩的好幾個組合，老師和他們對話，也是用了手語比劃，至此，他才恍然大悟，原來這是一個聾啞班，竟然有那麼多殘疾男女生在同一個班讀書，真叫他感到不可思議而吃驚。

所有的疑惑都迎刃而解了。

從與老師交談，采馨也明白了這些是聾啞學生組成的特殊班級，他們除了生理缺陷之外，其他都很正常，也都很喜歡閱讀課外書。

王銳看到，好幾個男女生都長得清純可愛，因為錢帶得不夠，正在向他們的老師借錢，他看到一位老師正在掏錢遞給他的學生。

坐在收銀處的采馨和王銳將這些無聲的場面看了很久。采馨想到的是，上蒼有時多麼地不公，竟然將生理缺陷降臨到那樣純真的孩子身上，他們還不過十三到十五歲之間，就要過早地承受種種不方便。雖然現代社會歧視的眼光已經減少很多，但他們還有漫長的一生要過，需要克服重重困難啊。

耳口都有問題，但心靈不盲，采馨說。

偏偏有的生在貧困家庭，唉！如果現代醫學進步到能治好他們就好了！王銳說。

我有個想法，送一批圖書給他們，你的意見如何？采馨說。

沒意見，我們文化慈善的事沒做過，最好最恰當的就是送書了。王銳說。

對。

不過送多少本呢？

我問一下他們的老師，一個班有多少人？基本上做到每位同學有一本就很好了。不管是否你寫的書，你都簽名，然後每個人送一套書籤，讓他們高興一下，我估計就是四十幾本。我們可以挑大約二十來種。采馨說。

送一批給他們班級，讓他們集體看不好嗎？

這樣啊？采馨想了一會，說，還是個別送，加簽名，現代學生都有一種擁有的心理，而且崇拜明星、作家，簽上名更好，反正他們之間也可以交換看。

王銳說，那好，我寫寫書名和每本的數量，今天讓陳弓早點到倉庫拿書，才來載我們回家。采馨說，晚上你就可簽了。

＊ ＊ ＊ ＊ ＊ ＊

第二天，當采馨和王銳把書籤和簽好名的一小箱書送到老師跟前，圖書館主任萬分驚喜，乘禮堂展場沒有看書的人的空檔，將他倆、學校中文科主任都請到圖書館，在館內拍了幾張送書的照片。本來圖書館主任還想請校長下來一起拍，中文科主任說校長在開會，加上王銳和采馨說不要太驚動了，這樣就夠了。他們為了鄭重起見，還喚了聾啞班三位女生做代表，大家的手裡各拿著一兩本書，又拍了幾張照片，

既然拍了，采馨說，洗出來會寄給兩位主任，我們會配合消息登在《益友》上。兩位主任聽了非常高興。感覺到還沒有哪家出版社或書店那麼重視和關心他們這樣的學校，不但送書，還刊登與他們學校有關的短訊。

大約下午三點多，中文科主任忙完，走來與他們交談，告知采馨聾啞班的同學得到贈書，個個都很高興。不久，下課了，好幾位獲得贈書的男女生，回家前，走到王銳簽名處，掏

出贈書來，要他補上「抬頭」就是寫上他們的名字。男女生在小紙片上寫上他們的名字，王鋭就照寫，因為時間充足，王鋭還寫了一些勉勵他們的話，如「勤於讀書，勤於思考」「多讀好書，一生獲益」「讀萬卷書，行萬裡路」「人生充滿選擇，生命由你填色」……男女生特別高興。

從四點到五點，來看書的學生漸漸地少了，他們開始慢慢收書了，但有時也還有七八個學生喜歡書，來看書買書；有時圖書館主任會趁這個時候選書，充實藏書；中文科老師會挑些樣書，看看是否合適學生買來做讀書報告，適合的話過幾天會下正式的訂單。

昨天是第一天，圖書館老師早就挑了半箱的書，有時是采馨開發票，有時是王鋭，非常趕，但也終於開完了。陳弓將收拾好的書，一箱箱搬到車上，校工有時會來協助收好那些乒乓檯，這樣，以兩天為單元的學校書展，也就結束了。

＊ ＊ ＊ ＊ ＊

無數這樣的日子，令王鋭心情緊張，不過就數這一次最叫他震驚。

師生聽眾那麼多，規格那麼高，氣氛那麼好，王鋭無論如何，都想像不來，為什麼這家中學能做到這個地步，而他憑什麼享受了這樣的殊遇。他感覺，也許，一個小國的總統出巡或視察，威風也不過如此吧。

那一天，校長有空，也可能本身是學文科的，聽聞過王鋭出書近百種而且質量不差，成人文學、兒童少年文學都有涉及，著作為島城大多數圖書館所訂購，中小學生喜歡讀，因此對邀請王鋭到學校來給全校師生談讀書和寫作，相當重視。吩咐圖書館主任，當天王鋭到達學校，要馬上通知他，並將他帶來校長室。

學校是將上午全校最後一堂課停掉，讓全校師生來聽王銳做的有關讀課外書和創作的講座的，足見對他的重視。講座是十一點開始，約十二時半結束，王銳十時半就來到學校，圖書館主任吳老師在校門口迎接他，王銳按例派名片給她，還帶了一本著作簽名本給她；接著，吳主任帶他到校長室，就忙去了。

一會我是否需要來接王先生？吳主任問。

鍾校長說，不用，我會陪同王先生到禮堂。

好的。吳主任走了出去。

王銳和鍾校長握手。

校長謙虛，沒有請他坐在他檯面前那種一般客人、下屬或老師坐的位置，因為那意味著上下有別，他認為對方是著名作家，那太怠慢人家了，如何可以？他把王銳請到校長室一側的兩張靠墻沙發其中一張坐下，他自己則坐在相鄰的另一張上。

一會，一位女校工端來兩杯還冒著香醇熱氣的花茶。

王銳送上一張名片，還送一本書給校長，他說，最新出的，我簽了名。鍾校長，您看看，校長的名字有沒有寫錯？說話間，鍾校長也掏出名片給他，還從小膠套裡抽出王銳的書，打開到第一頁，說，名字沒錯。他接著將書翻到最後的幾頁的《王銳著作目錄及獲獎項目》仔細看，驚歎道，超過一百種吧？

王銳說，快了。

鍾校長說，你是一個奇跡。寫那麼多，又那麼好！

不啦，主要寫慣了，不寫最累！

啊！不寫最累！太妙了！一會講讀書和寫作，希望就以你這金句發揮，多講一點，老師、學生們一定會很感興趣！

好的。

鍾校長看看腕錶，說，差不多了，這個時候學生排隊進禮堂就差不多了。

校長站起來，一身筆挺西裝、打上領呔的王銳跟著站起來。儘管到學校講了幾十次，心情總不免有少許緊張，他也總是擅於強佯鎮定。

從校長室到禮堂要走過一列辦公室前的長廊，再上二樓的禮堂。他感覺那種威風感慢慢在增加，實在太奇異，這是以前從來沒有過的。好了，爬樓梯，上二樓，遠遠就看到圖書館吳主任和中文科主任及兩位維持秩序的高年級學生站在二樓禮堂正門口迎接王銳和校長。剛剛走進第一步，王銳就看到，一個偌大的禮堂，黑壓壓的頭和白色的學生校服，猶如一個大海洋的海面被大風掠過，但聽得一片整齊的巨響，也好似大風突然從天而來，掀動了所有的浪花，「霍」一聲，全體學生站了起來，頭部和身軀都微微朝後轉，望著慢步走進來的校長和嘉賓王銳，也在突然間，爆發了一陣震撼禮堂空間的、經久不息的熱烈掌聲。

王銳幾乎被震懾到了，拼命壓抑激動的心情，但一顆心狂跳著、狂跳著，無法平靜下來。至少是從七十年代初期開始，迄今也快三十年了！其間，除了八十年代大陸廣城為他出《夜島城》，西南部一個山城為他的書發行舉辦簽名會，幾百位讀者在書屋外面排隊輪候他簽名蓋章，高呼他的名字，令他首次感到「原來當作家是這麼好」之外，他何曾如今天一樣，像一位總統，被另一位國家級首長陪同，剛剛下飛機，在飛機場將對方的海陸空軍隊代表檢閱一遍，威風凜凜。

掌聲持續著。

像是富有磁鐵的風，能夠把海面的浪濤吸引住，兩人走到什麼方位，掌聲就嚮到哪裡，那聲響猶如波浪起伏；全禮堂

站著的師生，共同發出整齊的掌聲，就是一曲非常大氣的交響樂。王銳從來沒看過、聽過和感受過這樣感人的場面，謙虛地認為這和他的小名氣很不相稱。他不知道越是低調的人，有的讀者偏偏喜歡；那些天天在睡夢裡做諾貝爾文學獎夢的人，徒落得許多讀者的笑話談資。

掌聲持續著。

禮堂裡一千雙眼睛，此刻隨著他的腳步踏向前而向前移動，他的面貌頭髮、高度身材、服裝儀表，都被那種專注而移動的眼神施予注目禮，猶如一架架攝錄機，一毛一髮巨細不漏地攝入機內，那簡直是被巡查的巡禮儀式。學生們都不知道走進禮堂的這個王某，內心是何等緊張，何等激動，不能自已。僵硬的臉部肌肉一抖一抖地，想勉強地舒展開笑容，卻猶如被一種彈簧綳緊了。

掌聲持續著。

除了掌聲，細心傾聽，偌大的大禮堂，此時猶如被上蒼的一隻大魔手撫平的大海面，風浪不起，沒有一絲浪花起伏跳躍，千萬隻大大小小的魚兒都浮上海面，張著可愛的嘴巴呼吸著、等待著他帶來的營養物的哺育，進一步發達頭腦和充實肚腹。你看到這樣渴望的小口是無法不感動的，多少年後，再也憶不起後來是否還有這樣動人的奇異景象？

那感覺很近其實又覺得很遠的舞臺終於走到了，和先前一樣的，不過呈相反程式發生，也是「霍」的一聲，全場師生坐了下來了。校長坐在講台最前的一排，也就是大禮堂右邊第一排的第一個位置；王銳從右邊的階梯走上了講台。

檯上，在他的左邊，有個大布幕從上面舒卷放下來了。他坐在一張課室學生用的小書桌，用來放他的講稿。他望下去。天！禮堂坐滿了，連樓上都有。密密麻麻的學生老師都坐得那麼整齊。全校學生，從中一到中七的同學都來聽了，規模真大啊！

那幾乎就是一泓浩瀚的海洋。真的就像有無數的小魚兒，浮上海面，等待著他灑下適合他們需要吸收的食糧和營養物！當然，王銳一點兒都沒感到自己的重要，反而感覺作為主講人責任的重大。如果不是經常吸收和補充，各種知識很快就倒光了啊。

台上吊著的螢幕，出現了電腦簡報的題頭圖和幾行字：

《如何走上作家之路》

王銳滔滔不絕講了一個鐘頭。他講得那樣暢順，也許是因為心情大好的緣故吧。

＊ ＊ ＊ ＊ ＊

島城一片安穩，無風無浪；南洋千島的局勢卻是翻江倒海，黑雲壓城城欲催。

島城回到了國家主人的懷抱，結束了一百年來的屈辱。恐慌是暫時的、一時的，那些在幾年前離開島城到西方的，又陸陸續續地回來了。

南洋熱帶島國冰凍華文和華族文化長達三十幾年的狀況，到了一個頂點，再發展下去，局勢一觸即發。

轉移目標和視線成為所有上層者不高明卻又常常喜歡利用的把戲，有的人稱呼這就是「甩鍋」，似乎成了一種上層的生存規律。

飯後，王銳、采馨、陳弓在家裡看電視的新聞。半個月前的千島風暴畫面回顧，一個畫面又一個畫面，都是那樣觸目驚心。一個又一個家破人亡的華人，男的，女的，在接受訪問，控訴夢魘一般的可怕經歷……

一個富有正義感的神父，在社會人士的支持下，收容、掩護、保護被淩辱的華人婦女，引起了巨大的影響，猶如在平靜無波的湖面上，激起了千傾浪。

采馨說，那裡是我們的老家啊。

王銳說，我們支持華人的小冊子義賣，影響很大，那邊也在要求再運去賣一些。

采馨點點頭，這樣我們前後就印了好幾版了。剛剛印好的那三千冊，幾天就售光了！所得我已經聯絡了那裡的小嚴，她答應會交給那裡同情華人的組織負責人，就是那位著名的神父。

好的。

這幾個月做的事，您說都記錄在案，給我看看。

王銳從一個公事包裡取出一本小筆記本，翻開有關的一頁，采馨一行一行慢慢讀下去：

1998年8月印行支持華人的小冊子實行義賣，獲空前熱烈反響，三千冊數日銷清，所得全部捐獻給受迫害的文友同胞和同情華人的組織。

1998年11月與某社聯合出版大型圖冊，為千島華人血淚史留下了見證和珍貴的資料。

1999年2月為了給封閉華文三十餘年、處於困境的千島寫作人以支持，示益在島城發動募捐，在一年內出版了四期文友會訊。「萬事開頭難」難關之後，第五期開始在千島本土出版。

……

非常好！島城可以說沒有一家文化機構這樣做。采馨道。

這就是我們的道義！什麼叫關心社會？這就是。王銳說。

采馨又問，為千島華文文友出版的書，出了大約幾種？

王銳此時隨意拿了一張小紙片，邊回憶，邊逐一寫下來，數了數，道，有十八九種了。連明年計劃中的，至少就近三十種了!個人集、合集都有，《印華微型小說選》由老麥資助，是他們的第一本，為了出版這本書，那裡掀起了一股寫微型小說的熱潮。

將來你的印華評論集，也可以結集成書，采馨鼓勵道。

是的，他們的書大部分都是我寫的序，等寫得多才考慮吧。

采馨歎了一口氣，道，小成本搞出版的，都夠窮，我們就屬於這一類，分分鐘都可以執笠！但我們用了各種辦法，設法援助比我們更困難的千島同道，不簡單啊。

王銳大笑道，沒錯！這就是我們了不起的地方。不自我表揚一下都覺得對不起自己啊！

哈哈，也是！采馨點點頭。

采馨又感歎一聲，搞文化，要有一顆不盲的心靈！

對！不要眼裡只有錢。那就最窮了！

第十四章 醫生故事

南洋千島之國的小嚴終於將來自島城的援助順利交個了那位同情受迫害的、受凌辱的華人婦女著名神父。

夜晚吃過晚飯後，采馨在沙發上開發票，開完，將王銳遞給她的《益友》季刊翻看，就翻到那份支持南洋文友成立組織的捐獻名單，有關廣告寫著支持那裡的寫作人組織，包含有不同凡響的意義，這也是一種回擊有關當局排華反華的力量。大家雖然遠離南洋，身居島城，有錢出錢，有力出力，哪怕獻出的多麼微薄，也盡了自己的本分啊。采馨一個一個名字默讀，每一個名字都是一個故事，每一個故事都有一段難忘的記憶。突然眼睛一亮，視線落在邵龍醫生名字上。她激動地看看在飯檯翻著書稿的王銳，又看看在做功課的王穎，喂。喂。她接連喊了兩聲。

馨，你叫我？王銳問。

媽，你叫我？王穎問。

哈哈，都是！

我想跟你們說啊，這位邵龍醫生不簡單啊！

王銳將校對中的書稿放下，說呀，什麼事？我在聽。

以前我也說過給小穎聽，可能小穎都忘記了。邵龍醫生，你別以為他不問世事，關鍵時刻還是蠻有正義感的。這一次聲援南洋受難華人，他非常慷慨，一出手就是一萬元！

好像媽媽跟我說過，在我讀小學或初中的時候，只是記得大概的內容，很多細節我都不記得了。

采馨說，都說島城的人沒有人情味，可是這位邵醫生對我們不是那樣，他是我們的貴人和恩人啊。

采馨開始一邊敘述，一邊沉浸到十幾年前的歲月裡。

王銳和王穎都放下了手上的工作和作業，專注傾聽采馨那有聲有色的回憶。

那時候王銳還在六合出版機構做一本讀書雜誌的執行編輯，小穎半歲的時候，免疫力沒有出生至半年內強了，開始大病小病都來了。她的排洩物發現有血絲，最初以為是偶然現象，然而僅僅六個月大的小女嬰平時只是吮吸奶粉，怎麼會出現血絲呢？一次還不要緊，可是兩次三次到次次有，她和王銳不能不緊張了，而那晚小穎還發燒了，兩頰通紅。情狀看來十分危險，不能再拖了！

午夜，王銳和采馨急得如熱鍋上的螞蟻。

陳弓說，還是趕緊帶穎兒到醫院急診，比較安全。

他倆覺得有道理。私人醫院他們沒熟人，只能到公立醫院，商量之後，決定搭的士送小穎到最近的一家公立醫院急診。

的士內，采馨抱著六個月大的小穎，她睜著大大的眼睛看大人，采馨忍不住濕了眼眶。公立醫院裡，人不多，等了一會就輪到小穎了。由於發燒沒退，又因為發燒只是一種症狀，很多疾病的可能性都存在，護士們將小穎抱了過去，說小女嬰需要留院觀察，等醫生再診斷。她們請小女嬰的父母回去，如病情有變化，午夜等有關消息。他們跟著護士上樓，護士從他們懷中接過小穎，王銳和采馨站在病房門口，看她們給她降溫，竟然是將小穎赤身裸體地浸在一個小水池裡，頓時，小穎爆發了震天動地的哭聲，非常淒厲尖利，恐怕采馨和王銳一輩子也忘不了了！小穎的哭聲仿佛在埋怨父母的安排，令她處於冷熱交拼的痛苦中；她的哭聲，令采馨裂心撕肺，猶如猛猛一擊，她整個人幾乎崩潰了！她的淚，像噴水池的噴水，開關失控，崩潰傾瀉而出。但她還是忍住，不敢放大聲音。她好想衝進去，被王銳勸擋住，何況他們看到，此刻，繈褓中的小穎已經被護士用布包住，抱進去了，漸行漸遠。病房的大門，也在一剎那間自動關上，一個護士的頭突然伸出來，對他們說，你們明天中午才來探望她吧！放心，我們會照顧她的！

采馨已記不得那一次如何從醫院走出來，只依稀記得渾身軟如一團棉花，如同一具行屍走肉、沒有靈魂似地走出醫院。一走出醫院大堂的大門，再也忍不住地放聲嚎啕大哭起來。王銳用手撫著她的背部，連說，好了，哭出來就好，好了！

搭的士回家，采馨一顆心留在醫院了，仿佛聽到小穎的哭聲。在的士裡，采馨說，小穎交個她們，真令人不放心呀。

王銳說，一定要給兒科專科醫生看，診斷一下。因為發燒只是一種症狀。

采馨說，是的，如果明天他們沒有說出一個所以然，我們就抱小穎走，看私家醫院！唉！今晚我會想小穎，哪裡睡得著？

果然，整個晚上采馨一想到小穎的淒厲哭聲，輾轉翻覆，都無法入眠。

一直等到天亮，采馨打電話去問，一個護士接的電話，告知小穎服了退燒藥，燒退了，可以來接回去。

抱回小穎。看到她在熟睡，兩頰通紅，采馨頃刻濕了眼眶。在家中又給她量了好幾次體溫，每一次都低燒。

不行！我們還是馬上再帶她看，找私家醫院。

哪一家？我們沒有認識的。王銳說。

只好亂闖了。沒辦法，最近的那家就是銅灣里醫院，不過我們得搭的士過海。

現在走？王銳問，要帶什麼嗎？

是的，趁早看醫生好，不要再延誤了。采馨說，我得準備小穎的衣物用品，我也要準備幾件衣服。萬一小穎需要留院觀察治療而我需要陪她的話……準備妥當，他們抱著小穎到了銅灣里醫院。一切手續都辦得很順利。

銅灣里醫院歷史悠久，據說是著名的貴族醫院，雖然早就有所風聞，王銳和采馨愛女心切，一股腦兒想趕快讓小穎康復，脫離危險，因此抱著"先進一家好醫院"才說的決心，其他的一切只好慢慢考慮了。當醫院初步了解小穎的病情，一時也無法判斷小穎的燒為何無法退燒、就建議將小穎留院觀察，他們完全沒有猶豫地同意了。於是小穎被安排住進兩人病房，由於還在繈褓中，必須有一位大人陪，采馨是母親，是理所當然的最佳人選，當然也因此留院了。

住進這樣乾淨舒適的病房，才意識到這是一家貴族醫院，收費之貴有點讓他們擔心了。兩人都皺著眉頭。

現在問哪裡好意思，采馨說。

也還不知道住幾天，王銳也說。

最多我們只能打聽病房一天的收費大致多少，其他醫藥費什麼的肯定還是未知數。

那就不急吧，到時才說好了。

第二天下午,一位皮膚白皙、瘦高、說話聲音細裡細氣、面容和藹，近視眼鏡後的一雙眼睛發出睿智光芒的醫生走進來，他自稱是邵龍醫生。正在談話的王銳和采馨站起來向他微笑致意。邵醫生走到床邊看了看熟睡中的小穎，再看看護士留在床邊的病歷卡記錄。很小聲地說，還好，熱度有點退了。你們不必太著急，我再看看她的排洩物。采馨按照護士的吩咐，將從昨天下午到今天上午留下的、三包用厚厚尿布包著的小穎的糞便遞給邵醫生。他馬上蹲在地上將那三包東西攤開來，開始詳細地翻看，看了很久。一包翻看完，再打開另一包……

王銳和采馨被邵醫生專注細看小穎排洩物的情景感動。

他像翻讀一本書那樣，一包看完再看另一包，然後再重複從頭到尾看一遍。這哪裡是在看或查糞便？簡直就像是在讀書，而且是一個字一個字地「讀糞便」，活了幾十年，他們沒有遇見過醫生有像他那樣認真仔細的。

大約半小時之後，邵醫生站了起來，細聲細氣地對采馨說，下午你們讓護士看顧小穎，你們夫婦約四點到我的診所來，我詳細解釋給你們聽。他掏出一張名片給采馨。

下午快四點的時候，他們搭電車到了邵醫生的診所。進了外面的玻璃門，他倆看到診所內兩邊已經坐滿男女家長、年幼的小朋友以及繈褓中的嬰孩。早聽說邵醫生是島城著名的兒科醫生，病人有爆棚之患，果然名不虛傳。

采馨沒有向護士掛號，只是跟她說，邵醫生巡房時約他們來。護士進邵醫生裡面的診室通知他了，接著出來請采馨倆坐著等。邵醫生大約又看診了兩三個病孩，護士就請他們進見邵醫生了。

邵醫生辦公、聽診的檯面擺滿了各種英文書。他客氣地請兩位坐在他桌子前，然後翻開了一本最厚的英文醫學大辭典其中一頁夾了張紙條的頁面，指著其中一行，又放下來，解釋說，對不起，我中文不好，無法說出小穎所患的疾病名稱，總之，你們不需要太擔心，小穎發燒、大便裡有血絲，和她吮吸的奶粉很有關係。你們目前使用的奶粉不適合她，她吸收了這種奶粉就過敏。應該停止使用了，但醫院不會指定她用市面上的哪一種奶粉，但可推薦幾種，你們可以自由選擇……

采馨和王銳專注地傾聽邵醫生的診斷，既欽佩又驚訝，既放心又開心，佩服的是他的專業精神，說一不二；高興的是小穎不是什麼大問題，只要換奶粉，就基本上沒什麼大礙了！

走出他的診所，王銳和采馨的心如一塊石頭落地。兩人是同一個心思，如果不是邵龍醫生那樣的研究分析、刻苦鑽研，還不知道小穎要遭受怎樣的折磨啊。

日子過得真快，小穎在邵龍醫生的細心檢查、護理、治療下，慢慢地恢復了健康，她的排洩物不再出現血絲。邵龍醫生每天下午很準時在三點到四點來病房巡房；采馨則一直陪著小穎在醫院渡過難熬的十幾天；王銳那時在六合機構做一本讀書雜誌的執行編輯，一下班就來銅灣里醫院探望妻女。來到病室，差不多天黑了。

看著滿臉牽掛的丈夫，采馨說，怎麼？工作多啊，你看來很累的樣子啊。

沒有啊，擔憂你們。

邵醫生很負責的，每天來查，像翻書般一頁一頁地仔細看小穎的排洩物，真的很感動，少見醫生那樣細心啊。

有說幾時可以出院嗎？

哦對了，他說了，再過兩天沒事就可出院了。采馨說，這次入院，各種費用加起來一定很可觀。怎麼辦，我們錢不夠。

王銳說，這樣好不好？我寫一封求情信給邵醫生，就說我們經濟有點困難，要求酌情減少一點。

采馨看著王銳的臉，一時愣住，反問，這麼做好不好？

一時間空氣凝住，彼此凝視對方。

都想到一個心思上了。來到島城已經十三年了，可是敢於將小穎送到島城收費最昂貴的醫院，卻沒能力擔負她的醫療費，豈能不為自己的無能和大膽羞愧？但回心一想，當初沒半絲猶豫，乃愛女心切，又何愧之有？寫封信給邵醫生，有用嗎？王銳想到凡事未經嘗試勿輕易言敗那句話，鬱悶於胸的難堪很快化解。

寫！我今晚擬一個草稿，明天帶來給你看看。

好！只好試試了！

信讓采馨看過，她略改動幾個字，當邵醫生第二天下午來巡房時交給他了。

邵醫生最初感到很驚愕，以為是什麼，回到醫院醫生休息室，第一速度打開看，那是采馨的先生王銳執筆的，用他們夫婦兩人的名義寫給他的一封信。字跡雖然有點飛舞，但工整，快捷疾速然老練清楚，相當於他對英文書寫的嫻熟，不禁為自己中文的一般而汗顏。欣賞了王銳的字跡，再讀信的內容，不禁恍然大悟，原來王銳采馨他們搞出版，而王銳本身是總編輯外，還是一個業餘的寫作人，難怪手跡那麼漂亮了。信不長，但讀來令人動容，無法不產生隱惻之心。他們除了厚著臉皮、不顧尊嚴表示慚愧外，還自稱目前家庭暫時只是單職工，太太需要照顧一雙七歲和半周歲的幼年小兒女，還說王銳自己還是一個小編輯，為人打工，薪酬微薄，業餘雖然寫點稿，但稿費可恥，不堪入目！因此不自量力將小女送到那麼好的醫院，舉措相當大膽，竟然沒考慮後果，只因為愛女心切啊！也因此之故，希望醫院費用能予略微減少，最後說了些感恩載德、沒齒難忘的話，信就結束了。

邵醫生看完信，將信攤開在檯面，長歎了一口氣。從醫幾十年，他何曾讀過這樣的求情信？真是各行如隔山啊！到這家醫院治病的確實非富即貴，經濟不是考慮的因素；這一對夫婦顯然目前陷入了騎虎難下的兩難境地，才這樣非常慚愧又委屈地寫信給他。他只是沉思了十幾分鐘，終於有了主意。

出院那天，邵醫生上午特地在十點就來巡房，這也算最後一次吧，檢查了小穎的尿片，看著睡中的模樣，點點頭說，沒大礙了，下午可以辦出院手續了。

邵醫生沉默了好一會，對病房裡的王銳和采馨接著說，你們的信我看了，一切明白，我這兩個星期的治療費、巡房費，我可以完全免收，我一個人就可以決定。但醫院還有其他費用，如住房費、藥物費，我就沒法控制了，我沒有權。

采馨激動地說，這已經很感謝了！

王銳說，多謝邵醫生！真不好意思。

邵醫生說，別客氣，我們交個朋友。

……

采馨結束了有關邵醫生的回憶，說，這就是邵醫生和我們之間的故事，王穎，妳後來有什麼大小毛病都讓他看，他竟然一分錢都不收。十五年來都如此！

王銳說，那時報紙有篇採訪我的新聞，說我是高產作家，還放在副刊頭條，全版彩色，他剪下來，夾在妳病歷卡上，卡上註明「永遠免收費」，妳看病他真的一分錢都不收！

小穎聽得愣愣的，說，這個醫生實在難得啊！

采馨說，妳以後辦婚姻大事，婚宴一定要請他夫婦參加！

小穎說，還那麼遠的事啊！

第十五章 三本書

年申易好久沒出來了，有人打電話，他在家也不接；采馨週末與王銳看電影前，到一家印尼餐廳吃晚飯，邊吃邊談起文壇近況。

哦，還有這樣的事。為什麼呢？王銳不解。

最近和年太太打電話，她說的，年先生心情不好。

應該就是失去那份《島藝》總編工作的事吧？王銳說，我想應該是的。

采馨說，外面議論紛紛，傳說很多，有機會我會向年太太瞭解一下。

王銳說，年先生應該感覺比較突然。

是的，采馨說，他身體還那麼好。

咖啡送來了。王銳打開檯面的一小包咖啡糖，倒進采馨的杯中，然後自己的。他握起小瓷碟旁的小湯匙，將咖啡使勁地搖，湯匙敲擊在咖啡杯的瓷壁上，發出不小的聲響。

小聲一點，采馨說。

哈哈，也許在家給你沖製咖啡，習慣了這麼用力。

我知道，你自己一定很享受這種聲音。

搖勻的時候，帶有一種有節奏的音樂感，哈哈。

采馨說，好了，在這裡要輕一點。我要找個機會，約年先生和太太出來飲茶談談。他為了辦好《島藝》,一直沒空整理自己的書稿。乘他暫時不必忙碌，我們為他出書！一口氣出三本！你看怎樣？

太好了！王銳說，我絕對讚成，沒意見！

他的書我們出到現在，連評論集也算的話，出了四種。雖然銷得不快，但慢慢會好的，主要要出的多，才有影響力。

王銳說，繼續出，出得多就會引起讀者的注意，何況他是資深名家，只是人太低調而已。

是的，現在剛剛兩個月過去，再過些日子，我再試試打電話給年太太。

下午快五點的時候，穆日林突然來到示益出版社。

趙小姐開門，王銳出來引進，讓他直接進到采馨的辦公室，坐在檯前兩張椅子右邊的一張，之後，王銳去沖咖啡。

喂，別客氣了，我是來向你們告別，明天我就回星城，時間會比較長了，不知道什麼時候再回島城。我下午要買個皮箱，乘地鐵到了附近，順便上來看望你們。

王銳的咖啡端上來了，問，那你明天就飛？

是的。明天下午的飛機。

王銳將其中一杯端給他，然後看著他的臉，搖搖頭道，這次年先生的事這麼突然？

穆日林道，是很突然，而且處理方式很奇怪，除了賬目凍結，人員全部一個不留地遣散，不是經濟不景氣停辦，是有人接管。下文我就不清楚了，你們不要問我。有空你們可以約申先生出來喝茶。

采馨說，打過電話給年太太，她說年先生不想出來，再過一段時間，我會勸他出來散散心！

穆日林說，被勒令凍結一切、無故勸退後，那幾天年先生情緒很不好，說要好好休息三個月，誰都不好來打擾他。我看等滿三個月後，你們再約約他吧。

采馨拿起檯面的一張年曆，在上面的日期勾勾劃劃，說，再過十天就滿三個月。我會再聯絡他們，約他們出來飲茶。

穆日林又說，有一份小報，竟然大為造謠，說年先生年邁退休，其實他創辦這份文學刊物的時候，已經超過退休的年齡；還說年先生搞文學公關，真的莫名其妙。年先生用稿一向客觀公正，認稿不認人！這位造謠者簡直把話說反了。

王銳聽了感到很驚訝，以年先生這樣德高望重的人都有人要攻擊他，那還有什麼謠不能造？

采馨聽到穆日林帶來的消息，也感到很震驚，一位老前輩多麼熱愛他的編輯事業，為什麼不讓他繼續編下去呢？也難怪他無法接受這樣的打擊，心情低落。

穆日林看看時間，快七點了，在一片紙上寫下他在星城的白天和晚上的兩個電話，就告辭了。臨別還說，有空到星城遊覽，不要忘記打電話給他，他要在「中峇魯」食街請他們吃咖喱魚頭。

晚上，吃過晚飯，采馨說，年先生十幾年把他的精力都放在了編好《島藝》,幾乎沒時間整理他的書稿，下次打電話，我們用這個鼓勵他，他一定會振作起來，忘掉不愉快的事，這對他來說，也許是因禍得福哩。

王銳說，老前輩啊，如果是我，肯定不會頂而替之的。

采馨搖搖頭，戲弄他道，你是菩薩心腸，一隻壁虎，你都不忍心打死，難怪到處受欺負。哈哈。

王銳說，我看淡名利，才會如此低調，我們做好自己的事就行。

采馨道，我知道。你和那些在背後愛算計別人的小人根本是兩個世界的人！

＊　＊　＊　＊　＊　＊

《島藝》易人後，雖然延后了一些日子出版，但還是出版了。

儒天心情大好，喜孜孜地想，屬於年某的日子已經過去，我儒天的時代正式開始；以為困難重重，豈料竟然那麼輕易就手到擒來，一舉成功。當初，自己最初連想都不敢想。

正遇上劉小楓來港，他索性連文友賽飄美也約了，中午在一家中式酒樓飲茶小慶祝。賽飄美一見到儒天的面，雙手作恭喜狀，恭喜、恭喜，你老總終於報了一箭之仇。

不好亂說，不好亂說！傳出去可不太好呀！儒天看了她一眼。

在預定的座位坐下，儒天為兩位女士服務，用熱水將杯碗碟筷子全部清洗一一次。劉小楓時不時一個人飛來島城，喜歡在馬路上逛蕩，找靈感，找資料，連儒天也不通知；她擔心遇到自己情緒不好時，儒天會像蒼蠅那樣纏著她；當然，有求於他的時候，她會致電給他，那就沒辦法拒絕他，總會讓他對女性的貪婪得逞一兩次。

小楓很享受這類港式飲茶，儒天和飄美點了不少充滿香港特色的點心，如鳳爪、鹹水角、蘿蔔絲、煎蘿蔔、薑醋豬手、乾蒸牛肉、叉燒腸粉、燒賣、潮州粉果、蝦餃……這些，雖然在自己居住的城市也有，卻沒有香港的好吃。儒天和飄美不斷給她夾點心，她也來自不拒，樂得享受美食。自己只好不斷給他倆斟茶。

話題自然而然又集中在那塊肥缺——《島藝》。兩位女的佩服他很有手段。儒天不斷呵呵、嘿嘿地應付著，妳們不要這樣說，不要這樣說，傳出去就不太好聽囉！新陳代謝嘛，新陳代謝嘛，何況他超過退休年齡也太久了。

飄美說，我最近讀文報，讀到幾則報道有關事件的短訊，裡面有幾句說改革以前的文藝公關的做法，新出的一期面目煥然一新。這樣的報道大概只有你才寫得出來吧？飄美瞟了儒天一眼，搖搖頭，你用詞也夠妙也夠毒的！什麼叫「文藝公關」？分明是綿里藏針，含沙射影！

儒天最初只是嘿嘿幾聲，不可置否，接著意識到飄美太了解他，說下去無意中會把他全抹黑了。儘管小楓是自己人，也不好讓自己負面的東西不斷被擴大和流傳，於是，說了她一句，妳老是把我描述得太壞！不說這個了，今天好不容易和你們兩大才女茶敘，妳們不能白喝茶，下次都交來一篇散文，兩千字以下！

話題很多，但東拉西扯，最後都莫名其妙地又回到年申易做老總的刊物易將的事，可見外面的議論一定很多；當然，不易為外人知的真相，經過走樣的謬傳、掩飾、包裝和輿論的迷霧，有時距離事實已經很遙遠了。

好的，小楓說，我明天就飛回老家，文章三四天後傳到你電子郵箱。多三五百字不要緊吧？稿費要算足！

沒問題，明天我就不送了，今晚到酒店看妳，就當送行！

OK，小楓說，幾點？我等你。儒天說，九點，然後深深看了她一眼，小楓當然明白他的意思。飄美看到了這小細節，內心裡罵道，儒天啊，天下你認識的美女才女，你都要染指。現在你已經視我如棄履了。

＊ ＊ ＊ ＊ ＊ ＊

年申易先生和夫人卓霏敏在《島藝》雜誌換人三個月後終於出門了，到公開的場合飲茶。那幾個月中無數的朋友，都約他們出來吃飯，都被他們婉轉回絕。這期間采馨和王銳商量後，也打過好幾次電話約他們茶敘或吃飯，因為時間未到，都被年太太卓霏敏以“遲些日子再約”多次拖延。這一次，快三個半月了，年太太沒有猶豫，一口答應。

一路上，采馨十分高興，對王銳說，我們面子夠大，第一個邀請到他們出來茶敘。他們比年申易、卓霏敏夫婦更早到達酒樓，座位非常好，在比較安靜的角落。他們一起將四個人的筷子碗碟都清洗了一遍，就看到年夫婦從門口走來。

快八十的年先生看起來七十都不到，依然非常精神，只是比以前白了一些，看來主要是深居簡出的關係。他穿著棕褐色的外套，不胖不瘦。一見王銳和采馨就熱情地叫他們的名字，彼此握握手就坐了下來。

碗碟都由采馨和王銳洗好，年太太卓霏敏知道她先生喜歡吃什麼美食點心，也知道王銳采馨是年輕人什麼都可以，就在幾張點心小紙牌上勾勾劃劃，采馨則給大家倒茶。

年先生，我們出版社決定為你出版三本書！采馨對著年先生說。

年太太擔心先生聽不清楚，將采馨的話重複說了一遍。

年先生笑著點點頭，說，我聽到，我知道，我明白，示益公司準備給我出版三本書。他說到這裡，舉起三個指頭。

王銳說，年先生有空可以開始整理書稿了。

什麼？什麼？年先生似乎聽不清楚，再問了一次。

年太太笑著又重複了一遍，王先生說你可以開始整理書稿了！

明白明白。年先生以十分興奮的心情看著采馨，自個兒念念有詞道，不是一本，是三本！三本！

年太太仿佛是先生肚子裡的蟲，太知道他喜歡吃酒樓裡的什麼點心，不斷地將他喜歡吃的給他夾到碟子和小碗裡。年先生都吃得精光。

年先生高興得來勁了：《交錯》是一定要出的，我先整理好這一部，盡快交給你們。目前只有濃縮的短篇《交錯》；原汁原味的長篇《交錯》版本，從來沒出版過呀。

采馨說，那太好了！

王銳說，我們變成了獨家擁有。

采馨開玩笑說，大機構都要流口水了。

王銳搖搖頭，有些人不尊敬老作家。要稿時追得很緊，書稿到手後就沒有下文，甚至再版的時候也不通知作者，實在太過分了啊！

采馨，三本！你們給我出三本書！年先生依然非常激動，無法壓抑住，此刻再重複說一遍，這樣吧！我擔心你們出我的書虧本，所有版稅或稿費我都不取！

啊！采馨馬上搖搖頭道，這怎麼可以！這怎麼可以！

年先生又說，我的書，沒有年輕的讀者，大部分年紀都比較大。我是怕你們示益血本無歸啊！

王銳說，不會的！不會的！年先生太謙虛了！

采馨說，我們採取版稅制度。就是賣一本算一本，按照業界行情，版稅百分之十。這樣對誰都公平！

年太太看到雙方都在友好和善退讓，也蠻開心的，就勸先生，說道，好了好了，你不要再爭了，他們搞出版九年十年，都積累了很好的、豐富的經驗，相信你不該得的不會無故給你，該得的也不會不給你。版稅制度比稿費合理，也很公正。

采馨說，是的，是的，我們的意思就是這樣！

王銳見年先生在興頭上，馬上再追問，年先生除了《交錯》最想出，還有哪兩本最想出版的呢？

我以前用不同的筆名在《香晚報》等七八家報刊寫了至少一千多篇小小說，名稱不同，有的叫香港故事，有的叫短篇小說、一分鐘小說，有的叫掌篇小說……印象中，從來沒有正式結集成書，我想選一選，出一本。

好的，好的，一定受歡迎的！采馨說。

用什麼作書名呢？王銳問。

年先生說，就用《錯》作書名，你們看怎麼樣？年先生謙遜地徵求意見。

太好了！王銳、采馨齊聲叫好。

年先生話頭一開，就滔滔不絕了：我那篇《錯》小小說發表在一九八三年六月一日的《島城晚報‧大匯流》……

年先生，你的記憶力太好了！采馨大讚。

因為我用了不同的技巧來寫，引起討論和爭議，十幾年來，海內外有二十來種到三十種報刊或集子收進或轉載，用它做書名有一定吸引力。

王銳說，這個書名好！這個書名好！

年先生望著王銳道，王銳，你都參加過討論啊！

是的 是的。

年先生感歎地說，很久以來，我一直希望出版一本微型小說集，因為事務繁忙，總抽不出時間整理舊作。現在我不再處理雜誌社的事務，有足夠時間做修訂工作，加上你們夫婦的督促，這本微型小說集終於可以與讀者見面了。真多謝你們的幫助。

年先生客氣了！采馨說。

王銳也補充道，這是我們應該做的，應該做的！年先生，談了兩本準備出版的，還有第三本呢？

第三本，書名都有了，就叫《詩意洋溢》，你們覺得怎麼樣？

這個書名也很妙，采馨大為欣賞。

一定可以吸引讀者。王銳附和道。

我準備在這本書裡收進一些與眾不同的東西，當然也包括中篇小說《塔裡》。還有用詩寫的評論、文學批評、散文、獨幕劇、微型小說、短篇小說等。

連序也用詩來寫吧？王銳問。

一定！

哇！今天年先生情緒特別好啊！三本書的構思都有了，都那樣精彩啊。

采馨大讚，王銳也感歎不已地說，年先生，您將文學當成一門藝術，樂此不疲，每一篇小說、作品都是獨一無二的藝術品！與眾不同！

此刻的年先生一掃來時臉上的那種不易察覺的一絲不悅，出書的訊息，猶如一種心靈的按摩治療器，將他那被剝奪雜誌總編權的憤懣排出體外，開心得好似兒童，也如服了特效藥那樣呈現在他歡喜的臉上。最叫人驚異的是他露出的那種孩子般天真無邪的笑容，無法叫人猜准他已經是七十九至八十歲的長者。

對，對，與眾不同，我就是喜歡與眾不同。

大家興奮地談年先生三部準備整理、出版的書稿，不知不覺，幾乎兩個小時過去了。采馨、王銳善解人意，不願意再提及三個多月前令他不快的事。那件對一位老編輯來說猶如晴天霹靂的失去工作的事，成為他心中永遠的痛。何必再在傷口上撒鹽，又何必火上加油呢？

＊ ＊ ＊ ＊＊ ＊

那晚，儒天準時在晚上九點到小楓的酒店房間。

按鈴，小楓知道是他，只開了一個小門縫，儒天半側著身進去，手上帶了一份新出的《島藝》。小楓將房間門開關扭動鎖死，儒天看到，又將鐵鏈扣上。

小楓瞪看了儒天一眼，知道他今晚要幹什麼了。儒天也久久看了她一眼，發現她今晚的衣著太時尚。白天一起喝茶時他沒在意，到現在還沒換下來。裙子只是及膝，甚至還未及膝，上衣薄如蟬翼，裡面只是掛了件如同肚兜的白吊衣，就沒有胸圍什麼的了。

坐吧！

行李整理好了嗎？

差不多了。

小楓在香港的最後一夜。儒天戲弄她。

我給你沖咖啡。小楓說。

一會熱氣騰騰的咖啡端過來，那香氣裊裊氤氳在酒店房間的空間。

小楓坐在小几的另一張靠背椅上，道，大權在手，現在的你好春風得意啊。

臥薪嘗膽，我忍辱負重不止十年。

真有辦法，你。

他雖然是一棵大樹，但周圍沒有支撐物，風一來就倒！

我看你不可能沒後台，小楓打蛇隨棍上地打探。

哼，要在社會上混，誰能沒後台？就看誰的後台硬罷了，當然還要看關係搞得怎麼樣。

到了這時候，他依然諱莫如深，小楓很不滿，忽然想到那後台很有可能也是一位女的，恐怕是一場權色交易也說不定。但多問了他也不會說，也就隨他了。

反正風水輪流轉，誰也不要不服誰就是了，儒天翹起二郎腿，幾乎把一杯咖啡喝完了，很不屑地說。他看看墻上的時鐘，夜十點半。

小楓走到窗口，稍微撥開白色的窗紗，想看看外面的島城夜色。

儒天笑她，這種酒店，窗口哪裡有美麗的夜景看？對面也是人家酒店的房間窗口！儒天站起來，轉身，將厚重的黃色窗簾拉上了，然後輕輕走到小楓的背後，伸出雙手將她的腰肢抱住。其中一隻毛茸茸的手還伸入她上衣胸前摸索，一張臉粘貼在她脖子後，鼻嘴在她濃髮間猛嗅。

我先洗澡。小楓沒有強力掙扎，只是平和溫順地要求。

這樣好，不必洗了，我喜歡妳這種味道。儒天就這樣亦步亦趨，擁抱著她移動到大床，兩人倒下去……

大約十一點半，儒天扣好褲袋，離去前在房間走廊，對她說，過幾期，我會安排《劉小楓文學專輯》隆重推出。妳現在可以開始準備了！

第十六章 島上歲月

在示益辦公室，趙小姐從傳真機上面接過一份傳真，看了一下，發現是書展預約，就趕緊站起敲門，進了采馨房間，將預約紙遞給她。

采馨約略看了一下，點點頭，感到欣喜。自從設計了這種書展簡單預約表格後，中小學的書展預約越來越多了，這不能不說是他們示益出版社的另一類成功。表格雖然不很大，但資料齊全。例如，要求填寫書展學校的準確完整名稱，書展的日期、天數、時間、地點（指學校的禮堂、圖書館、飯堂或露天操場等）負責老師的名字、職銜、聯絡電話等。這些預約空表格刊登在《益友》小報最後一版的最下方，方便學校剪下來填寫。預約有的提早三五個月，便於編排時間，如果有所衝突，也好從容與學校老師協商改期日子。所有的書展預約紙都被采馨整齊地裝訂在一起，累計成厚厚一本。有時那麼巧，一星期內，兩家書展，一家兩天，一家三天，一周五天就那樣在學校度過。

王銳！陳弓！

聽到采馨的呼喚，王銳從辦公房間走來，陳弓在寫字樓大堂整理存貨，忙不迭地走來，問，什麼事？

采馨將預約本子從手上・放到檯面，說，你們看，這下半年幾乎排滿了！

王銳和陳弓的手幾乎同時伸出來，要看預約資料，陳弓謙讓，你先！你先！

哈哈，王銳大笑兩聲，也不客氣，接過厚厚一本書展預約單逐張翻看，歎道，可怕！九年前我們哪裡會預料到我們出版社會變得那樣熱門！

陳弓也大笑，不是可怕！是可喜！好啊！半年都排滿了！

我們不需要行街去招徠，不需要打電話邀約，就憑一份「無腳推銷員」得到那麼多生意！從一些行家那裡知道，目前最熱門的五六家書展商，我們就佔了其中一家！采馨有點得意地說。

王銳補充，我們示益，最妙的還是跨越小學和中學，主要中小學的圖書我們都有；再說，我們和其他一些書展商最大的不同是，我們不是純粹拿別家的圖書來走盤，我們自己搞出版，有自己的出版物，有時自己出版的部分就當主力。

對，我們有特色，不少學校都說，獲益不出一本壞書，獲益出版物，我們放心！這就是對我們最好的評價！采馨說。

喂喂喂，你們看清楚了嗎，今天傳來的書展預約？突然，陳弓像發現了什麼秘密一樣，將手中的預約本子遞給王銳。

什麼？什麼？王銳看看陳弓的臉，不明所以。

王銳再次將書展預約表格那本子接了過來，仔細看了看那間學校的地址，竟然是方洲某某街。他望了望陳弓。

陳弓道，這是在離島，不在島城。

采馨接過王銳遞過來的預約本，說，那我們車子開不過去，要搭船去。

是的，陳弓說，我們要搭船去，而且不在島城的普通碼頭，要到離島碼頭。如果趙小姐留守在寫字樓，那就是我們三個人去，連人帶貨一起乘船。

王銳問，大約多久可以到達呢？

遠倒不很遠，半小時到一個鐘頭吧，主要是書，恐怕不能運去那麼多了。需要減半，平時我們在城裡，帶了三十箱書去學校；去方洲，貨物要從碼頭岸邊上船，到了那邊，東西要從船上推到岸上，兩邊都辛苦，我們只能用小車，如果風浪太大，船顛簸得厲害，那就麻煩一點！

采馨問，那要不要請人協助？

陳弓說，那也不需要。我們一起努力！一定可以！

采馨說，看來去一趟不容易，我想一想辦法，看看能不能這一家兩天做完，繼續接著在方洲的其他中學展銷兩天。這樣我們也不致太辛苦！再說，如果第一家生意不好，看看第二家能不能補償一點！

王銳、陳弓聽了都認為采馨聰明，想到了這樣的好辦法好建議，畢竟舟車勞頓，去一趟實在太不容易了，他們異口同聲表示讚賞。

陳弓說，時間比較緊迫，可能來不及了吧？

王銳也不無疑問，摸不清那方洲有幾家學校？做哪家呢？

又是采馨秉性聰明，考慮了一會，就說了，這還不容易？這已經預約的表格上有聯絡老師的電話，他們在方洲的學校，一定彼此都認識，我可以打電話請他們介紹！

王銳說，好！妳做董事長真沒白做，什麼都會，聯絡尤其是強項！

采馨大笑道，你不要先拍我馬屁！聯絡成功才讚！

陳弓說，一定成的！妳口才沒得頂！呱呱叫啊！

采馨說，反正我們每天約四五點就回島城，萬一書好賣，貨不夠，我們可以馬上補兩三箱沒問題！

陳弓說，我回貨倉補。包在我身上。

采馨說，從島城到離島書展，看來是苦差，其他書展商未必願意去做。方洲的學校既然約了我們，一來是信任我們，二來是聽過我們這家示益，看到了我們出版了那麼多的好書，非常適合學生！這是我們最大的與眾不同的地方！

陳弓點點頭，說得完全沒錯啊！

采馨再次將方洲中學書展的日期看了，又翻翻其他學校書展的日期，心中盤算了了這即將到來的「越海爬山」離島書展的形勢，一大堆問題猶如亂麻纏繞在胸間，自言自語道，我需要打電話給學校的聯絡人辛老師，了解一些情況，我們好準備，你們先出去，一會我會把情況告訴你們。

半小時後，王銳和陳弓聽到采馨在房內叫他們，你們都來一下。

猶如要打一場跨海的仗。采馨很像一位女總司令，分析形勢且做出這樣決定。她是這麼說的：剛才我和學校的辛老師聯絡了，和她商量，是否可以提早把書運過去？她說，不但可以，而且應該！她也說，不然到了正式書展那天上午才運書過去會來不及。方洲島城之間來去航班是有時間的，從方洲碼頭到學校路途距離雖然不遠，但上坡下坡路並不好走，無法在早晨八九點就開始展銷。因此必須提早運書，甚至擺好書……他們的書展是在十九、二十、二十一號這三天，提早一天運書擺書，那就是十八日，正好那天我們沒有書展，到方洲把書擺好是沒問題的。主要是十七號那天我們在島城一家中學書展，最好我們的書就不必麻煩再從學校搬回我們的貨倉了，能直接運到方洲最好啊！

陳弓問，島城十七號的中學書展需要幾點收書呢？

采馨說，最好是下午不到三點就收齊所有書，我們趕上三點開到方洲的船，把所有書連小車都放在學校，辛小姐說方洲最後第二班船是四點十五分，我們就坐這一班船回島城。如果搭最後一班，那是太遲了！

陳弓說，那妳的意思是，我們第二天——就是十八號一早就去擺書，擺兩個鐘頭的書就搭船回島城？是吧？

采馨說是呀！

高！陳弓大讚。

高！王銳也大讚。

這樣不至於太辛苦。去一趟要人搭船，貨要上船，也還不知道那學校生意怎麼樣，是否夠成本，是否能收支平衡？采馨搖搖頭道，也難怪其他書展商不太願意去了，尤其是那類一個人的書展商了。

采馨說，希望出現奇跡吧。

采馨又補充一句，方洲那家中學的辛老師正在幫我們聯絡方洲的其他中學，如果順利，我們就有希望在他們那裡書展結束後，接著在方洲附近一家中學書展兩天。這樣去一趟方洲，不算浪費，可以說是「一網打盡」，非常值了！……

兩位男的正要說什麼，采馨接到一個電話。

你們等我一下，我接接電話。

采馨大約講了二十分鐘，放下電話後，噓了一口大氣，說，搞掂了！

怎麼了？王銳緊張地問。

什麼？陳弓也問。

辛老師幫忙聯絡了另一家，我們結束後，可以繼續接著做！

離島一役，必須爬山越海，對於示益出版社來說，乃屬第一次，無法不部署妥當、籌備周密，從一家學校展銷擴大到另一家展銷，等於延長了展銷的時間，相當於大大地減少成本，示益幾人也就不必搬運得那麼辛苦了！

太好了。陳弓大讚。

王銳問，之前認識辛老師嗎？

采馨說，我哪裡認識？她人熱心，不錯。

王銳說，也是因為妳人緣好，有口才！要是我，一定失敗。

哈哈！陳弓聽了，笑了笑，你文章行，這方面當然不行啦！

采馨說，好！我們也該下班了，陳弓你不必煮吃的了。這麼遲了，我們搭的士回家，就去快餐店吃一餐吧。

＊ ＊ ＊ ＊ ＊ ＊

維港的風浪果然不小，在去方洲那天。天色陰陰的，好像要來一場大雨，但很快，太陽就出來了。

剛才的一番緊張剛剛過去，陳弓站在離島碼頭外面的海邊，望著采馨說，今天風浪有點大，小推車上船會比較麻煩，如果碼頭的船員能稍微幫一下手，那就好很多。一個多小時前，他把車開到碼頭前的空地上，和王銳一道，將貨卸到小車上，兩輛車裝得滿滿的，每輛車約有七八箱。卸完，陳弓又將車子駕駛到附近的停車場，準備泊在停車場六天，方洲回來再載剩下的書回貨倉。此刻，一邊擦乾渾身的汗，一邊吹吹海風，一旦開始上船，就一起衝鋒。

一會我們一車一車推下去，一車七箱八箱，到上船的踏板那裡是一段斜坡，約有二十來米遠，由高到低。人要在低那邊把握和控制，如果連車帶人整個摔倒，那就不是開玩笑的！陳弓對王銳和采馨說。

明白！王銳說。

此刻，通道門開了，乘客都在排隊。

陳弓說，我們推車的好像從低層的踏板上。

一會，一個守碼頭的職員走出來，在另一個鐵閘門內向他們招手。真的，如陳弓所說，他們推小車的，是從底層的踏板上船。

陳弓發力，將載有十箱書的小車慢慢推入鐵閘門，從閘口到岸邊渡輪，是具有一定傾斜度的坡，貨堆得太高，一定會跌出，他怕車子速度太快，趕緊在車前方頂住，讓王銳抓把手，不至於速度太猛，車控制不住。但縱然是這樣，也非常危險，畢竟王銳個子雖然不小，但基本上屬於書生類型，只有縛雞之力，碼頭服務員看到兩人還是太危險，趕快走來在小車前方帶頂帶拉地協助，陳弓和王銳一道，就控制得比較好了！終於將書推到了船邊。再有一車，經驗就比較豐富了，一樣畫葫蘆勞重複了一次。

風浪的確夠大，從岸上到船內，得經過一個踏板，此刻被起伏不定的風浪拋得上下跳動。貨物十箱高，跨越踏板時，倘若不掉下一兩箱到海裡，那才是拙拙怪事。碼頭職員了解了是書，才恍然大悟，原來是書，不然哪裡會那麼重啊！不行的，要搬幾箱才能過去，他帶點命令地說。距離開船時間剩下一兩分鐘，開船的鈴聲響了幾次，但那碼頭職員竟然一點埋怨都沒有，依然諒解他們到離島的困難，主動來幫忙。真沒想到！

兩車的貨剛剛推上小船，船就開了。

沒想到這艘船的職員這麼好！陳弓讚賞道；他渾身已經汗如雨下，濕透了。他將背心脫下來，扭出汗水，用一條大臉巾抹乾赤膊上的汗水。

沒有他們幫，我們可能要增加不少困難上船。王銳也說，此刻的他也渾身衣服被汗水黏住，不斷地抹汗。

采馨兩隻手、臂彎都提著、掛滿了書展用的東西，剛剛坐下來不住地以紙巾抹汗。太不容易了！來一趟太難！我一定要叫他們圖書館買多一點書！昨晚，辛老師來電問我今天需要什麼幫忙，我說不必了。

是的，我們三個人足夠了，慢慢推，一定行的！陳弓說。

船航行了近一個小時，在方洲碼頭靠岸。風浪沒有先前出發的時候那樣大了，經過踏板的時候，船上的船員依然再次來協助，加了一把力，總算順利過關。不過，從岸邊到出口處的閘口，是從低到高的一段斜坡路（島城的所有碼頭幾乎都一樣），陳弓和王銳又再次費了九牛二虎之力推上去，由高到低需要控制力，從下到上則需要拼牛力，搞不好也都會壓到人！

好在，至此，「跨海」算是走過來了，眼下馬上就要再經歷「爬山」的第二戰役！早就聽說從碼頭到學校，距離雖然不遠，但路途並不平坦啊，高高低低上坡下坡，不太好走呀。

下午三點鐘的光景，太陽還不願意過早地收斂它的熱威，曬在人的皮膚上就發熱，何況出動牛力？董事長采馨兩手拎著大包小包大袋小袋的，總編輯兼業餘作家王銳則一個人無法將載滿八箱書的小車推上上坡路，就協助運輸大隊長陳弓將第一車推到坡上，放在高坡上適當的位置，然後再下來一起推第二車上去。每一程大約都有二十幾米遠；到了坡上，王銳和陳弓渾身都濕透了，熱汗如雨下。這一程從方洲碼頭到學校的路確實不好走，上上下下，自然不會一馬平川。因此雖然路途不遠，也頗花費了些時間才抵達。

看看手錶，陳弓說我們還有一個鐘頭時間，來得及的，學校就要到了。

在平路上，小車好推。王銳推一車，陳弓推一車，學校老師包括中文科主任、圖書館主任、辛老師、校長都在門口迎接，看到他們親自推車，都感到不好意思，圖書館主任趕緊叫幾個校工來幫忙，將書推到禮堂去。辛老師向校長介紹采馨，采馨又介紹出版社總編輯、作家王銳，校長和兩位主任看到出版社的經理和編輯都那樣沒有絲毫架子、如此親力親為，都非常感動。陳弓看看時間，剩下半小時，就跟采馨使使眼色。采馨說，我們得趕四點十五分的船回島城，明天上午大約十點再來擺書，兩個多小時就可以擺好，這樣後天我們乘搭七點多的船來，八點半展銷就絕對沒問題了。主任們都一致叫好，校長還望著王銳，開心地說，學生聽說有作家王銳先生來簽名，非常期待，書展一定會圓滿成功的！

謝謝，謝謝！我們明天來擺書！再見！王銳說。

辛老師說，展銷結束，我們會安排幾個校工協助。

好的，好的！謝謝辛老師！采馨說。

他們趕到方洲碼頭，剩下十分鐘時間，直接上了船。

第二天他們又再次來到方洲，到學校擺書，大約用了近兩個鐘頭的時間，就擺好了。走出學校的時候，正好是中午十二點左右。采馨說，回去一個鐘頭，到城裡午後一點了，索性在方洲解決午餐好了，聽說這裡的海鮮物美價廉，可以一試。大家都沒有異議。

夏日的海風雖然不是很涼，微微帶熱，但不斷地拂送過來，將粘附在人身上的熱氣還是消除、減弱不少。靠海一邊的餐廳沒有幾間。較大規模的似乎只有一間。走過，翻開那遮陽遮雨的藍紅色相間的塑膠蓋布，他們三個人進入半露天的海鮮餐廳。半響，不見有夥計出來招呼。非假日的方洲，原來也不是特別熱鬧的。

今天這一餐，特地慰勞陳弓，遠征方洲出了大力。采馨笑著說。

客氣了！客氣了！大家都出了力！算是慰勞大家吧！陳弓一邊說，一邊向餐廳裡屋拍掌，拍了約莫五六下，真有一位三十來歲的女少東走出來，一手抓熱水瓶，一手端一個大膠盆，然後把筷子筒、叉子湯匙筒、辣椒等物都從其他桌面搬過來，最後是餐牌。

陳弓，你點吧！采馨說。

我什麼都可以的，最重要的是來一瓶青島啤酒！哈哈！

這當然。采馨說。

印尼炒飯、星洲炒米粉都有！采馨和王銳驚奇地道。最後點了星洲炒米粉、蒸蝦、茄子魚香煲、涼瓜炒雞蛋等幾樣。點完，站在一旁用一張小紙仔記錄的女少東也寫完，走進去了。不一會，提了一壺茶過來，又忙去了。

這一餐吃得非常盡興。

* * * * *

書展第一天的上半天，現場非常冷清而清靜。

真沒想到。采馨說，難道學校沒有宣傳，沒有通知學生嗎？不可能吧。你們看到書展海報嗎？

王銳說，他們的海報、我們設計的海報，我看到貼了好幾張，不知怎麼搞得？剛才都先後來了三班了，都沒同學買。

可能這家學校很少書展，沒啥經驗？陳弓猜測。

采馨說，也可能吧。王銳，估計上午沒什麼生意，還有一個多鐘頭，你不是說想看看方洲，隨便逛一下？

是的，王銳從簽名的小課桌後站起來，看看手錶，說，現在快到十一點了，我十二點左右回來。

走出校門就是大海，靠近岸邊停泊著不少漁船。太陽不強，海風涼中有點兒熱。王銳走到一棵老榕樹底下，他看到有一張靠背木椅，就坐下來。海風徐徐吹來，吹得他迷蒙了眼，竟然有些無法抗拒的睡意。他強忍住，深怕就這樣酒醉般入夢，趕緊站起來，走到海岸，仔細觀察那些漁船內的動靜。有漁家八九歲的小女孩坐著做功課。在別的船內，有一婦人在煮飯……王銳生怕打瞌睡，就慢慢地將附近走了一遍，生出許多感觸……

學校看到書展效果欠好，有負文化出版人的期望和熱心，校長、兩位主任和辛老師經過積極協商，決定了「一人一書計劃」，支持艱難的文化出版行業。他們把這個消息通知采馨時，采馨還不知道這計劃非同小可，所謂集腋成裘，在學生來說，好像不怎麼樣，可是對一家出版公司來說，是多麼大的支持啊。那是第一天下午放學前罕見的全校操場大集合，校長告訴大家書商願意來到他們學校萬分難得，可以說是史無前例的，學校建議每人買一本書予以支持；希望大家回家後跟父母說一說，支持這一計劃。第二天，情況發生重大逆轉，學生排長龍買書，也排長龍請王銳在書上簽名；除此外，學校圖書館還每一種書都要一本，陳弓共挑了六大箱書。采馨來不及收銀，陳弓在一旁協助；學校要的書，王銳來不及開發票，只好回家才開。貨，經過學校的一人一書的發動，幾乎空了一半……

王銳將方洲之行，寫了一篇《懶洋洋的長洲》，這是他大半生唯一寫方洲的散文，以下是一小部分摘錄——

……碼頭附近，店鋪、報攤、茶樓、士多、雜貨店、水果攤……一字排開，大塊大塊吸引人前往的方形木板廣告，告訴你哪兒有火鍋，有生猛活海鮮，附上地點、電話……屢見不

鮮。政府的「街市」一派繁榮熱鬧。海邊，小船、中艇雜舶；沿堤岸漫步，不時見到老人面海癡呆、或在樹蔭下的木椅垂頭靜坐。我驀然想起我小說中的老人，不時出現過這樣的畫面。只是永遠也無法瞭解他們的家境和心境了；也許，那未曾發掘的故事永遠塵封，隨著生命的消失而流逝，也許個中實在沒有甚麼動人的、可說的故事。人到了老境，不都是愛憶舊談往麼？或許人的一生多少都曾有一段光榮、一想起來仍會心顫的歲月吧。

至今回想起來，我依然是忘不了那走過的寂靜地；大樹佇立不動，地上乾淨得不見垃圾，小廟座落在幽深處，背後是一動不動的藍天白雲。半天不見人影。那樹下的石椅也空無一人，總誘發我坐上去、悠然抽一支煙、陷入思索……真的，在大家為一個共同目的來到長洲時，我多次蹓了出來，在這兒偷得半日閑。做事要合夥，思考卻宜獨處。回想這大半年，熱情的朋友來來往往，多得有時就辦不了事，而時間卻又那麼珍貴。甚麼時候可以慢吞吞、懶洋洋地坐著、好好地整理一下思緒和思路呢？人生如一部大書，需要章節分明、目次清楚，小說高潮、情節都是人安排的呢。長洲的懶洋洋情調，正給似我講究高效率高節奏的人以一思索反省的最佳環境。

長洲兩日，歸程心情如海浪起伏，久久不能平靜。我們這次偶然和長洲結緣，誰會料到完全不是為了遊山玩水？我望著海浪的起伏和跳躍，對著同伴說：「等一會船到香港碼頭，不會像昨天上船，那麼狼狽吧！」陳說：「反正下船容易上船難，你別緊張，由我來。」他如此這般交代著我，生怕我——雖塊頭很大但畢竟是一介書生——傷了腰骨……

我們三人面面相覷，方大悟到長洲書展之不易，以及為甚麼沒有機構願來此了。我一時很感慨，想到有許多推動讀書風氣的計畫未免堂皇冠冕而遠遠脫離實際吧！人們習慣了斯斯文文、乾乾淨淨開會高談闊論，誰願意流一身臭汗搬書上船將自己「淪」為小販？可是釆馨不忍，學校老師早在一個多月前積極主動來聯絡，幾乎隔一晚就打電話來表示長洲沒有書店，學校有意讓同學多接觸課外書，願在推動讀書風氣方面共同努力……這樣的誠意和責任感，任我們是鐵石心腸也會被融化。於是有了長洲某家中學書展之舉——不能不聯想到目前有個別中學校長，斥書展中的現金購買為「商業行為」，不能不叫人震驚齒冷。這樣的一校之長，迂腐得連一個碼頭管理員還不如！管理員還懂得在你出窘時「谿」出來助你一臂之力，可是那樣的罕見的校長（百中無一！）其思維方式還停留在僵化社會，做的是直接扼殺學生課外閱讀權力的行為——還是想一想離島這學校吧，告別的這一天，他們五六人相送，兩三人推車，送君送到大碼頭，儼然當你為文化大使，懷一份對出版從業員的人格尊重。你的心會被感動，會流淚，會感激，會想到一次實際行動、將書送到同學手上遠比那些實效不大的計劃更有用。

「你們每年一次過，把這兒三間中學、五間小學的書展做遍，就不用那麼辛苦了！」歸程，同船的學校中文主任說。我們三人都笑了，我說：「找個度假屋，順便度假吧。」

船到香港碼頭，遠望聳入雲天的建築群，對長洲不禁有一份掛念，彷似做了一次夢。

那在碼頭上貨的緊張感、狼狽狀全被長洲懶洋洋的水、風、腳步、景物、樹木掩沒了。

這竟是個沒有書店的懶洋洋小島。

第十七章 創意

我剛剛去了劍追區的書店看書，不得了哇，書店門口豎立著一個大木牌，貼上好大的海報，上面寫了兩類暢銷書榜。一類是非文學類，另一類是文學類。非文學類最暢銷的大都是金融股票的書、叫人家怎樣賺錢的書；文學類圖書列了十種，你知道排第一的是什麼嗎？

王銳這天從外面回來就直嚷嚷，正在看電視的采馨，搖搖頭，說，不知道。你的《消失的城》？

王銳大笑道，我這本書只是幾個詩人、文友和學者喜歡，大部分都堆在倉庫呀！很快就變成廢紙一堆！

采馨哈哈大笑，和你開玩笑。快說，是哪本暢銷書？

年先生的《交錯》。

真的？剛剛上個月才出版發行呀，可以說不到一個月啊。采馨有點不相信，這麼快？

王銳說，一走進書店，除了暢銷書榜，在最醒目之處，就堆滿了年先生的《交錯》原著和汪佳導演拍攝的電影海報。

什麼電影？

就是最近宣傳得家喻戶曉的《豆蔻季節》。海報上面摘錄了年先生《交錯》裡的幾句話。

我知道，上次你校對《交錯》，給我看過，書最後附錄了汪佳的一篇電影攝影集的前言，交代了《交錯》和《豆蔻季節》的關係。

王銳說，對，不過外頭都在議論，電影不是改編原著，可能從中得到靈感吧。聽說電影拍攝得很藝術，很技巧。

那我們有空去看看。采馨說。

王銳道，電影票應該不難買。再轟動的、文學名著改編的電影再賣座，也不大可能會爆棚吧。

采馨說，我們暫時不用先買預售票了。前幾天聽年太太說，那位導演汪佳可能會送好幾張的贈券，也會送我們的。

王銳說，那好。我們也該準備印《交錯》的第二版了。

采馨說，我一會就打電話給年太太，讓他們高興一下。

王銳輕輕搖搖頭，長歎一聲，天意啊！剛剛失去了他熱愛的編輯工作，卻迎來了他文學作品的最熱賣高潮！

采馨說，因禍得福，好人就是有好報！這樣吧，這一期的《益友》可以提早出，如果需要，可以增版，把《交錯》三十天就銷清斷版的消息做重點放在頭版，將所有有關《交錯》、《豆蔻季節》、年先生和汪導演的資料刊登出來，印它兩千五百份，盡可能發遍我們有通訊地址的海內外文友、作家，發行商那裡也送幾百份，讓他們協助派給島城大小書店門市，如果能張貼影響就更大，有利於擴大發行，書賣得更好！

精彩！王銳不斷點頭，不是本行出身的夫人，竟然想得那麼周密，在宣傳上幾乎滴水不漏，面面俱到了。他很有信心打一場有關《交錯》的漂亮的仗，這不是有關作家年先生一個人的事，也不是僅僅為了多賺幾個銅板的意義而已！許多人只知道《醉》是年先生的代表作，不知道其實年先生更喜歡的是這本《交錯》，如果說《醉》用了意識流技巧、借一位酒徒的無序的思維表達了對三十年代文學的看法的話，那麼《交錯》

更是奇特，創意無限新穎，十里洋場的中年人對往事的回憶和懷念，與東方繁華一都的少女對現代社會的物資沉迷和和欲念追求，形成了巧妙的交錯和逆行，中外古今還是頭一遭，意義實在重大！何況，以前的《交錯》被濃縮成短篇小說，這一次是相當程度的復原為長篇，可以讀到年先生的城市精彩書寫。年先生常常主張和標榜與眾不同，《交錯》無異是最好的樣板和示範！再說，自從離開了雜誌社，他情緒上被壓抑了很久，采馨和王銳不忍心看他消沉下去，一定要他毫無愧色地振作起來。讓他視為生命的文學作品在島城發出輝煌光芒，是出版人義不容辭的責任！

＊ ＊ ＊ ＊ ＊

《益友》對《交錯》文學原著、電影的宣傳可謂不遺餘力。在提早出版的《益友》上王銳用了最多的篇幅，介紹新出版的長篇《交錯》的內容、藝術手法、和過去在市面上流通的版本有什麼不同，還介紹了電影怎樣鏈接了原著，書作者年先生和電影導演汪佳的情況和緣分。

《豆蔻季節》和《交錯》在電影界和文學界，無疑括起了十級颱風。

許多人都說《交錯》籍電影《豆蔻季節》暢銷，而電影《豆蔻季節》也因為借年先生的名氣而賣座。

書店既然不到一個月就銷得精光，當然很快安排趕印了。采馨把這個好消息打電話告訴年太太，她很高興，約了王銳、采馨夫婦在家居附近的酒樓飲茶。采馨馬上應邀，因為最大型的書展即將開始，屆時會請年先生到展場為讀者簽名，將他的《交錯》和其他在示益出版的著作的銷行推到一個高潮。

島城一家著名酒樓的二樓。

王銳將四套食具用開水再次洗淨、擺好後，就遠遠地看到年申易、卓霏敏從電梯走出來，王銳向他們揮手致意，跟采馨說，來了！采馨迅速站起來，向他們迎過去。本來，采馨想牽年先生的手，但年先生笑著將采馨的手甩開，笑說，我自己走！我自己走可以的！年太太見狀，對采馨說，哈哈，不必理他。采馨走到年太太身邊，握住她的手道，年太，不好意思，中午飲茶，害得妳要早起。年太太道，沒事，沒事！

四個人坐定後，由年太太點菜單上的點心。對自己的丈夫的喜愛、對王銳采馨夫婦的隨意也許已經了解得透徹，點點心的時候，她很快地點了十幾樣美點。

年先生，恭喜《交錯》一書上了書店暢銷書榜十大好書第一名！

平時沉默寡言的王銳，雙手作揖祝賀年先生，令他感到有點突然，他說，都靠你們為我一口氣出三本書！也要感謝汪導演在電影終場時鳴謝我！不然我的書可能要堆滿你們貨倉了。

年先生，采馨說，你太謙虛了！記得好幾年前，有一位我們不認識的詩人，來到我們出版社，希望我們出版他的詩集，說他預計他的書至少可以賣個兩萬本！

年先生笑起來說，他可能白日做夢吧，這簡直是天方夜譚裡的故事哩！

采馨說，年先生今天好精神！

人逢喜事精神爽嘛。

腿沒問題吧？采馨再次問，看來走得蠻好的！

好，我現在就走給你們看。說著，年先生已經離座，就在酒樓的通道，健步來去十幾回。

在酒樓喝茶吃飯的茶客抬起頭來，看年先生走路的姿態。

約十分鐘後，年先生坐回自己的座位。

采馨和王銳看到他桌上碗碟都堆滿、盛滿年太太為他夾放的食物，王銳心想，年太太真是丈夫肚子裡的一條蟲，先生喜歡吃什麼，她一一清楚。年先生好福氣。

吃了好幾樣島城點心，采馨動了一下王銳的胳膊。王銳回看采馨一眼，點點頭。

年先生，島城書展再過一個禮拜就開幕，我們想請你到我們的展場為讀者簽名。

王銳說完，看了采馨一眼，采馨馬上接下去說，是的，年先生！這跟你的小說一樣，也是一種創意！

年申易聽了，一時不明白怎麼回事，沒有回答。他問，你們的展場在什麼地方？

島城展館呀。采馨答道。

這我知道。我的意思是，展館多，你們在哪個館呢？

采馨說，哦，在青少年館呀。

年太太有點奇怪，問，為什麼不是在成人館呢？

王銳解釋道，我們的出版物跨少年兒童讀物和成人純文學，不方便分開兩個部分展銷，考慮到少年兒童館人潮、讀者會比較多，所以選擇了青少年館。

年先生和太太聽明白了，哦了一聲。

年先生有點疑慮，道，可是我的書的讀者年紀多數都比較偏大，在少年館恐怕會比較少人買我的書。

采馨勸慰他道，不會的！這第五館也會有不少大人來！再說年先生的書也受大學生的歡迎！這個館也有不少出版社展銷文學書！我們試一試效果。現在沒試就無法下結論。

王銳這時從背包掏出大概十份的一疊《益友》小報，遞給年先生和年太說，我們印了兩千多份，也寄出很多，書展開幕，我們會帶一批，擺在桌面讓讀者取。還會將《交錯》和年先生其他書擺在最醒目的當眼之處，年先生到時又坐鎮在那裡，這樣的創意我們預計暫時不會有其他家出版社可以想到，即使想模仿，也不會有那麼多作家出動。我們已經安排十幾位作者輪流分天到場簽名哩，將簽名日程寫在海報上！應該會引起一次小轟動！

采馨笑，對對，這也是向年先生學的，與眾不同。

年先生一一細心聽取，越聽越興奮，點點頭，對對，與眾不同！與眾不同！、

王銳說，年先生，你來時，你別著急，我會出來接你。

是的，采馨也和丈夫一唱一和道，王銳會多帶兩張工作證到展館門口接你，你們可以從特殊通道進來，那就不必排隊，不會那麼擠！

那好！那好！年先生像孩子般開心。

這樣最好，不必那麼辛苦。

一次喝茶，年先生不但得悉自己最喜歡的著作《交錯》一紙風行，被列為暢銷書榜文學類第一名，而且被王銳采馨尊重地邀請到書展為讀者簽售著作，幾乎成了資深作家的第一人，實在意想不到，大為開心。他覺得自從被勒令退下的不快和壓抑感全被掃光了。他內心非常感激采馨，她雖然以前不是純粹文化中人，但更加懂得尊重老作家，她也從來非常鄙視文壇上那種利益交換關係的做法，更從不踏足那個骯髒的小圈；她不需要犧牲一些人的利益、踐踏別人的肩往上攀升；她低調、善良而善解人意。在出版業方面。她雖然是新兵入行，卻能把公司搞到生龍活虎，風生水起！她甚至比王銳更果斷，更有魄力啊。她那句決斷的話，像是三聲春雷，響在他的心田上：

我們為你出版三本書！

＊ ＊ ＊ ＊ ＊

香港書展依期舉行。

開幕當天，萬人空巷。島城以前商業氣息濃重，暑期內除了舉家老小出遊、旅行外，少有較大規模、有益身心的健康文化活動，因此王銳采馨也當它是島城的一項文化盛事、示益的一次宣傳機會。明明知道無法靠這樣的展銷賺錢，也要「徇眾要求」參加展銷一次。六七天的展場再優惠也需要兩萬多元兩個攤位的租金，這支出就需要也有那樣豐厚的利潤來平衡。但兩萬多的利潤，不是一個小數目，不知要售出多少箱的圖書才可能獲取啊？還有人工呢？都無法計算在內了。即使有義工樂意來協助，也不可能中午讓他們餓肚子、不給一盒飯吃吧？

唯王銳和采馨對錢早就看淡，樣樣都講究賺取的話，會把自己弄得痛苦不堪，生活變得很沒意義。既然樂觀，他們佈置展場，還是蠻快樂的，這也影響了陳弓和趙小姐。一切也因陋就簡，王銳用紙皮和大頭筆寫了示益屬下的作者的名字，以備他們來簽名時擺在檯上。采馨除了一一通知簽售的作者外，王銳怕他們忘記，還把時間表寄給他們。大家都很高興。

年申易先生排在第一位。汪佳導演的《豆蔻季節》上映前夕和公映期間，島城各大報的娛樂版都發表了許多採訪、報道，連帶《交錯》也不時被提及；主演《豆蔻季節》的男女主角都是大明星，他們為了演好戲，也要讀讀根據其靈感拍攝的文學原著，於是《交錯》兩字亮相率更高了。不少電影迷、追星族和愛書人，於是也很好奇，究竟年申易先生的《交錯》是一本怎樣的書，其內容講什麼的呢？為什麼汪大導那樣看重呢？無法按捺心中的好奇，決心買一本了。

中午接近兩點，采馨吃完盒飯午餐最後一口，就接到年太太電話，說他們已經抵達書展大門口，采馨即刻讓王銳多帶了兩個工作證趕去。

大約十五分鐘後，年先生和太太就出現在示益攤位門口。

來書展參觀的讀者如同可怕的、洶湧的潮流湧過來又波湧開去，年先生好不容易才坐在簽名小桌一邊。年太太則坐在靠近他的一側，可以協助他將讀者買的書的扉頁攤開。

站在外面通道的讀者非常多，在翻看平攤著的年先生的著作，忽然一抬頭，看到一位老作家在展場內端坐，一側還擺著「年申易先生為讀者簽名」的牌子，像是發現了新大陸一樣，馬上挑選了一本自己比較喜歡的，付款後，走進來請年先生簽名。外面的讀者越來越多，見狀，也趕緊選了一本書，付款了，跟在第一位讀者後面排隊，於是，求簽名的讀者越來越多了。年先生的書截至這一年七月，出了五種，連評論《醉》的就有六種，好幾種都賣得不錯。他的字跡一筆一劃，絕不馬虎，清秀清爽一如其人作風的乾脆幹練。

讀者的書攤開擺在他筆下之前，都要經過采馨收銀一關。采馨收銀動作利索迅速，賣得多，形成條件反射，找多少錢有的不必算了，熟悉得猶如知道自己有雙手有十個指頭。陳弓、趙小姐在一側協助裝袋、送書籤。

此刻，人稍稀少，采馨回望年先生，笑道，年先生，辛苦了！

哪裡。

不會冷場吧！我們已經預計了，大家都知道年先生是誰，一定不會冷場！果然！

王銳也開玩笑說，可惜啊，無法幫忙。

年太太在一側，看著年先生簽名，並協助他就將封面按住，方便他簽。

很快年先生的書銷去了一大半。

還在上午，年先生的著作在最當眼處堆得如山高，坐在攤位內，只能看到讀者的眼睛鼻子，到年先生簽名的時間到，大約四點的時候，一堆堆書像高山被剷除削平一樣，可以看到外面停下來翻看年先生書的讀者的整個臉面脖子了。

由於讀者不斷接力一般來買書，原先規定簽售兩個鐘頭的，延長了一個小時，年先生一直到五點才結束。

不好意思，時間太長了。王銳說。

采馨也說，很累吧，不好意思。太感謝了，年先生，要不是靠你來簽名，書就不可能賣得那麼好！讀者的反應好熱烈。

年太太收拾東西，年先生也站起來說，哪裡哪裡，都是因為你們宣傳工作做得很好！

年夫婦走出攤位，有讀者要求和年先生拍照，他們夫婦倆客氣地連王銳采馨也喚上，和那位女讀者一起合影了。

拍過，采馨交代王銳說，攤位讓陳弓和趙小姐看一下，我們一起送年先生和年太太到門口，為他們叫的士。

好！

＊ ＊ ＊ ＊ ＊

儒天在島城文化協會會所開完理事會，一想到回到家就要面對沒有共同語言的「黃臉婆」，就覺得很煩，不如在會所做點事，遲點回家吧。

文化協會舊秘書身體不好兩個月前不做了，換來一位四十來歲的陳秘書。她以為所有理事開完會走了後，儒天也要走，就收拾好紙杯、花生殼之類，丟丟垃圾，抹抹開會的長方檯，之後也準備走，於是站在鐵門內等著儒天。好一會，見儒天依然坐在開會的檯一角，在一疊原稿子上寫東西，就出聲問了。

儒天，你不走？

儒天抬頭，看了她一眼，笑道，我趕稿，很快就好。

要不要我把多的一把鑰匙給你？反正你經常來會所，來的時候交還給我就行了。

不必，搞丟了就不好辦。

那怎麼辦？

妳等我一下。

陳秘書兩個月前上任，就覺得這位任協會副理事長的儒天看她的眼光很異樣。有關他的傳聞非常多，比如夫婦關係不太好、很少回家、和幾個國家的華人女文友都鬧緋聞，她心中很奇怪，老覺得此人不是帥哥，其貌又不揚，怎麼有那麼多女性喜歡？難道只是為了能在他編的《島藝》發表東西？她只是喜歡閱讀小說散文，卻從來沒動過筆寫過片言隻語。在她看來，個別女文友為了發表，為了滿足發表慾而獻出自己的身體，實在不可思議，簡直太愚蠢！。那是將自己大出賞了。

好，那我等你？

是的，不好意思。

大概多久？

大約半小時吧。

可以。原先站著的陳秘書在長方檯靠近門口的一角坐下,無聊中取了架子上的會刊隨意翻看。她的眼睛望著會刊上的字，自覺告訴她，坐在長檯另一角爬著格子的儒天，沒有專注地在寫，卻是不斷抬頭打量她。

這個陳秘書，約了她兩次喝咖啡都拒絕我！儒天恨恨地想，一定在外面聽到有關我的不少傳言。約會女子我一向很順利，一會我再約約，就不信她會例外。他媽的！

過了十分鐘，儒天霍地站起來，說，可以準備關門了。

這麼快？陳秘書說。

陳秘書拉密會所的木門和鐵門，彎身將鑰匙插進鎖匙小窟窿轉動鎖上的時候，儒天站在她身後，邊說，我們一起走，我等你，一邊將陳秘書從背部頸項到小腿仔細打量了一下，陳秘書雖然腦後勺沒有長眼睛，但作為女性的自覺，也會感覺背部仿佛又一隻毛聳聳的手在輕摸她的身體，從頸項摸到小腿，令她很不舒服。

下到人行道上。陳秘書感覺儒天好像黏著自己，甩也甩不掉，就問他，你回家？

儒天搖搖頭，真大出陳秘書意料之外，想反問他去哪裡，還沒問，他自個兒先說了，回家？我很少回家。我太太每天無聊就是打電話給她朋友，我們沒有共同語言啊。

啊？陳秘書說，這樣啊？

我到前面那個車站搭車。陳秘書說。

妳趕著回家燒飯給先生吃？儘管儒天已經將陳秘書目前做寡婦已經六七年的情況打聽和了解得一清二楚，依然裝作什麼都不知道的樣子問她。

我先生早就去世很多年了。陳秘書說。

儒天道，啊？對不起，對不起，我不知道。

走過一家咖啡閣，儒天說，那你既然不趕著回家，我請你吃晚飯如何？

陳秘書以往已經婉拒過他好幾次的盛情，如果再不給他面子，他會惱怒，而且她往後還需要和他見面，豈不是不好？他想晚飯太隆重破費，那就喝杯咖啡吧，比較中庸，這可以答應他。她於是說，儒天，我家裡還有中午的剩飯剩菜。這樣吧，我們只是喝杯咖啡好嗎？

陳秘書隨著儒天走進了一家情調不錯的咖啡屋。

第十八章 天涯伴侶

晚上，王鋭在客廳飯檯燈下，寫一組遊記之六，文思噴湧不可阻擋……

雖然精力所限，王鋭和采馨無法將地球上每一片美麗的他們很想去的土地走遍，但每一次都能夠攜手出遊，都是很珍貴的機緣，不是每一對夫婦都能夠辦到的。一起攀爬虎山，一起天涯遊歷，在遊山玩水的同時，又能相看兩不厭，人生夫復何求？王鋭是中國語言文學學系畢業的，能夠在采馨的協助配合下，創立自己喜歡的文化出版事業，也是少之又少的異數！不但在艱難的情況下撐住了，沒有捲鋪蓋走路，而且做得成功，在島城和海內外造成影響，頗有些小名氣，真是難上加難啊！

他們視出遊不單純是遊山玩水而已，而是一種加油的舉措。人到中年了，即使是堅硬如鋼，如果不斷超負荷地使用、磨損，有一日也會斷裂的，因此要勞逸結合，不時給使用過度的地方抹抹潤滑油；又像長途跋涉的汽車，日夜不停地行駛奔波，怎堪一路上的凹凸坑窪、硬沙尖石，總是要在驛站小憩，給機器喘喘氣、休息一下；讓正副駕駛員喝水吃點乾糧，小休小睡；讓汽車停在加油站注入新油，補充正能量。人生也一樣，就是需要不斷勞作休息、不斷吃喝拉撒的過程啊。

春天，土地甦醒，百花盛開，王銳和采馨會到溫暖的南方去。那裡啊，總是會有一束束鮮花送到他胸前，總是滿城開滿鮮花、露出友情的笑顏迎接他們。

此刻，他們正從廈門飛回島城的飛機上。

小寐中的王銳，旁邊坐著采馨。也在昏沉沉入夢。每次出遊，他們總是因為整理行李而晚睡早起，睡眠不足。

小睡中，王銳依稀還走在大學母校校園裡的小徑上。鯉城校區的母校已經變得很舊了，漸漸散發出如同百年武漢大學一般的滄桑味道。走在那三十幾年前貼滿大字報的、每天到課室都要走過的小路上，感慨萬千。不過，那些口號聲、打倒誰誰誰的標語都不見影蹤了，此刻的校園多麼安靜。學生騎著單車的、三三兩兩走路的、一個人走著的……都那樣靜無聲響。仿佛，幾十年前那一場奇怪的亂局都沒有發生過，儘管他都經歷過，恐怕留在他的記憶深處不可磨滅吧。

母校派人聯繫他，希望他回母校，希望他常常回家（母校）看看，在傑出校友論壇上搞講座，為母校爭光。時間拖了很久，終於落實了，有了具體時間和講座題目。第一次講題是《從創作到創業》，第二次講題是《怎樣寫好一篇文章》。學校除了很好地安排了他和采馨的吃住外，還在學校為他廣為宣傳。每次講座，聽眾大都來自新聞學系和中文學系，大約兩百人左右。那時候，他還不會製作電腦簡報，都是靠女兒協助，第二次還是母校一位女生幫忙做的，這位女生還以他的小小說為研究對象寫了篇碩士論文。每一次講座結束，母校負責接待的都陪他們暢遊、參觀鯉城的名勝，諸如東西塔、航海博物館、清源山老子像等等；還送他們到廈門。他們會繼續到處遊覽，走走廈門的步行街、搭船到鼓浪嶼，領略這閩南鋼琴島的迷人風情。有時，他們還會搭車到花果之鄉漳州去，那裡雖然沒有親人，但有博友，所謂以文會友，真是不是親人，但勝似親人。漳州果然不負花果之鄉的美譽和盛名，陳老師太有閩南女子的熱情了，每一次都將他們招待得非常周到，夫婦倆駕車載他們到處遊，包下他們幾天的餐食，令他們感受到了閩南女性超級熱情的接人待物，萬分感動。陳老師筆觸細膩，寫下了許多美文讚美、欣賞他們，比如散文《只有美好的人才會相愛》以驚人的細膩、入微的觀察和圓滿、高度的概括力，足足寫了八千多字，令采馨驚喜欽佩不已！讀過不少描述他們的印象記，這一篇寫得是那樣文情並茂、觀察入微啊。采馨的讚美和滿意很重要，後來王鋭就作為一部散文集的序，從網絡走進紙質的書裡了。太有意義了！陳老師還應王鋭之邀，寫了不少扔地有聲的評論。生命裡向他們伸出溫暖的手的，他們永遠不會忘記；而文字，就是比較亙久的歷史留痕。

花果鄉距離鷺島只有一個小時的車程，高鐵通車後，更縮短了時間。

他們到金門、鯉城或閩南其他城市，都要經過廈門。飛機每每要在此降落起飛，他們都會在歸途中停留廈門小住幾天。美麗海島的迷人風、溫暖人情、特色美食，都令他們迷戀、喜歡不已。

旅途的細節，慢慢展開來……但好快，夢中的旅程還沒到終點，飛機已經徐徐地在萬家燈火的島城飛機場降落了。

如果要找一個形容詞，那就是鮮花的記憶吧。

夏天，總是伴隨著椰子樹、海濱、熱風的記憶，那兒有成群的親友和文友，總是那樣熱情如火，總是和辣椒、印尼餐、咖啡分不開，總是和王鋭的講座連接在一起；當然，千島之國也是他們出生和成長為少年少女的土地。

此刻，正從島城飛往雅加達的飛機上。

坐在右手邊的王銳早就睡的很熟，與周公相纏，采馨坐在窗口位，也困極了，但想入睡而那千絲萬縷的回想總是襲上心來，令她無法安寧。

那些旅遊赤道的美好回憶如水展開。每次到千島之國，總是帶不少禮物，兩個大皮箱中有一個幾乎裝得滿滿的都是準備送人的禮物。到雅加達，十有七八是早機，平日又忙，走之前往往上街買各種禮物就用零碎時間，前後有一個多月時間買各種禮物，渾然不覺，累積很多了。整理行李，有時遲至最後一夜。整個晚上她只睡了一兩小時。

每次從那裡回來，又是滿載而歸，除了咖啡、峇迪啊、當地的特產啊，還有滿滿的友情。仔細回想，二十來年了，每年至少都有事無事地回千島之國一兩次。除了各種事務外，還有那種從哪裡來到那裡去的情結，如被神引，那是回到第二故鄉的特殊感覺。說來神奇，她和王銳一起回到千島之國，已經形成旅遊+活動+講座+見文友+探親的模式，好似一條鏈，串起無數的環節。想一想前後已經去了不少地方，雅加達、萬隆、蘇甲巫眉、牙律、井里汶、泗水、瑪朗、日惹、峇厘、楠榜、棉蘭、三馬林達、痲里巴板……每到一個地方，王銳總是被邀請演講，講講有關寫作和讀書的經驗，多數都是義務的，只要是他樂意說的，他都不計較；地方越小，文友就越熱情，將他們倆照顧、接待得有條不紊，非常周到。王銳的文友後來都成了她的文友，而且非常熟悉；王銳的講座，她幾乎都到場，沒有缺席過；不但到場，而且都坐在第一排的中間位置。男女是兩種很奇異又特別的生命體，像是凹凸不平而又能契合得密不透風的物件，采馨明白女性最後都比男性強，但完成事業的使命中，多數呈現男的需要女的來扶持、女的又需要男的來依靠的互相依賴的方式。每一場講座，她會給他評評分，嚴格地為他挑剔一些毛病，希望他能改善，以利下一次；她直言無忌，因為她明白夫妻根本是不需要過於吹捧的，他也從來沒發過脾氣。王銳有過發揮得特別好的時候，她會給他九十八分，那已經是罕見的高分了。由於沒有缺席過，王銳沒有她到場，已變得很不習慣了。印華文友都知道他們那種水乳交融的關係，有什麼重要活動都一起邀請。唯有島城一家大學的演講活動和湖南武陵的文學會議主辦者不太知情，費了一番周折，從費解、理解最後改變為欣賞。采馨想到她從最初的被誤解為跟得夫人到最後被奉為座上賓，實在非常戲劇化，禁不住在夢裡笑了。

采馨被廣播驚醒一看，是送午餐來了。習慣上她和王銳向空姐各要了兩款不同的午餐，這樣方便她們夫婦倆能夠嘗試到不一樣的菜式。

夢裡的旅程繼續展開。一幕幕難忘的場面，一處處美麗如畫的山水，一次次非常特別的感受，那樣平凡，又是那樣珍貴。平凡？是的，看起來很普通，但又絕非一般人容易獲得，他們對千島之國的文學復興有著大家有目共睹的貢獻，僅是用她們公司名義出版印華文學圖書就多達五六十種，王銳為文友的的書、合集寫的序就多達一百多篇；每次征文比賽，結集成書，都是她主動開口資助出版、在島城出版再運到千島之國的。重要的事都由她拍板，不是說好了嗎？有次印華作協理事擴大會議邀請他們參加，有人提及得獎集王銳已經說過會資助製作，王銳馬上糾正，不是我王銳，是采馨！有人說，那不是一樣嗎？王銳說，不一樣。資助、製作出版是采馨決定的，我還不一定敢呢。理事們都頓悟理解之外，馬上大笑……旅遊途中的一點一滴都是那麼難忘、有趣和珍貴。珍貴？是的，他們的旅遊，雖然地方不多，但都有不一般的見聞和感受，未必花花錢就可以買到。

那一年三月，在千島之國的首都一家大酒樓與當地的華人作家組織聯合舉辦的為期一周的書展，是他們華文解凍後的首次，許多當地文友從外地趕來參觀，影響十分深遠，也是他們示益的出版物飛越高山大海、跨越他國展示的首次。雖然無法賺取一分錢，但那種弘揚中華文化的影響是不可估量的。

當然，到赤道之國的美好記憶還有旅遊方面的，有許多好地方，當地朋友也未必去過；人與人的邂逅有時需要結緣，人與地方的相遇也往往需要因緣際會。她和王銳共同都喜歡的地方不少，怎能忘記？首都郊區避暑勝地本哲，那裡有一家建築在山中的、金碧輝煌的絲路妮大酒店，猶如大海中的南洋版鐵達尼郵輪，真是度假的好地方、好酒店。僅是幾天，所有塵世煩惱都可以蒸發到九霄雲外了；坐在酒店洋台看書看夜景，清晨在山中漫步，都是可遇不可求的美事。怎能忘記，峇厘的牽手自由行？撇開了參加旅行團的時間及旅遊點的束縛，自個兒包了輛八人車，每天的行程就由他們倆協商後對司機說了算，要吃什麼也都由自己決定。畢竟他們的童年都是在這南洋的國土上渡過的，對這裡的景點美食都耳熟能詳；她又怎能忘記老同學約她和王銳到峇厘島最寒冷的北部京達瑪尼去度假，山區的美和寒冷都是到詩之島旅遊從來未曾有過的經驗。那樣安靜、少有人煙的地方，有一夜還下著寒雨，恐怕這一生都無法忘記了：還有牙律的水上度假屋，蘇甲巫眉的小旅館、兩地熱情如火的文友⋯⋯這些，都化成王銳筆下的一篇篇詩情畫意的散文詩，在他們的人生旅程上留下了永恆的軌跡和記憶⋯⋯

回憶的夢隨著飛機在雅城的飛機場徐徐降落而嘎然中斷。

秋天，天高雲淡，風輕風涼，北國落葉陣陣如海，大雁紛紛南飛猶如大遷移。記不清有多少次到金門了？秋天的記憶總是伴隨著金門祖屋、金門酒、貢糖、蚵嗲、蚵仔煎、鋼刀、一條根和後浦……

此刻采馨和王銳坐在從金門水頭碼頭到廈門五通碼頭的船上，雖然只有幾天的金門遊，雖然金門廈門兩地只有半小時的海程，但通航的路幾十年才完成。

金門的記憶，在他們夫婦倆的腦子裡有很多都是共同的。記得第一次到金門，還無法從廈門搭船過去，他們只好取道臺北，從臺北搭大約一個多小時的飛機到金門的機場，那是繞了一大圈的，需要先從島城搭飛機到臺北，從地理位置來看是完全不合理的啊。第二次通航後就開始從廈門搭船過去了。當然，他們居住在島城，需要搭飛機到廈門，也只是兩個小時左右就到了。方便得很。第一次到金門非常重要,就在那一次見到了百年老宅——祖屋甲政第。此後祖屋就從地平線上消失了。

坐在回廈門的船上，采馨也和王銳一樣，想不到祖籍的故鄉金門那樣美。雖然她父親不是金門人氏，母親和大姨都是，外祖父外祖母都是來自金門，外祖母還是纏著三吋金蓮……王銳則更是兩邊都是，可惜一直到他的祖父和祖母在金門去世，他們都沒能見到他們的面，能看到的就是那樣一所空屋，而且是那麼著名的祖屋，被當地專家學者們譽為金門古厝的代表性經典建築。當然，也絕對想不到，驚鴻一瞥，已成永恆。

故鄉說來很神奇，原來是戰地，後來竟然成為候鳥中轉站、棲息地，成為一個著名的美麗的旅遊勝地，再也聞不到半絲火藥和硝煙的氣息。

再說文學回鄉，是的，說來更是神奇，誘引王銳回金門的居然也是文學的因緣，而自己一直陪伴他，難道，命裡註定要來回金門十幾次，而且都與文學有關？

船，已經在廈門五通碼頭靠岸，采馨的回憶也隨著船和碼頭岸邊的輪胎碰撞而驚醒過來。他們過關後直奔飛機場。

冬天，相約在冬季，風的犀利，雪的紛飛，情的溫暖，愛的成熟，總是那樣交錯，時間和空間在回憶和夢境最後相融成一杯杯甜蜜和苦澀。

王銳在居家寫《冬天的回憶》，無法忘懷六十年代末，到中原與采馨的會面，攜手與她在冬季到北國探望二哥，那時候對她的熱烈追求也達到了最狂熱的階段。經過了幾個冬季的艱苦攻堅，雖然最後還是打贏了他一生最艱苦的戰鬥，但也讓他明白，真正的愛情來自不易，需要好好地珍惜。實際上他的口才欠好，追女生沒啥絕招，更不屬於風流才子或文人大情種，但最後竟然還是打敗了不少情敵，贏得采馨的芳心。妙就秒在印證了「傻人有傻福」的那種說法。

采馨給他的，不僅僅是妻子的義務和本分，她，也成了他創作的源源不絕的源泉；還成了他們主演的出版行業這一出大戲的最佳拍擋、既是正副導演、製片人，也是男女主角。

這是他始料未及的。冬季，從此給予的不僅僅是寒冷，還有溫馨和溫暖。沒有不怕風雪寒霜的堅持和追求，哪有後來一系列的春暖花開。愛情如此，事業也無不這樣啊。

天涯，追求妳到天涯，哪怕粉身碎骨。

虎山行，天涯遊，牽著你的手，從春夏走到秋冬，從這一生走到下一世。

寫到這處，王銳聽到背後有一雙白皙嫩滑的手伸過來，輕輕圍著他的脖子，一張熱臉貼住他的臉頰，是采馨的聲音：

投稿嗎？夜了，睡吧，明早早起再寫吧！

第十九章 十年

夜晚，王銳和采馨坐在居家沙發上，將《虎山行》書稿的最後一校藍樣和《十年》彩色紀念刊的設計初稿一頁一頁地翻看、檢查。

如果沒什麼大問題和需要修改的，就要定稿了。

兩人都需要過目，看完一本再交換看另一本。

編了大半年，實在太繁瑣費神，也太不容易了。

細活，需要慢工。

說來王銳和采馨創立的公司創立於1991年，如果要舉辦慶祝小慶典，應該按時在2001年舉辦，然而由於需要籌備的事太多太雜，人手又是那樣少，就退遲到2002年1月20日才進行。名稱叫「獲益（本書中的「示益」）出版事業有限公司成立十週年暨《虎山行》發佈慶典」。

為了小慶不至於太單薄，他們還決定在慶祝會之前出版出版社的十年小傳《虎山行》和《十年》彩色專刊。人手一冊。

《虎山行》選收了采馨和王銳十年來發表在《益友》小報的言論、小社論、文章，厚達352頁，分為四輯：第一輯《十年歷程》收錄了在《益友》每期小報在頭版頭條由采馨署名的相當於出版社社論的文章，按年份編排，由第一年排序到第十年。內容彌足珍貴，記敘了出版社每一階段的發展和體驗，其中包括了出版、形勢分析、推銷、書展、同行關係等等的心得；第二輯《文人雅士》由王銳署名，內容包括編輯、選題、校對、宣傳、讀者、包裝、出版人等等話題；第三輯《各家評價》搜集了行家、作家、讀者、教授、老師等各行業人士對出版社的評價；第四輯《媒體採訪》主要是有關報刊的訪問和報道。

《虎山行》還請了資深出版家、行家前輩沈先生寫序，他高度評價了該書：「在香港兒童及青少年不斷受著低俗文化侵蝕的時候，獲益以『獲智趣、益身心』的出版物來填補他們的身心，真正成了及時雨，為他們做了一件大好事。」「《虎山行》是一部艱苦奮鬥的創業史，是在石縫中掙扎的小本經營成功史。任何人讀了這本書都會激起奮發和雄心。如果說東瑞、瑞芬為香港文學繁榮做出了貢獻，毫不為過。」最資深的作家老前輩、島城政府榮譽勛章獲得人年申易很少為任何人寫序，也寫了簡短有力的題詞：「十年來，為了興辦獲益出版公司，采馨、王銳一直在崎嶇的虎山行走，勞心盡力，艱辛奮鬥，終於取得輝煌成就。」

最意外和驚喜的是二十二歲的兒子王惟那時在大學讀書，業餘學寫詩詞，也寫來詩詞《虎山行》：「遙聞幽嶺虎吼聲，翻海吞天勢未驚。弓弩曲張迎虎處，武郎猶在遠聞名。」老爸老媽大為開心，將它當序五載入書首。

由於當時罕有此類小本經營出版社的創立歷程故事、尤其包含了成功的經驗和失敗的教訓，因此在一月二十日小慶典上派贈人手一冊，不少朋友讀了很感動，給了很高的評價。

紀念專刊《十年》更是一本精心編撰的彩色紀念物。不但圖文並茂，而且全方位記錄了出版社的十年歷程，他們為社會所做的具體事務。如介紹刊物、出版類別和特色、參與的各種活動、如何發掘新秀、受邀展銷的學校名錄、大事記、最新全目錄、題詞等等。封二是全版介紹《虎山行》的詞句，寫著：

十年人事幾番新

十年的酸甜苦辣

十年的春夏秋冬

十年的風風雨雨

封三是刊載王銳截至2001年已經出版的100種著作的其中六十餘種書的封面，還寫道：「2002年，是第101本的開始……」

公司趙小姐為《虎山行》加插了許多有趣的漫畫；《十年》的編排、分類也確實花費了不少心血。

…… ……

當王銳和采馨將書稿最後校樣審看完，不知不覺中夜已深。

王銳問，怎麼樣？有錯的嗎？

采馨說，幾處的錯字，我都圈出來了。你再最後檢查一下。

好的。工廠怎麼說？多久可以給印好？

他們答應幫我們趕。估計七八天就可以了。這一次打字、編排、印刷公司都願意資助，不算錢，紙張公司算最優惠價。有行家的資助支持，我們節省不少費用。

得道多助啊！王銳大讚，你的公關做得很出色，也很成功。獲益出品，我們放心，這是學校老師們的八字稱讚。我們在社會上、行家裡，早就有了很好的口碑，辦事就方便很多。我為什麼叫妳出來幫忙我，現在明白了吧。如果是我。不會交際，沒有口才，哪裡有妳這樣的本事。

采馨哈哈大笑，很少看到你給我擦鞋，今天把我的鞋擦得又亮又舒服。

哈哈哈，王銳說，以後多給你擦，用上好的鞋油吧！

＊ ＊ ＊ ＊ ＊ ＊

世界上的事很怪，在你不願意想的時候想到，在你不願意看到的時候看到。

儒天到工廠了解自己的一本散文集印製的進度，也順便拿回工廠為他特用手工做的一本假書，鬼使神差地看到示益公司的《虎山行》《十年》也在同一家印刷廠印製。

一股酸溜溜的感覺湧上心頭，猶如一顆酸梅被誰強迫塞在他口中，卡在咽喉裡，吞吐都不是。今天上午興致勃勃出發，來到工廠欣賞自己新書的模樣、嗅一嗅那油墨印刷的新鮮氣味的好心情，一下子消失了，像失落了什麼沉到海底。

這十年來，他在外面聽聞到示益做得風生水起的不少消息，大道消息和小道消息都有，也看到報紙上有關報道，心內掠過一陣又一陣不快。

在他看來，文壇、關係，王銳毫無疑問，已經讓自己拋得很遠，被自己打敗了，尤其是自己權力在手，將《島藝》大權牢牢把握在手，充分利用，一些評論界重量級人物都佈置在自己的人際關係網絡圓圈內，王銳則什麼都沒有。創作，他幾乎在孤軍作戰…….每想到這些方面，他又是一陣陣快感在體內氤氳發酵……他知道王銳采馨他們想在出版業有所作為，擺脫自己的事業困境，他和姜思心思一樣，等著看他公婆倆的笑話，但願如阿酷的公司一樣，如同曇花一現，一兩年就倒閉，哪裡會想到他們有如神助，居然捱過了十年！十年是什麼概念？簡直不可思議。現在，還印兩本東西。準備搞十年慶祝慶典！

儒天臉色刷白，滲出涼汗，抓著《十年》的手也禁不住顫抖起來。

他面前是一包一包的《十年》，有三五本疊放在最上面。他一來到就被《十年》的名稱吸引，拿到一本翻看究竟。

工廠林老闆從車間走來，看到儒天，和他打招呼，他失神沒留意。林老闆看到他神態，走近他，問，不舒服啊？

沒有啊，儒天嚇了一跳。

那坐下慢慢看。要不要拿一套回去慢慢看，反正有多。

不必了，這裡翻翻就行。

本來，如果自己將王銳他們當假想敵，就該取一套回家細閱研究研究，知彼知己，百戰百勝嘛。問題是嫉恨令自己已經無法重視他們，帶一套回去，太鄭重了，何必。他們每次寄《益友》來，他都是快快翻看一遍就丟進垃圾桶內。這個必做的動作可以將不平衡的心自我安撫一番。

林老闆看他不坐，笑道，站著你不辛苦啊？坐啦，坐下來慢慢看。老闆倒了一杯茶推到面前，儒天低頭看有張舊沙發靠背椅，就只好坐下了。

儒天很想用很短的時間將王銳采馨他們成立公司後所做的事通過眼前這兩本書了解一番，但他們所做的事太多，資料搜集編排得那樣細緻全面，那是閱讀一兩天也不夠的，馬馬虎虎隨翻閱終竟是不行的，只能了解一個很粗淺的大概。他也好想快點逃離這眼前仿佛鋪天蓋地而來的示益出版社兩種特殊的印刷品、在他們十年小慶典準備送給出席貴賓的紀念圖文集，可是就在他想逃離的時候，偏偏工廠林老闆斟了一次小杯茶給他，並坐在對面座位，又再次勸他道：

慢慢看啦，一邊喝茶一邊看啦。

林老闆很多話，一下子說開了——

他們不過十年的歷史，好犀利，半個月後就要搞慶祝十週年，請三百多人！我已經收到請柬了。

嗯，嗯。儒天漫不經心地應付。

有沒有請你？

儒天被出其不意地問，有點狼狽，回覆道，應該有吧，不過還沒收到。

他們的書號已經用到500多號，又絕不賣書號。那出的書夠多的了。人家百年老店也許一百年才舉辦一次紀念，他們過關才十年啊。

是的。他們犀利！就怕急功近利，發展得快，也結束得快？像阿酷那樣。不過，他們應該不會吧？儒天巧妙地潑點冷水，無心人聽不出話音。

聽說發展到五個員工，學校書展展銷，賣書收銀收到手軟。不知是真是假？林老闆問儒天。

儒天哈哈一笑道，應該是真的，不過王銳那傢伙又笨又不喜歡交際，還不是全靠他老婆？

林老闆哈哈大笑，與他開玩笑道，你是不是有點醋意啦？話其實也不能那樣說，如果不是他們夫婦齊心，出版社也不會搞得那樣風生水起。再說了，王銳這個人，你不要看他，從不搞女人，平時也不怎麼說話，其實是不笨的，他就有本事追到像采馨那樣又靚又叻的女子！

也是也是的。儒天好不容易發招，卻被林老闆一輪搶白，雖然無心，但句句擊中他的要害，他幾乎無法待下去了，

儒天霍地站起來，我還有事，先走一步，林老闆！

這麼快！紀念刊和書要就拿走。林老闆說。

不必了。我只拿走我的散文集，最後看看一次，沒問題就開印。

好的，那我就不送了。

儒天走出工廠大廈，內心感到一片失落。他一直視為假想敵的王銳創作創業都發展得那麼好，這是他始料未及的，而且連行家林老闆對他們印象似乎都不錯，這真叫他跌眼鏡。還有，林老闆那句有關王銳不搞女人、沉默寡言的評語看來不是空穴來風，可能在外面聽到我什麼了？不過，我又怕什麼？文人都風流，不風流真枉做文人了！

十年，他們出了五百多種書！

二三十年間，王銳在海內外出版社出版了一百種書！

十年，他呢？也不知不覺地和文壇內外那麼多女性有了那種關係。這其實也不是他一個人的事，還不是雙方你情我願？女人緣、桃花運來你想擋，擋也擋不住！同是女性，每一位女的都不同。像陳秘書就和劉小楓完全不同，小楓像個女幽魂，常常一個人不動聲色地從居住地搭飛機，說是來島城采風，搜集資料，出其不意地出現在島城街頭；那一次，陳秘書只是應允他進咖啡館喝一杯咖啡，沒有答應他吃一餐飯，就明白陳秘書對他懷有戒心。在咖啡館，他說了家庭情況，搬出和黃臉婆沒有共同語言、家庭不幸福的套數，陳秘書聽了無動於衷；要是多年前，一些敏感的、對他也好感的女子，早就是你拋餌、我就偏咬鉤的姿態了。儒天也有消息不靈通的時刻，他不知道陳秘書雖然是寡婦，目前正和一位喪妻多年的正派文人來往著和發展著。一個多月後，他才聽到別人在議論，恍然大悟。

想來想去，還是那劉小楓，對自己的一切心領神會。

＊　＊　＊　＊　＊

清晨，六點就醒來了。

王銳和采馨從來沒有那樣早一起醒來過，儘管昨晚為今天的示益十年慶忙到午夜兩點。一次盛典、一次餐會，看起來似乎簡單，台下和背後的工作可不得了啊。《十年》和《虎山行》兩本每人一冊的印刷品之外，還有一大堆工作，采馨負責的有聯繫酒樓、訂下日期時間、確定當日菜單、聯繫主禮嘉賓、落實主要貴賓甚至所有被邀請的人、準備襟花、安排職員協助的工作、確定坐在門口簽到處的人員……王銳負責的有，在邀請名單裡做來否的記號，然後數數大約人數、製作桌面名牌、將三十台名單傳給酒樓打印出來、準備簽到簿、代表公司的兩人發言稿、準備到時在大堂一側供來賓參觀的示益出版的圖書樣本……當然有些是幾天前就準備好了，早在家裡客廳一角一袋一袋地排列著，一會上車就是了。朋友願意當司儀，也省了一番思量，估計場面不會太冷清吧。

＊ ＊ ＊ ＊ ＊ ＊

慶典無疑很成功。事後王銳和采馨自己都驚異為什麼敢於搞這麼大規模的慶宴，三十席！如果是百年老店或勢大財雄的文化機構，那一點也不出奇，問題她們才十年啊！兩人事後檢討反省，會不會太張揚了呢？如果說，此舉不是為了標榜，不是為了炫耀，純粹為了感謝各行業、尤其是作家朋友們的支持，那是完全無可厚非的：何況，他們示益完全是私人小機構，下來還要繼續生存，而且生存得更好，這就需要大力宣傳，進一步做到廣為人知，那麼這樣的排場、選址都很一般的慶典就很有必要了。可以做到事半功倍之效。

三十席！累了大半天，夜晚，王銳和采馨躺在床上了，但依然興奮得無法抽離，中午慶典的熱鬧場面一幕幕像過電影一般掠過。

來了多少人？采馨問。

王銳說，我算了趙小姐的登記本子，差十幾位就是三百人。我們是一席十人還是十二人呢？

采馨說，十人。

王銳說，那就對了呀。

采馨說，我們的大部分作者都來了。尤其年申易夫婦來了，最為轟動，給足我們臉！大家都看到了。還有不少文友帶書來請他簽名。

是的，學校老師、兩個協會的人、行家、文壇外的朋友…幾乎都來了，還有報社的記者，有一位說簡單的報道明天就見報。

那好。宣傳的目的不是為了出名，還是為了廣為人知，我們能更好地生存和發展啊。

就是，不過有的人看不過眼，心理發酸，你也沒辦法。

……夜已深，但采馨還是興致勃勃，想再談下去，她已經聽到王銳的鼻鼾聲慢慢大起來了。

＊　＊　＊　＊　＊

十年！有什麼經驗總結呢？多少年後，王銳受邀到母校傑出校友論壇做題為《從創作到創業》的講演時，有如下一些要點：

《從創作到創業》

只有生存了，才可能談上溫飽和發展

七十年代，在香港，為了生存，從清潔工、苦力到工廠雜工、行街，我什麼都做過。只要非偷非搶，憑着我們的雙手謀取生活，就沒有什麼羞恥的。

勤奮是人類的救星。

一個人如果不勤奮，幾乎沒什麼希望了。

微薄的稿費雖不足於彌補家用，寫作的興趣卻成了充實我精神的生活安慰。

凡事未經嘗試，就不要輕易言敗。

有三年時間，我每天帶着一個007式的公文箱，裡面裝着幾本書，跑遍港九大街小巷書店，推銷新書，然後記錄，回出版社開單、打包、送貨，如時間足夠，我也會偷偷閒在書店看看書，充充電。

寫作，改變了我的人生命運。

我每天除朝九晚六上班外，還用三段時間寫作：上午，提早出門，在快餐廳寫；中午，休息時，吃飯一小時，我僅用半小時，在中環大牌檔繼續寫，擠在吃麵的白領中間，縮着身體寫；下班，同事在車站排隊等車回家，我仍然跑到快餐廳，買一杯奶茶繼續寫。

人生苦短，爭分奪秒可以將不可能變為可能。

靠幾“噸”創作文字才換來正式編輯職位，不知是喜還是悲？寫作改變我的命運，真是如此。

外面的世界很精彩，也很無奈，有人一出娘胎就得罪人。

我討厭辦公室政治。我們沒有派別、圈子，沒有山頭，不埋堆，我們做人的原則是不拍馬屁，不擦鞋，想平平安安打工打下去，要求不高，但這樣的環境有時也不可得。

寫作，寫出名堂，也寫出禍來。

我失業了，情緒極端沮喪，感覺上好像成了廢人一名，又好像齒輪上的一個小螺絲釘，機器快速運轉時，被甩了出去。

我一直莫名其妙，不知自己做錯了什麼。一直到了大半年之後，這個謎才揭開。

失業，給了我學寫專欄的好機會。

我們這個世界很公平，從來都是有得有失的。

失業期間，五六家報館的編輯不約而同地來向我約稿。於是我上午寫三個鐘頭，下午寫三個鐘頭。一年多的專欄寫作也訓練了我的文字。

參賽前，我為自己呼喊加油，我要取得冠軍！果然如願以償

天生我才必有用，我相信我這個“武男鈍夫”，決不願，也不會被生活的激浪擊敗！

機會要來，擋也擋不住；要珍惜機會，機會常常一瞬而逝。

1991年是我們人生的轉折點，機會來了，我們珍惜和發展這個機會，路，一走就是二十年。

對象明確，定位準確，宗旨正確，事業就成功了一半。

校園是一個大市場，有待我們去開拓。

我們將出版社取名為“獲益”，意思是讀者獲益、作者獲益、社會獲益、出版社獲益。（本書用「示益」代替）

自己沒本事不要緊，最重要的是找一個有本事的拍檔。

妳做董事長，我做總編輯；有爭議，妳拍板！

我們以三年為限，如果失敗，我再去打工！

情比金堅，金石為開，堅韌不懈，滴水穿石。

不吃東西會餓死，但不讀書至多成為文盲。這就是搞出版和其他行業的區別，也是其最艱難之處。

搞一番事業，就像追女朋友，一定要有誠意，打持久戰，總有一天，她會被你的堅韌不懈感動。

懶漢僅滿足於守業和現狀，勇士不斷出擊爭取更大成功。

到長洲書展要下海上山，我們視為最艱苦的戰役。學校為我們推動讀書風氣的行動感動，發動全校師生“每人一書”來回報我們。

朋友常說：「你們賺的每一分錢都是良心錢，老天爺都看在眼裡！」

你簽名，我收銀；你生產，我推銷：書展的一出妙戲。

為了方便推銷，我們裝着不認識。這個策略果然很成功。

不做見錢眼開的出版商，要做問心無愧的的出版人。

如果我們看錢份上，一定會將自己十幾年辛苦建立起來的出版品牌和形象毀掉，弄得四不像。

拿錢來給你賺，而你竟然不要，這樣的傻子行徑，相信越來越少了。

不要跟風成為跟屁狗， 富有創意才是書的生命。

書本身是有生命的，有自己的價值，不該依賴其他因素而生存；文化需要創意，創意就是出版的生命。

做出版要冒風險，付出代價；名家不是從天上掉下來的。

出版社如果稍有盈餘，應該支持純文學。

我們出香港文學大師劉以鬯的書，是從他的書被冷落時就開始的，一直到後來他大紅特紅，才有人打他的主意。

我們喜歡簡單，簡單是一種藝術，簡單就是美。

我們覺得很平常的，在一些人看來，似乎是有意的；在我們認為是成了習慣了的，在他人看來可能是一種優勢。

劉以鬯的書封面都是他自己設計的，都由方塊和條條組成，反而擺在書店很遠就可看到，很突出搶眼，原來是因為別人的太複雜

價值觀決定事業的命運，成敗不能僅看賺了幾桶金。

香港對出版業的魔咒是「你要誰破產，就叫他搞出版！」我們就是為了破這個魔咒而迎難而上的！

個人創作，僅屬個人寂寞的精神勞動；搞出版社，則產生的意識和精神力量，可以擴大到令整個社會受益。

第二十章 兒女

一次印尼雅加達書展，三次島城書展，三次重要合集的新書發佈會、幾百種文學圖書的出版、數不清多少次的中小學圖書展銷、名下所出版的圖書多次獲得島城舉辦的中文文學雙年獎，再加上了那次兩千年後的、有三百人出席的示益十周年慶典、還有王銳在島城和海內外受邀請的無數次的文學講座、勤奮努力寫下並在海內外多家出版社出版的個人超百部文學著作單行本'……將示益和王銳在島城的知名度推向一個高度，也讓王銳為年輕一代所熟知，示益的主持人許采馨也很快成為行家和文友們尊敬的女強者。

歲月看起來好似很漫長，其實感覺上又像一晃而過，一雙兒女在父母的打拼日子裡不知不覺地成長了。

二零零三年，非典型肺炎（沙士）病毒襲擊島城，島城恐懼、冷寂了一時。

看到瘟疫蔓延，觸目驚心，電視畫面出現了島城整座大廈幾百戶住客被隔離、遷移到較遠郊區的情景。

新聞還報告，北國都城也在前一段時間爆發了，蔓延迅速，尤其是那家著名的都城大學，兒子大惟此刻不是正在那裡讀碩士研究生嗎？

估計中午此刻，兒子已經吃過飯，回到校園的宿舍裡。

星期五，采馨和王銳看電視，說是兒子在北國都城就讀的大學暑假提早放，畢業典禮也提早舉行，原因是校園疫情嚴重，疏散學生就是防疫的最好方式。畫面上，師生們已經個個戴起口罩了。

采馨撥了一個電話，問兒子大惟回島城的事。

電話裡傳來大惟熟悉的聲音：媽媽，我買了星期一的飛機票，上午十時多起飛，大概一兩點就可以抵達島城飛機場了，具體時間你們再查航班就知道了。

好的，惟兒，你要注意保護自己，不要忘記戴口罩。

好的，好的，知道了。

周一，王銳和采馨提早一個小時到達飛機場接兒子，可能沙士肆虐的緣故，島城的飛機場比平時清冷了許多。

在等兒子出來的當兒，王銳和采馨浮想聯翩，想到了大惟求學之路走得並不平坦。王銳的思緒猶如長了翅膀，飛越他的孩童時代，小時候的大惟，調皮淘氣，曾經，為了讓采馨不太辛苦，能專心照顧小穎妹妹，爸爸週日常常帶他到劍追區商場的快餐店，一邊寫稿，一邊看著他玩電動遊戲機；小學年代，偶然作業太多，他會偷偷用橡皮擦擦掉一兩樣，惹他生氣，用尺子罰了他幾下，後來不忍心，就讓他在家門口走廊罰站，等他慢慢改變，也就不再罰他了。他的學業真是一波三折，小學升初中，由於英文略差，影響了多科的學習。中一結束時見家長，班主任在他成績表上蓋上「試讀中二」四個字。記得那天上午，他陪兒子到學校領成績表，一路上心情沉重；看看兒子，眼睛濕濕的，顯然流了淚，有些後悔自己為何不努力了，也似乎開始開竅了。既然如此，也不好再過於責備他。那位班主任見家長的時候，板起面孔，態度不屑，父子一起被批評，連一句熱情鼓勵的話也沒有。那一刻，王銳反而同情起自己的孩子了。難道在少年人成長的道路上，只允許孩子成功，而不允許他們跌跤和失敗嗎？看到孩子情緒失落，回來的路上，王銳知道大惟從小就喜歡喝奶茶，他看到轉角有家迷你咖啡館，就對他說，爸爸請你喝奶茶，吃三文治，大惟跟著進去了。一會，兩杯奶茶和三文治由老闆端到他們的小桌上。王銳說，惟，你先吃。爸爸打電話給媽媽。在電話裡裡，王銳把見家長的前前後後過程跟采薇說了，兩位的意見都高度一致，不需要再批評兒子，要相信惟兒已經明白努力和勤奮很重要。還是以鼓勵為主吧。王銳說，是的，現在我們在一家咖啡館，我請他喝奶茶和吃三文治。王銳坐下來後，對大惟說，媽媽沒有罵你，分析了原因，為什麼成績不好，新學期再努力不遲啊。大惟抬起頭，點點頭到，好的，爸爸。

那一次，王銳寫了一篇散文《我們一起走在天光道》。

中學的大惟，進的學校雖然普通，但他最後選擇文科，在中三時成績已經有所改善，並且暗中發力，在中四已經漸入佳境，中五好幾科排名在前，獲得不少嘉獎，父母終於參加了他中學畢業的典禮，分享了他獲得佳績的喜悅。

這時候的王惟，進入文科班，已經是班上的小領袖了，他也不怕或根本不知道什麼叫利益衝突，有一次還代表老師和學校，請爸媽主持的示益出版社到他們學校書展，同學們都知道他爸爸是作家，不少同學買書讓王銳簽名，王惟也感覺到臉上有幾分光彩了。

也許某些科目欠好，王惟考到的院校還沒正式升級為大學，不過，王惟還是非常珍惜這得來不易的讀書機會。人是可以開竅的，他在院校負責主編學校的刊物，參加詩詞比賽、一家大書店百年徵文大賽，都榮獲三甲以內的獎項。學校只是某些原因發展得沒有那麼暢順，後來事實證明還是正式升級為大學了。不過不少學生畢業後在社會上找一份工作，不免屢遭折騰，歷經萬難。但王惟就讀的這家院校也不少一無是處，最值得一提的是重視古典文學，幾位老師也教得非常好，沒有幾年，王惟的國學基礎就突飛猛進，令人刮目相看。

王惟還沒從機場大堂走出來，采馨想，也許過海關到香港的人非常多吧？她回憶著，那年兒子到北國都城讀研究生，也真不容易。

那時，王銳和采馨與王惟商量，你有什麼願望？與其學歷不被承認，倒不如再設法去北國名校讀碩士。王惟從長計議，願意再讀三四年。香港的考試令人驚喜地過關了。最初采馨以為，一切都會順利。北國都城有好朋友接應和協助王惟，但沒想到大學住宿問題，遇到了麻煩。外國留學生安排在專門的宿舍，收費規格不同一般，王惟被安排在那裡，就得按照外國留學生的收費規格，遠遠地超出了采馨的預算。王惟屬於島城的學生，住在普通宿舍就可以了，那是廉宜很多啊。協助王惟辦理的都城好友多次陪王惟去有關部門辦理，有關部門的辦事人員官僚主義慣了，不是人浮於事，就是一問三不知，推三推四拋皮球，朋友從都城打電話告知，采馨聽得渾身是火，放下電話，罵道，還是我上去一趟吧！

采馨迄今還記得，當時王銳笑了笑道，我口才不好，我去多數解決不了問題；我們倆一道去，也沒用，我只是成了廢物一名。好的，島城的事、公司我還是管得了，王穎也很自立了，晚餐都是陳弓協助，沒什麼事的，妳就放心一個人去吧，相信宿舍問題一定可以解決得圓滿。

在那間名校，王惟選擇的是粵語方言和語音研究，采馨和王銳對兒子的選科從來沒有指定和限制，她還記得在島城父子倆的一次對話，很是有趣。王銳大學是讀中國語言文學系的，聽說以前讀到最後是分語言和文學兩大系統或路向，原來真有。她聽到王銳有次問兒子，研究語音不會覺得枯燥嗎？王惟說，不會呀！

采馨想到在北國都城那十來天的日子說來也很有趣，也許天生一副好笑容和惹人好感的口才，有一種沒法阻擋的魅力，那幾位負責接待島城家長的辦事人員，抵擋不住采馨合理的要求，最後調整了王惟的宿舍，不當他為外國留學生的收費，而是當他為港澳同胞來對待，同意安排他的住宿和都城或北國其他省份城市的學生一樣了。采馨協助他搬到了一間普通宿舍，與他同住的還有幾個人。

心情大好的時候，帶兒子嘗試大學裡各種級別的餐廳美食，由她埋單；問兒子缺乏什麼日用品，由她買給他；兒子還租了兩輛自行車，帶她到校園各個角落逛蕩、拍照……校園很大，采馨已經久違和生疏的腳踏車，在三十幾年後第一次騎來，初初還搖晃了一下，但很快就駕輕就熟了。三十幾年前的那種美好感覺彷彿都在那一剎那間飛回來了。自行車上的時光，也是她上中學的時光，豆蔻年華的歲月……王惟看著母親和他並列騎單車的時候，在一剎那間驚愕住了。那一天，天上飄落毛毛細雨，校園的學生都打起傘來了，這種毛毛雨最討厭，打傘好像有點誇張，不打傘渾身最後還是要濕透了，媽媽很在意她自己的頭髮，細雨都要保護，因此一手打傘，一手駕自行車，哇，雨中的媽媽，是那樣美，那樣神采飛揚，無論如何都無法想象，這就是他的母親嗎？活力十足，笑得甜蜜開心，好似日子正當少女，他多麼驕傲有這樣能幹的、靚麗的母親，老爸真有眼光，自己能力稍差，竟然能百里挑一，找到媽媽，美麗兼能幹，還是姨表妹裡……

遠遠地看到王惟從裡面走出來了，戴著一個白色的大口罩，背著一個大背包，拉著一個大皮箱。采馨和王鋭向他興奮地揮揮手。近了近了，王鋭看到兒子雖然戴口罩，但遮擋不住下巴那爬滿半張臉的、短而粗刺的鬍子，黑壓壓一片，再看看他的頭髮，也多時沒剪了，長到幾乎可以扎小辮子了。老倆口於是對看一眼，相視而笑。王鋭自己拼命染髮啦、剃鬍鬚啦，總希望將自己打扮年輕一些，但兒子有意裝飾得老成一點。不禁感觸良深，這感慨成為後來自己寫小小說《錯體》的觸機。

王鋭將走到眼前的兒子，擁住他的左半邊；采馨擁住他的右半邊，眼眶佈滿淚水，濕濕地沿著臉頰流下來。

＊　＊　＊　＊　＊　＊

與哥哥在小學時期的活潑好動、好玩調皮不同，王穎小時候文靜獨立，父母忙碌時，會一個人靜靜地在家裡做作業，有時不放心她，媽媽會打電話回家和她聊幾句。爸爸在學校書展、為小學生簽名的時候，看到個子、年齡相仿的小女生都會掛念家中的小穎。幸虧陳弓下班早，洪震常常三班倒，小穎也就不至於太寂寞。有時，爸媽索性將她帶到寫字樓，小穎就躺在爸爸房間長沙發上午睡。

小時候的小穎就喜歡看電視上的童話名著卡通，也愛讀課外書。示益創立三四年的時候，她正好讀到小三、小四年級，公司出版的兒童文學，如青苗系列、青果系列、欣賞系列等，一出版爸爸媽媽就帶回家讓她慢慢欣賞，也算請她慢慢檢查看看有什麼錯；當然，最重要的是有意讓小惟小穎多接觸圖書，耳聞目染，時日一久，就可以有潛移默化之效，收到良好的思想影響和道德品格的教化。由於寫作很辛苦，在商業社會好難憑寫作生存，王銳並沒有鼓勵他們走這樣一條路，而是任他們自由選擇和發展。不過，這一對小兄妹讀示益的書多了，近水樓台先得月，有時王銳還順便在合集和選集裡約他們的稿。一對小兄妹還為爸爸的書寫序，例如，王惟為爸爸的《叛逆出貓黨》《生命芳香》寫序，小穎為《雨中尋書》寫序，都成了佳話。雖然都是他們讀中學、大學後的事，但王銳接到兒女的序，讀完的第一句話居然是「你們的序，一個字都不用改」，可見兒女的自我成長、文章水平令王銳這個老爸滿意到什麼程度了。

還在小穎讀初中一的時候，就寫下了一篇人小鬼大的成熟文章，雖短，卻令她老爸震驚和感動萬分——

我的父親

看著父親憔悴的面容，多了幾分皺紋，也多了一絲淒然，有著說不出的憂鬱。每當他坐在沙發上，眼睛都會不期然地合上，這已是多年來改不了的習慣，看到他睡覺時安穩的樣子，真的啼笑皆非。和我相似的尖鼻子打著柔弱的鼾聲；平時憂鬱而視力不太好的眼睛，看到的已是甜蜜的夢中世界；微薄的嘴唇正微微地顫動著，說著一些奇怪的夢話。

為人低調的父親，不計較別人的閒言雜語，專心一致地工作，沒有一聲的埋怨，默默耕耘。開始為人所認識的他，經常招來個別同行的妒忌，始終寫作是一件不容易做得好的事，父親日積月累的成就，差點給這幫人毀滅了，這又怎麼可能呢？愛幫助人的他，卻經常給人欺負，但他不是一個懦夫，依然努力地完成份內事，然而，我們沒有向他施加壓力，他亦沒有向家人發脾氣，反而比平日工作時的他，溫柔得多了。

“所有關於學習的用品，我全資助你，以後有什麼要買向我說一聲吧！”這句話直入我內心深處，我開始瞭解父親為人，他說的每句話都用心良苦。記得我小時，他不惜犧牲工作時間而陪我到海洋公園遊玩，還親自弄了一頓美味的午餐。現在回想起來，就覺得我當時幼稚極了，還嫌父親的手藝不好，回味起來，才發覺內裡包含了父親的心血淚汗，現在已經融化在我的身心裡了。

我對這個面容已褪色卻風采依然的父親，有一種用語言也表達不到的愛意，我知道我要珍惜這段共處的時間。但願我們在一起的日子長久，永遠快快樂樂。

一九九八年(（12歲半）

顫抖著手讀完，地球彷彿在那一刻停止轉動了，王銳已經禁不住地滿臉淚水了。

年紀那麼幼小的女兒，究竟是如何觀察到她眼中的父親形象的呢？幾十年後，王銳無論怎樣想，也還是無法想出小女兒為什麼竟然能寫出這樣令他讀之下淚的作文的？

小學畢業時，小穎的成績總算不錯，進入了一家百年名校。老師和班主任對她的印象甚好，畢竟是女孩，沒有男生的頑皮；她喜歡和感興趣的只是追星尤其是東洋來島城演唱的。她曾經和同班的好友、幾個女生，為了看一位偶像歌星的演唱會、一次售書簽名而通宵達旦地排隊輪候，不惜睡在靠近商場的人行道。父母明白青春期的孩子必定會有追星期。來得快，去得速，不必過於緊張，不必太介意，更不需要說教和干涉，最好釋懷，讓他們在各種追求中成長，經歷開竅、覺醒、取捨、最後成熟。他們只從關心兒女的身體健康方面交代幾句。這有點像他們太迷戀東洋漫畫一樣，好快，就會捨棄而改為走向更加有深度的追求。

在中五會考的時候，小穎得到的只是及格的分數。她完全沒想到如此之低，領成績表那幾天，不斷反省，猛然醒悟，是自己太放鬆也太輕敵了，淚，禁不住後悔而慢慢地流下來了。回想起來，爸媽真的沒有給她任何的壓力，是自己時間安排不好，太放鬆自己，也太過於輕敵了。

爸爸媽媽先後對她說同一句話，我們沒有給你壓力，妳不要太傷心，高考努力一些就可以了。

小穎的回答也很妙，十幾年之後，王銳和采馨還記得這一句是：你們沒給我壓力就是最大的壓力！

那時王銳想，什麼叫生活裡的哲學？也許，這就是吧。

女兒真棒，出口就有哲理和深度。

此後小穎奮發圖強，勤奮努力。王銳記得有一次，小穎請他抓書讓她背誦，在老爸看來那麼艱深的古文課文，她竟然能夠一字不漏、一字不錯地從頭到尾背誦下來。令他感到，這樣的女兒，實在已經盡了她自己的力量，即使再次地失敗，他們也會接受她的。世界上絕對不可能有永遠不犯一點錯的兒女，不是嗎？

原校留讀需要在規定的分數線上，既然小穎達不到，只好刷出去了。

父母陪她到島城一家女校繼續升讀中六、中七。小穎的學習成績非常好。她選擇了文科，高考選讀了島城最著名的大學，她的美術考試獲得了A。她報讀了該島城大學的日本研究學系。

發榜那天，她的老爸王銳比她還緊張。放榜在電腦上公佈，那時王銳還沒學會電腦。放榜那天他催了小穎好幾次，她總是不慌不忙地對老爸說：

爸爸，你不要緊張，一定行的！

爸爸，我一定行的，而且是第一志願。

爸爸，你女兒一定考上的，不必擔心！

果然，女兒考上了名氣最大的島城大學的日本研究學系，一直到十幾年後的今天，王銳和采馨都不知道女兒為什麼如此地有信心？須知在詢問她之前，她自己都不知道自己究竟是真的考上或落榜？人啊，一旦信心爆棚是那樣可怕啊。

在島城大學讀了一年，小穎獲得機會到日本八王子市一家著名的創價大學做交流生。一家人為小穎雀躍，小穎尤其從來未曾有過地開心。這是她第一次單槍匹馬離開家庭、爸媽，離別島城赴東洋學習，父母激動之外也萬分開心，仿佛歲月只是一瞬間，已經像某種發酵母一樣，將小女兒催得成熟了。在異國，小女兒剛剛二十一歲，她之前都住在家裡，衣食無憂，生活起居完全有父母的暖羽保護，如今到那樣遠的地方學習交流，她會習慣嗎？

哥哥讚小妹，妳只是一間島城大學，就勝過我讀那麼多家，又是院校，北國碩士，又是教育文憑！老爸也來自嘲，那我呢，大學遇到停課鬧革命，只是讀了一年。采馨開心地望著大家，想到自己應該是全家書讀得最少的一位了，一時間五味雜陳，王銳看穿她的心事，對大家說：

你們的老媽雖然讀的書都比你們少，但最本事，不但將我們的出版公司搞得風生水起，還投資了一棟市值很高的樓宇，將賺到的錢給你們當首期買樓！她里外一把手，是領導我們走向成功的出色領袖！值得你們尊敬！

王惟說，我知道。

王穎說，我也知道。

爸媽和王穎約定，第二年她完成交流生計劃、飛回島城之前，會到八王子探望她。王銳和采馨是準備參加東洋旅行團，最後離團再和女兒一起多住一星期的。

王穎夜裡來到父母住的最後一站的酒店，轉了好幾次車。次日清晨，由她帶路，向八王子市出發。先是搭地鐵到東京的新宿，再從新宿轉車到八王子市的地鐵，再走一段路到巴士站，乘巴士到川口川橋站下車，走到中野上町王穎的師兄所住的公寓，他願意借出地方給王穎的父母住下。那一帶大部分是平房，街巷很乾淨，似乎纖塵不染，連發出嘩嘩響聲的橋下河流也清新如洗。租屋很清潔，從此到創價大學可以乘車，王穎平時都是搭自行車。她是2006年9月到2007年8月在該大學做交流生的，王銳夫婦倆來到是七月，將住上六天。

王穎帶爸媽參觀學校、宿舍，留學生宿舍、餐廳、食堂，她告訴爸媽在日本交流期間，學校每個月都會提供四萬元日幣給她當生活費（相當於港幣兩千元左右））她自己還可以教授日本學生學英語，賺點外快。異地的學習生活實踐，無疑極大地鍛煉了王穎獨立生活的本領，也習慣了與外界的交流，看到了大千社會生活的豐富和外面世界的精彩。

很可惜七月十九日女兒的結業禮，不巧正好是王銳采馨回島城的日子。她和師兄一早就將他們送到八王子市開往飛機場的巴士站。當天下午，他們從成田機場飛回了島城。

最值得紀念的日子還有，那是2007年王穎22歲時，全家參加了她的大學畢業典禮，當然，王惟的大學畢業典禮、教育文憑畢業儀式，他們也都參加了。

＊ ＊ ＊ ＊ ＊ ＊

法國大文豪大仲馬說過類似的話：他最得意的產品，是兒子小仲馬！

大仲馬小仲馬是世界罕見的法國父子大文豪。大仲馬寫過《基督山恩仇記》，兒子小仲馬寫過《茶花女》。兩部文學傑作都不朽而傳世，影響至今。

王銳心想至今沒有他們偉大，但也有兩類子女，心情是一樣的。一對兒女，沒有成為作家，他們也沒有抱有這樣的希望，但他們勤力讀書，努力工作，盡自己的本分做事，也算是對社會的貢獻了。

肉體的兒女自有兩位，紙質的兒女在2002年有了100種，到了差不多十八、二十年後，已經多達145種了。那麼多的精神產兒，不可能每位在出世的時候都有儀式，印象中有五六次發佈會，也算有聲有色的誕生小慶了。不同的地點環境、不同的形式、不同來賀的佳賓，回憶起來，也是蠻有趣味和意思的。

印象比較深的約有五次吧：

第一次是在1987年，那時南方的廣城為他出版《島城夜》，那麼巧，北國都城也在同一年為他出《白領麗人》，不知怎的，後者也一起運到了廣省的梧市。那一次廣城出版他那本書的編輯主任等幾人一起陪同他到了那個產蛇的山城。那裡是一家生意做得很旺的書屋老闆接待他，書也運到了那裡。售書配合了簽名，書屋外排著熱情的讀者，瘋狂地喊著王銳的名字，喊得他一顆心跳得急速，血管裡的血流動得更快。王銳從來沒有遇過這樣的場面，不免心情激動不已，想不到，僅僅寫了15年，捧場的讀者就有了那樣一批。據書屋老闆說，外面的

讀者至少集聚了四五百人，他在書店內在一側協助王銳蓋上印章，晾乾了後才讓他簽名。

那一晚，書屋老闆在一家酒樓舉行慶功宴，吃了一餐蛇宴，所有的菜餚全是由蛇肉當食材製作的，真是讓他見所未見，吃所未吃。

第二次是在千島之國的雅都，正好是兩千年，該國剛剛解凍華文沒有兩三年。他從1996年開始陸陸續續寫的印華文學評論差不多累計了五六十萬字，出成了一本厚達六百頁的《流金季節》，運到雅都和多本其他書一起簽售，影響不小。時隔六年，他在幾位印華企業家和母校島城校友會名譽會長和前會長的贊助下，又出版了其續篇，厚達400頁。兩本書字數多達一百萬字，成為一本研究印華文學值得參閱的不多的參考書之一。取名用「季節」，而不用「歲月」，王銳的解讀是因為所評的內容時間比較短，是限在印華文學復甦的近十年而已。

第三次是在2015年，在島城的書展期間，地點在會展中心。那是島城的一家最大的出版少年兒童圖書的出版公司為他和八九位兒童文學作家舉行的新書發佈會。那家公司出版一套兒童文學叢書，也約他寫了一本。他那本書名叫《老爸的神秘地下室》。這個年代，他已經學會了用電腦製作投影剪報，輪到他介紹自己的「產兒」時，他已經可以用投影剪報配合，有了事半功倍之效。女兒女婿正好有空，也來會場捧場了。這樣的形式有點像母親向周圍諸位親友介紹她的幼嬰是如何優質一樣，完全不需要客氣。

第四次是在2017年，島城的母校校友會，得到校友會諸位負責人的大力支持和資助，來了逾百人，發佈的書是散文集《幸運公事包》，為了鼓勵朋友黃先生，同時幫他編選了一本《我的大玩具》，也一起搞聯合發佈儀式。會議正式、隆重而熱鬧，將贈送和義賣相結合，多位負責人發言，校友企業家還贊助，氣氛很是熱烈。

第五次發佈會是在2019年，地點在廈門對面的金門島，王鋭和采馨需要先搭飛機飛到廈門，然後從廈門乘輪船到金門島，約半小時海程就到了。發佈的書是王鋭全寫家鄉金門的散文集《金門老家回不厭》，一起發佈的還有二十幾位金門作家。小小島嶼，文化氛圍濃郁，文人不少，會場的佈置很是精緻典雅。

至此，王鋭在兩岸三地都「分娩」過，還舉行了生日會哩。

第二十一章 大師的故事

不知已經是第幾年為年申易先生慶祝生日了。每到年先生生日前夕，總是有不同的各界朋友為年他搞生日會。他和夫人卓霏敏接到這樣的電話一口應諾，未曾拒絕過，這都是朋友們的好意，不要讓他們失望啊。這年頭，家中的電話都是夫人代接了。年先生年事已高，很少接外面的電話了。

朋友們為年先生慶祝生日的方式都比較簡單，大都是買了一個蛋糕，寫一張賀卡，約他們到一家酒樓飲茶或吃飯，地點都是比較靠近他們居家的。有一次，拍攝年先生生活起居和文學成就紀錄片的朋友，結合了為慶祝年先生生日的場面，加以拍攝，連王銳和采馨都被約到指定地點拍攝。那一次來了很多年先生的讀者粉絲。年先生和夫人卓霏敏顯得很興奮，夫婦倆看起來很喜歡吃蛋糕，兩人對於美食，喜歡就吃，基本上已經沒有什麼顧忌了。看到大家都拿了年先生的著作來給年先生簽名，采馨和王銳也不甘後人，和他們拍攝了一張即影即有的四人照片，照片跳出來後，請年先生在照片後面簽名。

別的朋友約年先生和夫人喝茶，很多時候都通過采馨代約，畢竟采馨和年夫婦最熟悉，於是，連王銳和采馨也一起請。

不過，他們終於有機會也為年申易慶祝生日了。當然，即使不是生日，他們也常常相約飲茶吃飯。年先生年紀大了，都是由夫人卓霏敏出面邀請王銳采馨到他們居住的地區附近飲茶，而王銳約老前輩夫婦也都是由夫人許采馨出面，多數約他們到一家酒店的分店自助餐廳吃自助餐。許多事情，隨著老作家年紀的漸大，改由兩位夫人的聯繫和交流了。

王銳采馨對年申易夫婦的訪談，有關創作的部分，後來收在《南洋故事》那本書中，作為附錄。《南洋故事》也因此增加了一些頁碼，變成了2018年8月的修訂二版，那地點是在他們家附近商場的一家中菜酒樓，時間是在2010年7月19日和8日。有關他們的愛情故事，則登在2011年9月8日出版的第五十期《益友》上，整整一大版，題為《情深義重，攜手跨過金婚路》，後來，又再次收進王銳和采馨合著的《大師》一書中。

島城式的飲茶，王銳和采馨最喜歡仔細觀察卓霏敏對先生年申易的照顧。一起生活超過一甲子年，年太太對丈夫的口味和嗜好太了解了，尤其是那些美食，年太太知道丈夫喜愛什麼，厭惡什麼；在默默品嘗粵式點心的時候，年先生只顧低頭慢慢專心吃就行了，卓霏敏不斷地在一側給他夾桌面中央小碟子和蒸籠裡的點心，需要處理外殼或切塊的，都事先為他做好。從中年時候，夫人已經這樣照顧他了，幾乎到了無微不至的地步。生活起居，侍奉於晨昏。如果離開島城出外開會，年先生會報上兩人的名字，一起赴會，久而久之，主辦單位邀請他時，就慢慢地連夫人卓霏敏也一起邀請了。卓霏敏擅於觀察，也知道采馨、王銳愛吃什麼，於是連他們喜歡的點心也點了一些。在飲茶的當兒，有時采馨就向卓霏敏約年先生的新稿，所謂新稿，當然不是新寫的搞，而是從未結集成書的書稿。常常，年太太需要花不少時間，從那些連載他小說的舊報紙尋找，剪下，影印，再請年先生過目，修訂、改正錯漏字，必要的時候，再刪節。如《交錯》就刪了很多。年先生寫作認真，出書更是嚴格挑選，修訂功夫做得很足。後來，年紀大了，細緻繁瑣的功夫都交給夫人做了。像《酒廊女》《南洋故事》等都是這樣。

＊ ＊ ＊ ＊ ＊

那天，王鋭采馨為年先生作生日，買了他們喜歡吃的蛋糕。年先生、年太都很高興。以前每次飲完茶，年老夫婦的習慣是，年太太讓先生自己先走，到他喜歡的不同商場逛，自己就回家。年先生喜歡到書店看書，到郵票店看看郵票行情，喜歡買賀卡、聖誕卡，也喜歡買香港風景的小冊子。有時候興致大發，他會搭電車到以前常去買賣郵票的小鋪子與舊相識老闆聊天，那些鋪子都在一些偏僻的老街。

但今天出版公司的夫婦為他們夫婦慶祝生日，開心之下，慢斟細酌，慢慢品嘗，並沒有即刻散伙的意思，王鋭采馨也打算趁此採訪一些問題，寫成採訪錄。。

采馨說，我們拍張照，好嗎？

采馨向酒樓的女服務招招手，一位女服務員笑著走過來。她看到采馨臉露笑容，笑時雙頰綻開深深的酒窩，又穿著紅、白、紫色相間的漂亮毛衣，一幅優雅的儀態，由衷地讚道，小姐，妳好靚好優雅，看起來很舒服。你先生也很儒雅，是校長吧?

采馨笑起來，王鋭更是哈哈大笑，笑出聲來。

那女服務員看到坐著的年老夫婦，都戴著眼鏡，女的從容優雅，男的童顏鶴髮，年紀看來不少，但顯得那樣精神，那樣好心態，不禁好奇心大起，心裡想，一定是大人物,但究竟是什麼領域的人物呢？

采馨看出了女服務員臉上的疑惑，對他說，年先生是大作家，島城排第一。

女服務員說，哦，難怪！樣子和一般人不一樣！說完又多看了兩眼。

采馨將自己的手機打開，遞給服務員，她抓起手機，接連為他們兩對夫婦拍攝了好幾張。

她要將手機交回采馨的時候，她說等下，又對王銳說，我們站在年先生和年太後面，再拍幾張。王銳站起來，與她站在了年夫婦後面。采馨趕緊將將檯面中央的蛋糕拉到年先生桌子前，之後，采馨又將左右手搭在年先生年太太肩膀上，王銳靠近采馨，並且把右手搭在采馨右肩，樣子很親密。

謝謝妳，采馨對服務員說，她將手機交回采馨。采馨看看照片，不錯，不錯，邊說邊把手機給年太太看，說，回家修飾後我發給您。

王銳對采馨說，我出問題問，年太太回答時，我怕我自己聽不清楚，你聽仔細一些，我會再問你，再記下一些要點。

好的。

采馨把他們的主意告訴年太太，她說好啊，沒問題的。

不過我們採取隨便談的形式，這樣比較不拘束。

好的。

年太太，我校對時都把《天與地》《南洋故事》等幾本書讀完了,王銳說。

年太太說，《南洋故事》都是寫新加坡、馬來西亞的故事。

王銳說，是的，每篇都很短，大約只有兩千字，寫得好好，都那麼富有南洋色彩。其中有一篇《過番謀生記》我算了一下，大概只有六七千字，可說是一部典型的華僑血淚史，我讀過的都是華僑作家寫成的長篇小說，可是年先生用這麼短的篇幅就寫出來了，不簡單啊，簡直就是一篇濃縮的華僑出洋苦難史!而且年先生1952到新馬，1957年回港，不過是五年時間，對這方面的題材就這麼熟悉，真了不起啊！

王銳的讚美和感想是對年夫婦一起說的，年太太怕先生聽不清楚，又簡要第向他複述了一遍。年先生聽到了，露出開心的微笑，連說兩次哪裡，哪裡！

采馨望著專心吃著點心的年先生，欣賞著他童顏鶴髮，慈祥的笑容，白皙乾淨的臉上幾乎沒有什麼老人斑，就說，年先生，有新的稿件再給我們出版。

好的，好的。采馨的話句句清楚，他都聽得明白，還記起了他從編輯崗位被迫退下來的時候，眼前這一對義氣夫妻打電話約他和太太出來飲茶、一口氣為他出版三本書的豪舉。他話是這麼說的：

采馨，非常感謝妳！2000年那一次你們約我們出來喝茶，當時答應為我出版三本書！當時我心情不好。

采馨說，我知道，就是因為年先生心情不好，我們用出版三本書為年先生加油，不要氣餒！

采馨想試試年先生的記性好不好，帶開玩笑地問，那麼多年了，年先生還記得是哪三本書？

年先生最初不言語，年太太就對他重複一遍，采馨是問你記得哪三本書嗎？

我知道，年先生說，就是《交錯》長篇版、《錯》和《詩意洋溢》。當時我還說，怕示益出版社虧損，不要稿費或版稅，采馨堅持要給。

應該的，應該的。采馨說。

年先生想到了示益為他出版一系列著作，尤其是《交錯》，引發電影的熱潮，又帶動他著作的暢銷，非常感激采馨的邀稿。大書展的作品簽售，一連串的出版，令他的名氣，不但是在文學圈如日中天，連在年輕人當中也耳熟能詳，大受歡迎。他們只是小小機構，可是在做著大機構的事，采馨真是女中能者。邀稿豪氣不婆媽，付酬大方不拖延。采馨約稿也充滿了誠意，不計得失，不像其他出版社條件多多，送來一大堆條文繁瑣的協議書，限制苛刻……說到此，年先生搖頭歎息。

有人打電話要我刪《交錯》書前自序裡描述當時我心情的一段話，真是莫名其妙。我寫我自己，關別人什麼事！那不過如實記錄，留個紀念而已。

啊，還有這樣的事！采馨和王銳幾乎是不約而同地感到驚訝。

繼續吃點心，服務員知道老前輩生日，送來四碗紅豆沙。

對了，我們顧著聊天，都忘記出版年先生新書稿的事了！年太，年先生還有不少寶貝，還沒出版吧？采馨再說一次。

年先生寫了很多，有人估計至少六七千萬字。目前出的只是很少很少一部分。問題是要抄出那些幾十年堆積如山的舊報紙，要剪，要改，要影印，要花不精力和時間。《南洋故事》就有大學的學生和研究他的老師熱心幫忙，連新加坡報館的老朋友、同事都協助查閱需要的資料。

好的，采馨說，整理好記得給我們。我們之前出版了年先生的一系列作品，這樣對發行、推銷、宣傳都有好處。

是的，年太太說，你們對年先生是很好的，我知道。

采馨說，不要忘記插入一些獨家老照片。

卓霏敏呵呵笑起來。

笑什麼？年太。采馨注視著年太罕見的笑容，知道她的笑一定很有內容，就窮追不捨地追問下去。

舊照片是很多，但以前放在書扉頁的的確很少，主要讀者知道年先生是誰，不知道我，我又何必太多亮相啊？

采馨問，那麼，《天與地》前面那張是第一次亮相吧？

卓霏敏點點頭道，是的，《天與地》是1951年結集出版的，2007年就超過五十年。年先生1952年到星馬工作五年，1957年回港和我結婚，到2007年也正好半個世紀，為了留個紀念，我就選了那張1957年拍攝的兩人合照放進去。

王銳對那篇附上年先生手跡的《寫在書前》很感興趣。問，年太，這篇前言雖然很短，約一百來字，但含金量很高，尤其是那句「**……同年與霏敏結婚，甘苦共度五十載，未嘗二十四小時分離……**」實在太浪漫了，是不是有什麼內情故事？

年太又是微微一笑，欲言又止。

采馨敏感道，替你們保密。

我也不怕傳，其實也都是發霉的陳年往事了。

哦！明白。

不過，年太繼續說下去，說是塵封的老故事，有人偏偏很感興趣，將冷飯熱炒，可以多賣幾份報紙啊。

是這樣，明白明白。

都到了這份年紀了，這樣對年先生是不公平的。

是啊，要看看目前各人是什麼情況，說那些也不知對誰有好處，王銳說。

你們是明白人，但有人不是那樣想。

年申易在一側靜靜的，傾聽大家的對白，大概有的他聽清楚了，有的沒聽得太清楚，呵呵地笑著，慢慢品嘗眼前的甜品。

對了，想問年先生自己最喜愛的作品究竟是哪一部？

卓霏敏將王銳的問題清楚地轉述了一遍給年先生聽。

他很快回答了，《交錯》。

很多人將《醉》當作您的代表作。

年先生搖搖頭，意識流技巧中外不少作家都採用過，但《交錯》的寫法與眾不同，至少我沒讀過類似的。

王銳點點頭道，明白。想再問，如果年先生送一句話給年輕寫作人，會是什麼?

多寫少發表。

年先生斬釘截鐵，毫不含糊。這句話後來也讓王銳咀嚼了很久很久。

這一次採訪無疑很成功，避免了理論太多的悶場，雅俗共賞，活脫脫地將年先生主張的深入淺出文風實踐化了。作家，其實不神秘，作家，也是生活在七情六慾中，生活在柴鹽油米醬醋糖的日常中。

散會前，采馨又交代一次，年太，記得，下次給我們年先生的新稿，我們等著給他出新書。

知道了，現在正在抄舊報紙，《酒廊女》如果整理好了，下次請你們飲茶時我會帶來。

太好了。采馨謝謝她。

走出酒樓，王銳采馨見年申易、卓霏敏一起走，機會十分難得，建議拍張四人合照，年太太一口答應。王銳請他們三人先站在一個欄杆邊，迅速跑過來站在采馨身邊。恰好采馨見到附近有一個男生為他的女友拍攝，就出聲請他拍好也為他們拍攝有一張。那男生很熱情，接連拍了好幾張。

好了，下次我們再約見。我們走得慢，你們先走。你們還有事要辦，不要耽誤你們的時間，卓霏敏說。

王銳采馨加快了腳步。

王銳說，年先生名氣很大，不要說島城排座次穩穩排第一，就是世界華文文壇，也沒有人不知道他。

采馨說，大學文科將他的《醉》當課外必讀書，他的名氣可想而知。

也有人不服他，想方設法破壞和詆毀。王銳說。

采馨搖搖頭，與我們在旅途中同行的小鵑，在大學的畢業論文就選了研究他，將《醉》原著和電影進行比較。

是啊，我知道。她說寫好會給我一份，給我過目。王銳說。

我就不相信沒有人將評論年先生作品的文章投給《島藝》，肯定一律雪藏或不登。王銳又說。

采馨說，剛才聽年太太說，是有這情況，幾乎不用，連提年先生的名，也被刪去……。

……在地鐵裡，說著話，不知不覺，已經到家那個地鐵口了。

* * * * *

這一天是週末，《島藝》編輯部沒有其他人，只有俞儒天來加班，說是來加班，其實是帶劉小楓來編輯部看看。

劉小楓來島城，只好像來附近一個城市一般。從飛機場到市中心有好幾種交通工具，她比俞儒天還熟悉，從來不要他到機場接她，有時她人到了網上預訂的小賓館，才知會他；有時，人已經在編輯部所在大廈的樓下，才突然打電話給他，令他嚇了一跳。他是來者不拒，當晚，總是有辦法在她賓館房間內談到午夜之後，讓她挽留他「今夜不回家」，他也總是有辦法打電話告訴太太今晚文友談興很高，就不回家了。太太也從不起疑心。

劉小楓坐在儒天右側的椅子上，翻看下一期的《島藝》藍樣。

現在手上操著稿件的生殺大權，你很得意。劉小楓帶著半嘲諷半羨慕地說。

我這是忍辱負重，忍了十幾年。

沒那麼嚴重吧，你也夠小氣的，哈哈哈。

其實妳最懂我。

為什麼？

沒有生殺大權，我又憑什麼給你搞個人特輯，超過半本刊物的頁碼呀。

少說也有十年了吧，就沒見過你為年先生搞特輯。劉小楓看他的表情，以為他要說出什麼來？沒有，倒是乾乾地笑了幾聲，然後對她道，妳過來看。

劉小楓將有輪的椅子移動過去，趨近他。

我要給你看電腦裡的東西，妳斜著身體，頭會很疲，索性，坐到我這裡。

說完，劉小楓站了起來，儒天索性趁勢將她拉向自己，小楓一個不穩，整個臀部就坐在儒天的右邊大腿上了。

妳不要動，這樣很好。儒天右手動著滑鼠，給她看這幾年累計的好幾個電郵。都是評論年先生長篇小說的文章，我都打回去了，我說太長，我們的刊物不合適。儒天說；說完，自個兒大笑起來。

儒天從那麼近距離的女性身體嗅到了不同的特殊脂粉氣息，開始春心蠢蠢欲動，右手抓滑鼠在熒屏上搜索，左手則在她上身大膽撫摸起來，還將右邊臉頰貼在她的髮端。這一切小楓當然知道也感覺到了，只是不動聲色。

你也夠壞的了，那麼急。報復，交換，什麼都來。

那今晚幾點？先一起吃飯吧？儒天問。

吃飯，我請，連你老婆一起來。七點半是你們島城吃飯的標準時間。

開玩笑。儒天冷笑幾聲，七點半，老地方。

小楓要離去前，儒天將她拉到一個沒有閉路電視錄影的角落，將她來個熊抱，嘴對嘴，濕吻了五分鐘，才放了她。小楓整理亂髮，罵道，色鬼！100分的偽君子！

儒天哈哈大笑，說，罵得好，我就是！

晚上，儒天和小楓非常準時，在一家四星酒店的西餐廳共進晚餐。

儒天說，這家酒店的西餐不錯，被權威國際美食評議會評上級了。

是嗎，你對我那麼捨得啊？

對妳什麼都捨得，連名聲都豁出去了。儒天假扮多情地瞟了她一眼。

是嗎，那我怎麼回報。小楓輕輕地搖頭太息。

吃飯小事一樁，何況這一餐也不是貴到天價，要不然我這類窮光蛋也承擔不起，幸虧還可報銷。哈哈。讓妳虛驚一場。妳專輯的事才大，有國際影響，佔了半本甚至近乎三分之二哩。這才要回報。

儒天眉頭又抖了幾下，色瞇瞇看著小楓。

小楓帶點鄙視，又感覺無奈，半嗔道，外間你被惡評，不過真實的你，比許多人的想象更加鹹濕!

哈哈哈，那對我不太公平吧？天下的人，一旦關起房門，誰都不是君子。

小楓告訴他後天就走，還勸告他們的關係要漸漸地從地下轉到更地下，比以前更隱蔽，在公眾場合不好再像以前招搖過市。儒天大不以為然。

西餐做得精緻。滋味確實也不錯。

回到酒店約十點。兩人沖涼後，儒天不需要像西餐那樣有什麼前菜，直接抱起只有內衣的小楓，甩到軟綿綿的大床。

……

也許長期的消耗，儒天氣力大不如前，很快就帶點喘氣半躺著。

空調偏低，小楓迅速穿回內衣睡衣。

示益公司做得有影響，連我們那裡都知道在島城有他們這一家。

公婆倆抱著老年的大腿不放，拼命出他的書，不然早就倒閉了，哪裡能支撐到現在。

不過，他們是用自己的資源進行文學名著的投資，你卻是用公家的財力出刊物，包括為我這樣無法與他相比的女寫作人組織特輯，外間會有良心和公正的比較。雖然到最後，他們都要走向衰落。

你看誰本事一些？儒天搖搖頭道，公家信任我，你又奈我何？

儒天狠狠地繼續說，目前有人吹捧他是文學大師，我倒希望，島城報紙都來像那家炒他星馬冷飯的大報一樣多刊載多揭露他不為外人知的糗事！

第二十二章 人棄我時勿自棄

妻兒們尚不知他身上發生了甚麼事，也看不到他臉上的倦意，他說話的口氣從來沒有過的溫和，情緒似乎如常，連平日愛批評子女的話也沒有了。大概沒有人知道他辭了工作之後，對子女，內心流露出多麼深沉的愛憐吧。

「走，爸給你們每人買個大玩具！」當他的許諾說出，家人不勝驚異；兩年了，這節衣縮食的一家支柱，從未如此主動地建議過。

沒有人知道他內心正作出強烈的響應和抗爭，如有個自尊之神在命令著他。

夜街上，他一雙子女捧著大玩具蹦跳著，他看到他們加倍大的影子，內心一陣暖熱。

（選自東瑞：《禮物》）

有日香港文學館的楊館長打電話給王銳，真讓王銳嚇了一跳。

楊館長說，我們中央圖書館準備給你舉辦文學展。

哦，什麼時候？

十月一日到十二月三十一日，共三個月。

在哪裡？

我們文學館，就是中央圖書館的八樓。你準備一下。我們這個館辦過的文學展不多，都是像年申易先生、金大師等等這樣的大師級人物，了不起十幾二十來次吧。能給你辦，也算不容易，有影響啊。

謝謝楊館長，都是靠你支持才可能。

文學展的名稱我們正題用《愛拼才會贏》，「王銳文學展」做副題，你覺得怎樣？楊館長很客氣徵求意見。

很好，我沒什麼意見。

對了，我想問問王生，你是不是寫過一篇小小說，叫《禮物》，收在《讓我們再對坐一次》一書中？內容敘述一位父親被機構炒了魷魚，還給子女買禮物的故事。

是的，寫過。

好的。

怎麼會突然提到這篇？

我為你的文學展寫了一篇約兩千字的文章，裡面提到《禮物》，怕資料有誤，找你核實一下。文章也想請你過目，指正一下。

哪敢指正，哈哈，謝謝楊先生都來不及。

客氣了，一會我傳給你。對了，你準備好，一些手跡稿、簽名式、有關重要活動的照片、獎狀、獎杯之類，出版的書就不必了，我們都有，還算是比較齊全。

好的，我盡快整理好，給你送過去。

我的電話、電郵你都有了。

文學展！當王銳放下電話，坐在沙發上，愣了好半響。這樣的事令他感到突然又喜悅。劉小楓為了將俞儒天推銷出來，在南洋一些力所能及的領域不斷製造謊言四處散佈示益公司已經走下坡路，連王銳也精力不濟，沒多少人知道了，但文學館居然在這時候舉辦他的文學展，實在意想不到。不久以前，南洋的幾個文會負責人，還打電話來核實聽到的一些傳言，包括在島城學校邀請儒天去演講的排著長龍是否真的？平時幾乎沒有議論過別人的王銳啞然失笑道，他肯定比我有名氣，但也肯定不是在我們的島城；憑良心說，我們的島城，學界基本上不知他是誰，還沒聽到過哪家學校請他去講座的。……想到外間的種種議論和猜測，實在離譜得可笑，他常常只是一笑置之，從不深究。最重要的是目前有關他的文學展已經鐵板釘釘，如假包換，外間對示益和他的造謠、誹謗都是徒勞的。香港文學館要為他舉辦文學展，這就是打了一回儒天、小楓之流的最有力的耳光。

放下楊館長的電話，王銳的心久久無法平靜下來。

無法平靜，主要還有一篇不為外人所知道的、不到一千字的小文章：《禮物》。

往事不如煙，一幕幕在他眼前展現。當年隨意寫下的小小說《禮物》，幾乎沒什麼修飾，視為一篇散文也不為過。那時，他從高速運轉的大機器中被甩了出來，就身負重傷似的，躺在陰暗寒冷的角落裡。沒有哭泣聲，沒有求救聲，不為外界任何人所注意；那時只有妻子采馨的安慰和鼓勵，「大丈夫何患無職!」，只有母親的倔強和勸告：「東家不做做西家！」只有他自己的自我奮發和自我救贖：「人棄我時，勿自棄！」就這樣，他在那個被遺棄的廢墟上重新爬起來，舔乾身上流著的血跡，清除和洗淨身上被潑來的污泥濁水,重新出發、上路。也許中國古人說得對，「禍兮福所倚，福兮禍所伏」，他失業兩年，其中一年為尋尋覓覓一份固定的職位在奔奔撲撲中度過，另外一年在為五個報紙專欄而將一字一字爬進格子中度過，最後，迎來了生命中最大的轉機——采馨的老同學程力鋼來港之行帶來的一切。

哪裡會忘記被遺棄的那幾天的心境，就是在一股不甘認輸和放棄的意志下寫出了一份相當於自我鼓勵書、自我加油書的《禮物》，也不妨看成一篇小小說吧！

也許寫作人的所有文字都是寫自己吧？《禮物》又是一份有力的證明。

又哪裡會料到這樣一篇有時被他自認是自我平衡書寫的《禮物》會有人注意和認真閱讀，還被引用到一個有關他的重要的文學展的導言裡？楊館長火眼金睛，還看得出是作者王銳心態的自我流露！

當楊館長的導言傳給他看，他激動萬分，不能自已。尤其是文章的最後末尾，提到那麼高啊——

如果拼搏就是香港精神，那麼，他的拼搏人生恰恰是香港精神的實踐。他曾是出版界的「棄將」，別人放棄他，他並沒有放棄自己，憑著努力及太太的協力，在甚麼地方摔倒，就在甚麼地方爬起，成為出版界的生力軍。他的成功，足為今天香港的八十後、九十後借鑒。

＊ ＊ ＊ ＊ ＊ ＊

那天，朋友來得真不少，王銳心情雖然平靜，還是壓抑不住地感動,他視自己為一位將名利看得很淡的小人物，偏偏一些名譽喜歡來尋找他這類人。。

有十幾二十來人約好一起在開幕式這一天前來捧場，他們多數是島城的文友博友和僑友，當然也有親友，比如王銳的姐姐，雖然展覽沒有廣泛發請帖，——在島城的慣例就未曾發過請帖，何況靜態的文學展。有這麼多人來捧場，就避免了場面冷冷清清的尷尬。

展場不很大，但安排得很有次序，尤其是島城文學館楊館長寫的那篇《愛拼的王銳》，連接了好幾塊展板展出，吸引了很多觀者的閱讀。在有限的場所，用實物、玻璃櫃、木展板等物件，展出了王銳的文學成就，如，著作、手跡、原稿、簽名式、獎狀、獎杯、講座、剪報、活動照片、家庭照片等等，量不很多，但都很精緻，而且富有代表性。參觀的朋友有的忙著錄影，有的忙著與王銳采馨合影留念，有的忙著與王銳交談，也許聲音喧嘩，驚動了在辦公室的楊館長，他走出來請大家聲量不要太高，大家馬上收斂了一些。王銳看到楊館長走出來，覺得機會很難得，向大家介紹這一位就是楊館長，一時間朋友都湧上來，要求與楊館長、王銳、采馨夫婦一起合影。

文學展規模不算大，但據楊館長說，島城作家被邀請舉辦文學展的作家就總共十幾人而已。這使得王銳感慨不已，想不到營營役役做事，勤勤懇懇寫作，就有那樣一天，被有關機構如此留意和肯定。一向不求回報的他，感到很是激動，猶如島城上空有一雙巨手，推著他，在創作的大道上舉行走下去。

＊ ＊ ＊ ＊ ＊ ＊

開幕式後那三個月裡，由於忙碌，王銳又自己來了一次，主要是想拍攝一些特寫，作為資料留存。在2011年9月8日出版的第五十期《益友》，采馨告訴他不要忘記在第一版最顯著的版位上刊載有關消息。那之後，似乎沒事一般，一切又從零做起。也許習慣了忘記所有曾經的光彩和榮譽，王銳在業餘的時間內，又埋頭抓筆一格一格地爬格子了。

為了爬格子，他喜歡到書店和文具店買那種綠色的四百格原稿紙，儘管家裡的還沒用完，堆集了不少，他繼續買、買、買，他喜歡欣賞那種淺淺的綠色，酷似了旅遊時見過的令他驚喜的綠草坪，他看那些色澤柔和的淺綠色彩，心情會大美，想像著在那些格子裡填滿字的歡喜和滿足心理。沒有多少人會親自感受到做一隻爬格子動物的幸福和滿足，以為爬格子只有痛苦和勞累，而他，不寫最累。寫，已經習慣，這習慣進入他的血液中了，成為他生命的一部分。

然而，連他也沒能想到買原稿紙的習慣有天也會捨棄。

南洋一位叫唐沁的好友、女作家到北國簽售新書後回國途徑香港，他和采馨本來要約她飲中茶，她的時間太緊，只能約她到島城劍追區一家環境不錯的咖啡館喝咖啡。

她的年齡和采馨相仿，短髮。

很謝謝王銳介紹了我在北國出第一本書。唐沁說。

哈，謝什麼。現在一發不可收拾了吧？

哈哈，可以這麼說。到處都在約我的書稿。有一家還配合發佈會和簽名售書，連三天的住宿和飛機票都包了。

太棒了，王銳說，妳紅透半邊天，男作家就沒那麼福氣。

我最欣賞你王銳的名句——不寫最累！唐沁說，真是不說則已，一鳴就驚人啊！怎樣，還是一字一字爬格子嗎？

王銳說，是呀。

真可惜。你高產，如果用電腦寫作，那就更快，如虎添翼啊。

我就不相信，連構思什麼的，會比手寫快。王銳不服，於是，兩人就用電腦寫作快還是用手爬格子快辯論了一番。

采馨笑道，王銳對電腦寫作還是很抗拒，畢竟如果從上世紀七十年代算起，業餘寫作快要四十年了，一直覺得沒有什麼不妥。

唐沁告訴她電腦打字寫作的種種好處，尤其是修改，不留一點痕跡，乾乾淨淨的，不像手跡稿的修改，改得將原稿紙變成一張大花臉，連編輯看了都會頭痛，一旦看不明白，延遲發表的機會。

王銳細心求教，再問其詳，唐沁細說打字修改的程序和好處，然後開玩笑地說，在我居住的城市裡，我是第一個用電腦寫作，八十年代我就開始了，比你早了三十年。看來你的創作也該到進行一場革命的時候了。

王銳說，原先我真的很抗拒，主要用手寫已經習慣了，聽你說電腦打字好處那麼多，我會試試。只要下決心，我想會成功的吧。

我等待你的好消息。唐沁笑道。

……唐沁的鞭策無疑對王銳的觸動相當大。他重新將漢語拼音努力學習了一遍，有些無法辨清的雙韻母，求教了一對學語言的兒子，電腦上的問題兒女誰有空就問誰，然後，試試打第一篇稿。當然，他得先進行打字的基本訓練，而非馬上投入創作。他選了一篇舊的八百字手跡稿，放在一側，然後一個字一個字地打，計算時間，大概在一個半小時左右，終於完成了。他於是想，第一篇稿慢了，但總算不錯，第二、第三篇稿就有可能追上以前一個小時八百到一千字的速度，能夠如此，或再慢一些都不要緊，畢竟創作不像工廠的流水作業，不需要太快，最重要的還是精而好呀！創作用手寫，需要邊用筆寫邊構思，電腦需要邊敲鍵邊思考，道理其實是一樣的，如果速度不相上下，已經算庶幾成功。

這真的是一場大革命，確實是改變了王銳的創作狀況。

是的，什麼好的、正確的、有意義的，都應該堅持。人棄我時勿自棄、未經嘗試勿輕易言棄。出版、事業無不如此，創作也是如此，遇到困難勿輕易放棄，這在古人那裡，已經有很好的經驗總結了，如「山窮水盡疑無路，柳暗花明又一村」，世間的事正是如此。王銳想，學電腦打字、對創作進行一次革命，也是如此。想想，從電腦打字那裡得益不少，如，在不到十年的光陰裡，他出版的書，已經有十幾本是根據自己打字的稿件進行編排了。電子稿好處多，參賽、投稿都要求電子稿，修改起來也方便很多。

采馨也是，從銀行好朋友那裡學理財、學投資，學在電腦上操作財務，從出版行家那裡學出版、推銷，從二十年前的生手、新手漸漸磨礪成頗受行家尊敬的獨當一面的出版公司董事長、督印人。

王銳想，追求一個人也是如此吧。

週末的午後，王銳在書房打那篇兩千來字的小小說《小站》時，常常在眼前忽然飄灑下漫天的飛雪，時光忽然像錄像帶倒帶，一個畫面接著一個畫面在眼前展現。那時，他會走出書房，中斷敲鍵，坐在客廳沙發上，突然問在沙發上整理公司賬目的采馨，或者，采馨心血來潮的時候，會突然反問他：

你知道我為什麼最後答應你嗎？

不知道。

你死纏爛打呀。

哈哈，我哪有？就是情書寫了整整三年。

就是指這個。那時那麼多人追，我都沒答應。

我都沒有那位最帥的帥。

但他們沒堅持到底，就放棄了，你不同，堅持到最後。

哦，就像排隊是不是，哪怕不知道電影票還有沒有，哪怕排隊的隊伍多長，到達售票窗口的時間多久，一直堅持排著，排到最後，甚至是最後一個人，是吧！

對呀，這就是一種買電影票的精神。許多人談戀愛缺乏這種精神，當然失敗了，而你，韌性很足，最後打動了我。采馨很認真地說，並看了王銳一眼。

王銳被讚得那樣美，頭一時大起來，接著哈哈笑了，行！比喻得那樣生動，我就寫一篇小小說《299封情書》吧？

坐在沙發上看節目的采馨，突然問，你把那篇《小站》打完了嗎？

現在我繼續。王銳起身，走進書房，繼續《小站》的電腦創作。

好幾個六十年代末、七十年代初他熱烈追求采馨的冬天裡的片段，如夢似幻，在他腦際一直揮之不去：

天氣非常冷。正是北國十年動亂的歲月。我經歷三年春秋的情書攻勢，依然沒有得到表妹的清晰答覆，攻不下她感情的堡壘，我決計告別溫暖如春的南方，乘著北上的火車，去探望中原小城裡的她。探一究竟，我有什麼不好，令她無法很快決定。冬天在中原的一些省城，因為地理區域關係，也因為落後，多數大學的宿舍沒有暖氣，冷得夠嗆。牽掛著在亞熱帶生活了十七個年頭的表妹，到了大陸竟能夠捱得住那麼寒冷的冬季。

到了小城火車站，正是傍晚時分。我本不抱表妹來車站接我的希望，她是那樣對我若即若離，只明白我對她是一心一意、充滿哥哥般的親情關懷與男女之間的情愛，她也許對我只是感恩吧？我沒想到她竟準時地按照我在信中寫的時間來到車站接我。遠遠就看到她打著兩條大辮子，頭額垂下些許劉海；一條寬大的黑色圍巾在她脖子上圍了好幾圈，輕輕地遮住了她的口部，還穿著一件藍色大棉衣。這是那時節最流行的女孩老土服裝；儘管如此，依然掩不住表妹的豐滿和可愛。我好想一見面就緊緊摟住她親吻，可是我不敢，她還沒答應我。不過是十八九歲，就強迫她表態，我是不是太急了一些呢？能夠來接我實在已叫我喜出望外。

在此北國小城與我追求著的表妹，度過了十幾天。我們喜歡白色的樹林。大學範圍很大，走出宿舍遠一點，就是學校教職員工足跡罕至的樹林。人說冬天只到融雪的時候才非常寒冷，真的，下雪的當兒一點兒也不冷。我牽著表妹的手來到樹林裡，茫茫雪地，樹樹都是白皚皚的。儘管在冬天，可是我心中燃燒著熱戀的火焰，渾身熱乎乎的。望著我喜歡的表妹，以及兩年來我對她徹骨的思念，我終於明白，為什麼愛情，始終成為古今中外文學偉大的永恆主題了，也是作家們寫不厭的題材。我三年來寫下的三頓情書，至今居然還攻不下表妹這溫柔的堡壘，可見愛情有多麼複雜多麼艱難。溫柔如水的表妹，我明白此時此刻有來自好幾方面射來的火力攻勢必須面對，她要謹慎地選擇啊。我也清楚表妹不願太傷我的心，所以始終態度曖昧、不可置否，只是仍然從內心感激我在嚴冬季節裡萬里奔波來看望她。當我抑制不住深愛她的情感、在樹後乘無人看到時，摟住她、熱烈地吻她時，她也沒太抗拒；但事後我看到她臉上有兩行熱淚從眼眶下來，我很懊惱，責怪自己太心急太魯莽，也很心傷，知道她只是同情我和可憐我。

十幾天的日子好像只是一瞬間。

…… ……

傍晚，大雪紛飛，風又刮得緊了。氣溫據報告驟降到零下九度。我很擔心表妹弄不到票，更害怕她因怕冷而取消她應允的與我同行。午夜十一時我的心情開始緊張，冒著大雪和嚴寒躲進站台上一間廢棄的小電話亭裡。透過四方玻璃窗，可以清楚地看到表妹從火車下來的身影。小亭儘管可以擋風，來自四面八方的冷空氣卻長了眼睛般，無孔不入，冷得我渾身發抖。我一直站了五六個鐘頭，雙腿麻木，彷彿已沒感覺。午夜十二點的車到了，從十幾列車廂下來的乘客稀稀落落，不見表妹。我當然不死心，又等下去。中午還有一趟車。表妹一定是弄不到第一班的，而乘上第二班的了。上午九時許，我又冷又困，靠在亭子壁，站著睡了一會。醒來，發現已是中午十一點，雙腿一時也好像注入新鮮血液似的，活力十足起來。十二時，表妹乘的火車就要到了（如果她搭上的話）。而十二時左右，來往邦鎮的、中轉的火車偏偏又特別多。我開始從破亭子走出來，目不轉睛地留意每一趟停下的火車，不放過在站台上任何一個人影。

表妹從車上走下來，東張西望。我欣喜若狂，大叫表妹的名字，沖了上去，我一手拎著行李，一手牽著她，就迅速上了火車。我們找回了表妹原來的位置。同一硬席車廂對面坐著一位三十開外的婦女，友善好奇地望著我們，我們也跟她打打招呼。天氣太冷了，表妹雙手冷凍如冰，我用暖熱的兩隻大手握住傳熱。也許一夜沒睡，我竟在不知不覺中，坐著，睡了下去。天色漸漸暗了，半夜，我發覺表妹的頭部靠在我肩上，整個身體也偎依在我身上。表妹，終於，願意使用我借出的肩膀和胸膛了。午夜，我癡癡望著她被凍紅的臉兒。那麼惹人憐愛，我就將唇而輕輕地觸在她的酒窩上，幻想著那兒也許可以飲吸出幾滴甜酒來。我就不信她沒察覺。我悄聲問，你是否答應我了，她點點頭；我問，為什麼呢？她說，昨天你說的話……睡夢中的她，她蚊子般細聲地回答，一字一頓，毫不含糊，肯定那決不是夢囈。我那麼細聲說話，她都能聽到，否則，如何能回答？突然，她睜開眼睛，說，你昨夜等我，站了十幾小時，輪到你睡，我來看行李……

小站的故事沒什麼曲折情節，如此而已；只是那小站、破亭、等待、冬夜、暖手……清晰的場景一直在記憶的深處泛出浮現。

十年動亂與表妹結下的情緣，並不短暫，一直延續了一生一世。她為我生養了一雙兒女，辛苦地撐起一個家，我無以為報；日子漸漸流逝，我經常寫些諸如此類的文字，作為禮物送給她。疑幻疑真，也不考究了。（以上節選）

還有一篇《雪夜翻墻說愛妳》，也在隔了一年後寫好，成為《小站》的姐妹篇，翻墻成為王銳熱追采馨的經典動作，這個片段也在他生命中不可磨滅了——

此時，天氣太冷，大地已經睡了。唯有下不完的雪仍一個勁兒努力地飄呀飄。漫天飛舞得好歡，卻是靜悄悄的沒有一絲聲響。縮著脖子、把頭放在棉毛領圍著的最暖的位置、騎著單車在大學校園轉圈，朝著大學門口騎去。叫我最驚異的是那麼大的一個校園，竟然不見一個人影。我忘記了這是甚麼時刻，已是午夜十二點呀。如果以九時就睡覺的職工來算，他們進入夢鄉的時候，我卻是處在和表妹說耳邊話的情緒最興奮的黃金時刻。和愛的人相聚，時間流逝得特別快，竟然是那樣渾然不覺！但我沒想到倒黴的事很快就橫在面前，彷彿對我進行了一次惡作劇。當我自行車騎到大門口，緊急剎車，跳下車來，想開開門時，赫然見到大鐵門緊閉，一個大鎖頭勾住了凸出鐵片的兩個窟窿。我把腳踏車放在一邊，使勁地將鎖頭搖了搖，鐵門紋絲不動。我看看左邊的小亭，看門的大伯是否在崗位，但那裡黑不隆冬的，沒人。哇，居然沒人守夜！此時此刻，我好想哭，有一種叫天天不應，叫地地不靈的感覺，心想，我總不能留在這兒吧！望一望校園大鐵門兩邊的水泥牆，不算太高，但好厚，我靈機一動，試試用力往上一跳，然後按住牆的上面，非常順利！這個動作說明我能夠從牆的此處翻牆跳到牆的那處。令人興奮的是，牆好厚，假如將自行車平放在牆上，完全可以得到平衡而不致掉下。問題是我要和自行車平安地翻過牆，其步驟很重要。首先是將自行車平放在牆上，然後人翻過牆，在牆的外面將自行車取下來。看來唯有這樣一個方法了。但我又一時猶豫起來了，生怕突然從哪裡冒出學校的看門員，將我當著小偷捉住，那就很慘了。但整個校園死寂一片，不會有誰無聊到從暖暖的被窩跑出來多管閒事吧。我一時勇氣猛增，不再想太多。決心連車帶人「跳牆」。我先將車子像舉重運動員舉重那樣，平舉過頭，一邊上了牆，然後慢慢推過去，一直到中央平穩為止。然後兩手抓住牆邊，使勁，往上用力跳躍，哈哈，真的成功，一腳跨過，屁股坐在牆上，然後再將另外一隻腳也跨過去，輕輕地跳下去，再把腳車抓下來。哈哈！原來那麼容易！當時大約二十五六歲的我，正當年輕力壯，牆又不怎麼高，可說輕而易舉。我大大松了一口氣，騎著自行車往中學方向開去。雪停了，但午夜的城市多麼安靜，馬路上一片濕漉漉的。

我幾乎每個雪夜都去大學看表妹。每一次也都到了夜深才回家。我把翻牆的故事講給表妹聽，她嚇了一跳。那以後，她都勸我早些回去。但狂熱的戀愛季節，人人都像患了一種熱昏病似的，我那裡肯聽話。為了愛情的緣故，我們可以上刀山下火海，雪夜裡的一堵牆又算得了甚麼啊。愛，令我雪夜翻牆的技巧異常熟練。……（以上節選）

第二十三章 走上紅地氈

歷經磨煉，王鋭和采馨最重要的產品——一對兒女王惟和王穎都將在2011年和2013年，先後走上紅地氈，成為真正的男子和女子，終於了了他們最大的心事，完成他們作為父母的責任。但王鋭和采馨想也沒想到，他們自己也走上紅地氈。不過，並非男女牽手走上情意濃濃、花卉夾道那種紅地氈，而是王鋭獲得一個小小說終身成就獎，邀請他和另一半采馨北上，出席一個規模盛大的頒獎典禮。可他們感到好奇，開會開就是了，什麼頒獎典禮啊、研討會啦、交流會啦……怎麼還有紅地氈走呢？一直到北方，一切才恍然大悟——原來是一種儀式，不乏精彩。

也許永遠很難忘記那一次的盛況了。最初是島城一位經常上網的朋友告訴他們，在網上，有作家寫了報導，還發了精彩照片。

喂，采馨，告訴王鋭吧！你們沒看到啊？你們到鄭城開會、獲獎的消息，網上有人寫報導和發照片了。某日有人打電話給采馨。

采馨一聽聲音，是一港華網最熱心的小黎。

什麼照片呀？采馨問。

你們倆牽手走上紅地氈的照片，神采奕奕，魅力十足。文章形容你們是文壇明星，光彩照人啊。小黎也以一種非常興奮開懷的欣賞口氣道。

可以發來看看嗎?

好的。我也發到港華網吧。

好的，不過，王銳說會不會太誇張？

啊呀，又不是你們自己轉的，有什麼關係！好事應該廣為人知嘛。現在自吹自擂、唯恐天下人不知、不知自知之明的人何其多也，哪裡輪到你們呢？

……放下了電話，很快小黎就將那圖文從電郵轉過來了。

王銳看那署名，記起了那熱心的作家，首次在鄭城相遇和認識，就那樣熱情地描述和提及他們，用他那支生花妙筆將報導寫得那樣生動，還把他們寫得那樣好那樣美，不禁感激欽佩起他來，原來報導也不必寫得那樣四平八穩，可以活潑動態一點。

他對采馨說，這走上紅地氈的照片實在非常珍貴，要是他不拍攝，我們就沒留下珍貴的一瞬間了。

采馨點點頭道，說得對！拍攝得也不錯啊。

晚上，一起躺在睡床上的時候，王銳和采馨不約而同地回想起不久前飛北方鄭城領取小小說創作終身成就獎的熱鬧隆重情景。

王銳想的是，當時同時獲頒的有日本、新加坡、內地以及島城的他，共五位。海內外富有影響力的紙質報紙、著名網絡共有十幾家報道了這次文學頒獎禮的盛況。王銳沒有想到自己幾十年像老黃牛般地爬格子，居然有一天，也會獲得這樣大的榮譽。在他想來，寫作，就跟任何技藝一樣，都需要「興趣、認真、堅持」六個大字作為不二法寶去支撐，得不得獎不是追求的目標。最重要的是將文章寫好，寫得較好、最好，盡自己的努力，寫出自己最好的水平，得不得獎是另外一件事。那都是意外的收穫和驚喜了呀。

最令他沒想到是鄭城給他的這份榮譽，媒體廣為宣傳，海內外不少文友都知道，紛紛來祝賀他。不久前，大學母校駐島城辦事處還代表母校獎勵了他一筆獎金六千大元，這令他驚喜萬分。母校在島城的校友會還為他舉辦了一個慶祝會，會上請他講話，講一講他的獲獎心得和感言。

采馨躺在床上，也浮想聯翩，想到王銳這個身邊人，從腳踏上島城的土地那天起，業餘時間內，只要得空，就爭分奪妙地寫寫寫，寫到天昏地暗，寫出一片光明天地，不覺差一年就四十幾年，仿佛一晃而過。文章結集成書的，已經超百種了，疊起來就和他肩膀齊高。也許，再過若干年，就真的如成語形容的那樣「著作等身」了。想到此，她呵呵、呵呵笑起來。

王銳以為她睡了，側過臉看她，說，還沒睡呀？

想到你出那麼多書，也許島城你出書出得最多？采馨問。

不好那麼說，有人出了兩三百種哩。'

那是言情、流行一類的流行小說，當然不算。我是說純文學的。

我沒調查，不敢說；何況，書出得多說明不了什麼，有人還當你的東西全是垃圾呢。出書不能以數量取勝的，主要還是看質量。像年申易。

年申易怎樣？

年先生出的書，我們公司的，只是十幾種，連海內外各種版本加起來，了不起也就是那麼三四十種而已。他嚴格要求自己，值得學習。

對了，島城的當局頒發給他銅紫荊星章後，年底公眾大學又會頒新的獎項給他，邀請我們參加。

有空我們就去，替他們拍一些照。

好的！我會打電話給申太。

今年好事多，上次在島城舉辦了你的文學展後，我們又去鄭城出席了你獲頒小小說創作終身成就獎的活動，走上了紅地氈！

啊哈，這應驗了許多人說的，作惡，不是不報，時候未到，時候一到，什麼都報!好事亦然，不是不來，好事一來就是擋也擋不住地滾滾來！

采馨大笑道，有道理！

惟兒的婚事，訂在幾號？王銳問。

你老忘記呀？十月二十九號呀。采馨說。

我事情多，哪裡記得住？

我比你事情多，我就不會忘記！采馨駁他。

妳是女強人，不同，肯定比我強。王銳帶開玩笑地說。

兩人沉默了好一會，采馨忽然說，穎兒的意思，再過兩年才辦她的喜事，不要那麼快，而且酒席不要擺得那麼多。

哈哈，王銳說，現在年輕人都不喜歡擺酒，說那是父母的意思，好不容易上次我們兩代交換了意見，取得了共識。孩子們終於也明白，婚宴其實也只是一種儀式而已，所謂儀式感呀，不是我們保守，一定要拘泥於形式，不是嗎？

采馨說，就是，其實很好，結婚是每個人一生的大事，讓親戚朋友一起來見證是很有意義的一件事。

王銳說，是呀。要父母低調，沒問題。大家商量妥當，婚宴程序他們決定，我們雙方家長則負責擬定大部分邀請來參加的客人的名單。

對對。這樣好，這樣好！穎兒和她男友說，他們不要大規模搞，只搞小小規模，最多十五席而已。我看沒問題。

是的，王銳說，我們要請的客人、好朋友就列個名單。

孩子成家了，我們肩上的責任也完成一大半了，采馨歎了一口氣，又想起了什麼，對了，也盡我們的綿力，助他們有個愛的小窩。現在樓價貴得可怕，一般年輕人想努力做半世房屋奴，薪水都無法跟得上呀。

就是，孩子們學歷都夠了，工作也不錯，何況那些沒讀大學的人？

兩人就這樣，說著、說著，不覺睡了過去。

兩人的夢裡，都夢到相似的情景，也許，人生就是這樣，一步一步走過來，一代又一代，衍衍不息；似乎所有的夢都被後來的現實所證實。

＊ ＊ ＊ ＊ ＊＊

踏上酒樓婚宴的紅地氈，不斷偷偷地望著身旁的新娘子，王惟心情激動，兩旁如天女散花的彩色花瓣如漫天的雪花飄落，周圍都是黑壓壓的人頭，經過之處，宴席的賓客都站起來，鼓掌、照相。他和新娘子緊張中已經無法向親友們的祝賀一一揮手致意了。他的眼睛裡只有前面的舞台，那裡燈光燦爛，花團錦簇，主持在講著一些祝福的話語，聲調提得老高，都不知道在講些什麼。眼前似乎只有長長的紅地氈，那一頭的盡頭似乎很遠很遠，遠得看不到，一直延續到天際。人的一生擔子不輕，關卡要一關一關地過，溝渠要一個一個地跨。他想到自己的戀愛之路就不平凡，要不是父母，哪有他的今天？尤其是母親的支持和鼓勵，令他一直很感激；他無論做錯什麼，父母都包容，尤其是母親，從來沒有責備過他，每一次都讓他渡過難關。她的胸膛，像溫暖的港灣，讓他悲傷、哭泣時憑靠。在最失落的日子裡，爸媽到學校聽他的公開課，支持他；

最好笑的是，也許真的和他的惠很有緣？有一次，爸媽也聽了惠老師的公開課，老爸說，惟兒若和像惠老師這樣的女教師談戀愛，那就好了！老媽說，對對，惠老師不錯、不錯！事後，爸媽問他對惠的印象怎樣？當時剛剛失戀了一段時間的他，只是笑笑，沒回答。

也許男女的緣分就是那麼奇怪，王惟想，他和前女友走了那麼久，最後的結果還是分手，這可以牽手走到天老地荒的惠沒認識幾年，就好快正正式式並肩走上紅地氈了。今晚，他按照預定的程序走上舞台，按照傳統的儀式完成了一對新人所需要做的……最令他自己也感到意外的是，原先，他是很反對這一類傳統的婚宴和儀式的，但自己最後的盡責表現，可能誰都意想不到。當賓客在婚宴吃得酒酣耳熱之際，誰曾料到全場的燈光突然暗淡了下來，司儀在舞台上一角，大聲而激動地叫大家安靜下來，新人會給大家一個驚喜，五百來人的宴會廳剎那間變得非常安靜。不久，大家就看到一位渾身上下穿著雪白西裝西褲的年輕人，正手彈著吉他，從大堂門口慢慢從中間的通道走向舞台，那不是王惟又是誰？這時候，他隨著一團移動白光的照射開始表演。但見他年輕瀟灑，動作優美，額上滲出了些許汗珠，邊彈邊唱，所到之處，賓客紛紛從座位霍地站起來，鼓掌，招呼，撒花瓣……舞台掛上的幕布，還打出了歌詞，原來是新郎向新娘表白的內容，不知誰撰寫的，倒也很合時宜，營造了一種溫馨浪漫的氣氛；王銳和采馨看著看著，激動得眼眶濕濕，采馨還拼命抹淚。他倆內心都在默默祝福惟兒和惠的婚姻美滿、恩愛和幸福。接著，王穎和男友阿偉也各捧著一個吉他上台了，他們在舞台上為哥哥嫂嫂彈奏一曲愛的祝福，將婚禮推上另一個高潮。

也許經歷了兒女成家的一課，王銳破天荒地寫了兩篇有關兒子結婚的散文《一個婚禮兩場儀式》和《辦一場有創意的婚禮》，字數加起來近乎一萬字哩。

采馨王銳為這場五百人左右出席的婚宴，費盡心力。弟妹都從南洋來了，好友、文人濟濟一堂。王銳數了一下，他們來自海內外共十三個城市，實在給了很大的面子啊。

＊ ＊ ＊ ＊ ＊ ＊

過了兩年，王穎和阿偉的愛果，也結在深秋。

不過，規模小很多，源於穎兒的要求。

爸、媽，哥哥的婚禮搞得那麼大，大家都很累；我和阿偉商量了，我們不想搞得太大。雙方的貴賓主要是親戚、你們認為應該邀請的重要客人，那就差不多可以了。你們認為怎麼樣呢？

采馨說，好啊，一切尊重你們的意見。

王銳說，在哪裡舉行、一切有關的程序，你們選擇和決定可以了，只要留給我們幾席，用來爸媽請重要、主要的親友就可以了。

一個星期日的午後，約莫五點鐘光景，王穎從外面回來，坐在沙發上，就談到了九月的婚事，阿偉也陪著她進來。

采馨問，妳剛剛去試婚紗了？

穎兒點點頭道，嗯，同學開的婚紗店，一切都很優惠呢。

采馨問，婚紗試穿了，滿意嗎？

阿偉說，剛才拍攝了幾張，可以給爸媽看。

穎兒點點頭，可以，你們看，好看嗎？她掏出手機，遞過給媽媽看。采馨挨近來看，看了幾款，讚賞道，這幾款妳穿上去都很好看。人好看，穿什麼都不錯。不過，這一襲最合襯。

穎兒道，我和阿偉也喜歡這一襲，我們決定租用這件。

坐得比較遠的王銳這時有點急，站起，速速走過來，也挨近了，一看，哇哇大叫，哇，穎兒，好美啊！

又說，老爸和妳媽都那麼普通，奇怪的是，都出產那麼優質的產品！

大家一時都被王銳的話惹得哈哈大笑起來。

我們選了一家不大的酒店，好的是就在維港邊，三樓露台很大，對過就是大海，拍攝起結婚照會很漂亮，穎兒說。

采馨王銳異口同聲地說，好啊，我們不會有意見的。你們說十五圍就十五圍，沒問題。我們請的客人的名單是可以按照實際情況增刪的。

采馨說，不過，小時候用心給你治病那位邵醫生,我們一定會請。

好的，好的，我還記得他。

王銳說，邵醫生是妳的恩人啊。

我知道，從小你們就給我講過很多次他治好我的病的故事，王穎說。

采馨說,我們要幾圍就可以了,名單很快就可以擬好。

什麼時候，我們去那場地看一下。

好的，穎兒說。

那個場地在島城最受歡迎的著名商場三樓，原來不是酒店，是一家酒樓，雖然規模不很大，顯然比穎兒哥哥惟兒舉行婚宴那家小得多了，但設計優雅舒適，尤其是大面積的露台，下面就是無敵海景，見得到晨曦夕陽、風帆歸晚，風景怡人，如果結婚照在這裡拍攝，不知會有多美呢！

那天是週末下午，穎兒、阿偉和王銳、采馨抽空到婚禮地點視察了一遍，家長都滿意，未來女婿說他父母不需要看，由他做代表就可以了。

酒樓經理很客氣地請他們坐在三樓臨海那個露台上的一張四人咖啡座位上。服務員侍候在側，經理要請大家簡單享用一下他們的下午茶。服務生在小紙上記下各位點的飲品和四人份公司三文治。經理坐在另一側、最靠近的一張椅子上。

看樣子，這個經理很會做生意，那麼會招呼客戶，采馨想，也好，穎兒阿偉的婚禮，正好有些細節想進一步了解，順便問問他們。

一會，下午茶的咖啡、其他飲料和點心都端上來了。

我們這裡環境不錯，露台風景客人們都讚，我帶你們看一下。經理站起來，約了他們，大家往露台邊沿走去，看看海上風景。王銳覺得確實不錯，一望無際的維多利亞海港，在下午陽光的照映下，波光粼粼，一邊泛著銀光，一邊暗暗的。采馨回望露台，約莫可以坐一百來人，正好，下午的賓客請得並不多，都是至愛親朋，坐滿了，看律師主持婚禮儀式，簽名、見證、拍照，太好了。

穎兒滿面喜悅，想象著那一天的情景。

＊　＊　＊　＊　＊　＊

沒想到，果然，那天穎兒和阿偉的婚禮，下午的儀式和當晚的婚宴，兩場的氣氛都很不錯。固然，看到兒女一個一個接著成家，意味著自己的老去，但王銳和采馨沉浸在兒女快樂的海洋中，沒有那種滄桑的感覺，倒是有一種不捨。

下午，王銳的兄姐們都來了，他們都坐在露台上的一排排椅子上，等待觀禮。

兩年前，惟兒婚禮那晚，陪同女兒惠走上舞台前交給新郎官王惟的是惠的父親，王銳這一天下午，也許興奮過頭，加上兒子和女兒的婚禮有許多不同，一時忘記下午女兒出嫁的程序是怎樣的？年輕人大忙，也沒有預先通知他；因此，當被通知一會要挽著穎兒的手臂彎，從酒樓內大堂走到露台證婚處時，感到有點突然。當然，這個下午，嫁女兒也是父母的大事，他們夫婦倆穿得體面，是沒得說的。

時間到，采馨穎兒來通知他這個老爸了，一會你就從這個門口挽著穎兒的手，陪她走出去，阿偉會站在律師證婚的那個長檯前等著接穎兒。

好的，好的，王銳回答。時間到，小穎非常激動地挽著她老爸的臂彎，王銳也非常激動，感覺似乎一切都沒有綵排就那麼快到來了，心情在一剎那間驟然緊張起來了。當他和女兒步出大堂通往露台的門時，采馨、王惟和露台上許多來賓親友，都紛紛站起來，端起手機拍照，拍下最難忘、最珍貴的人生一瞬間。最遺憾的是，竟在將女兒交到阿偉手中的那一刻，忘記了和小穎來一次儀式上的擁抱。這讓王銳回想起來很感歉意和內疚，日子過去了很久，有日還“補”抱了女兒一下，搞到小穎感到突然，老爸解釋，她才恍然大悟，九月二十一日當日，大家心情都緊張，竟然都忘記了。

這一天下午五時，就在這家酒樓的露台舉行了律師主持簽署、親友見證儀式；晚上八時，在酒樓放映了新娘新郎的成長片段，舉行了新人酬謝、婚宴及有關的一系列儀式。

最難忘的貴賓，除了島城文壇最資深的老作家年申易、卓菲敏夫婦外，還有邵醫生夫婦。小穎自然記得父母給她講過的當年細心給她治過病的邵醫生的感人故事，熱情地握手感謝。王銳說，邵醫生是妳的恩人，他不好意思地笑笑。令他最感慨的是，當年只有半歲的小穎穎，好似轉眼間已經成長為亭亭玉立的新娘了。

王銳和采馨的一雙兒女都成家了，感觸萬千，內向而情感豐富的王銳，很快寫成了三千餘字的散文《牽著妳的手：交給他》，以兩人的署名，在海外的報紙發表，描述了當日的心情，主要還是回顧了王穎的成長—

婚禮音樂響起了，小穎，妳今天終於披上婚紗：雪白色的拖地婚紗穿在妳高佻的身裁，美麗不可方物，妳好像一隻白天鵝，高貴大方，儀態舉止文雅，許多人都說很像妳媽媽。二零一三年九月二十一日下午五時正，爸爸牽著妳的手，正式將妳交給他——阿偉，妳從明天起，就從少女轉身變成少婦了。

一切都沒有綵排，全場觀禮的親友都起立、鼓掌，爸爸心情激動，將妳的手交給偉，媽媽從第一排走過來。動情地擁抱了妳也親吻了妳，我們輪流說話，說的都是同一個意思，阿偉，今天就把王穎交給你，你要好好待她……我看到此刻母女已經哭成淚人兒。

在律師和眾親友見證下，禮成。

結婚進行曲仍在奏著，為今晚漂亮的新娘子——妳祝福。我們的女兒小穎，今晚高佻美麗，換上橙、紅、淺藍等多襲婚紗，人人驚艷，全場的目光焦點都投向妳！紛紛與妳拍照留念。妳訴說對爸爸、媽媽、哥哥、嫂嫂、同學、同事等對妳一路成長的感恩，我們都眼眶潮濕，淚水難忍。

嬰兒、小女孩、童年、少女、中學生、大學女生、寫字樓白領……啊！妳的每一個成長階段，多麼令人難忘！妳從小就那麼靜乖、懂事、聰明、早慧，也是多麼趣緻、可愛、羞澀，多麼令人憐惜和喜歡！(以上節選)

第二十四章 攜手南北遊

又去了。

什麼？

晚上，正在看電視的采馨，忽然聽到王銳無端地說了一句沒頭沒腦的話，又問了一次。王銳知道采馨一向聽力敏銳，只不過剛才她在專心看電視，也就沒在意他在說什麼。電視劇告一段落，播放廣告，王銳就笑嘻嘻地訴說文友傳來的故事。

采馨本以為有什麼人到天國報到了，好奇地望著他。

你說。

儒天和小楓不知一起到什麼地方開會，約定在一個地方見面。哈哈。王銳說。

啊呀，這樣八卦的小道消息也被炒得那麼熱？無聊。

誰炒了？我剛剛無意中看《聞報》，他兩人包了一個五百字的專欄，每人隔天一篇輪流寫。兩個人在專欄裡打情罵俏，有時又像寫情書，不怕肉麻。

采馨搖搖頭歎息，真是！肉麻當有趣。

王銳說，肉麻當浪漫。

采馨說，既然住在不同地方，飛到同一個開會的地方，飛機根本都可以直飛，故意約定提前幾天在中途的城市見面，那是有意幽會。

都有家庭了，公開婚外情！不是嗎？現代男女流行這個。好像沒一點男女風流事就落後。記得嗎，我在職場打工的時候，桌面上擺一張我們的雙人照合影，就被賽飄美嘲笑老土、落伍。王銳邊說，邊搖搖頭，現代社會是人妖顛倒啊，你不知道嗎。

采馨有點憤憤的，又道，奇怪，像這種專欄的調情垃圾文字，他們敢寫出來，報館也照登出來？報紙應該約一些像你這樣正派、有情有意的寫作人寫專欄。

王銳笑笑，說，我算什麼？沒有重要文學報刊雜誌的職務在身，人又低調，身邊只有永遠的美女老婆一名，人家哪裡看上眼？

哈哈，人家以為我是跟得夫人哩。

哪會!在金門，因為你是一個會的會長，我被介紹時都叫我會長的先生哩。

哈哈，我長期被一些人稱呼為王銳夫人，總算報了一點仇。我不好名，但真不喜歡被當沒有姓沒有名的人！

我知道。幸虧我名聲不但不臭，而且在外算是有點好名聲，不然你更抵制我的名字了。王銳半開玩笑。

我也不是這個意思啦。你在諷刺我，我知道。

不是啦，跟你說笑的。

今年的計劃我心中有數，你看……采馨把一份著名旅遊社的旅遊路線單張遞給王銳。

王銳望了她一眼，問，我們也像他們，雙宿雙棲？

我們參加團、集體遊。采馨說。

夫妻同開一間房，半夜捉姦心不驚。

哈哈，哈哈。可憐了他們的另一半，還被蒙在鼓裡。

……

一夜無話。

清晨，王銳對采馨點點頭，說，你的計劃，我都看了。一切就照你的安排辦！

好啊，我們去比較遠的旅行路線，就參加團，可以省下不少自己解決問題的時間，免了住宿、解決三餐的煩惱。

是的。我們比較熟悉的地方，就自己走。王銳附和道。

采馨說，比較遠的地方，都是東西線，比如西歐、東歐等；比較近的就是南北線。

我經常覺得我們的攜手南北遊很有意思，雖然每次時間都不太長，但都有故事，或遭遇一些有趣的事，令人非常難忘。

* * * * * *

此刻，王銳和采馨在徐大哥的陪同下，在鎮江人行道上疾走。

忘不了那個漂亮的交通女警和她靚麗的制服，也忘不了那位駕駛著警車的男名警。。

時值冬季，鎮江市面所見，都是寬厚的大衣，各種款式奪人眼球。大家站在一個十字路口的人行道邊，準備過馬路。突然，采馨看到站在十字路口中央的女交通警察太漂亮了：不但制服好看，連專注指揮的姿勢、動作和表情都是那麼美。王銳看采馨一動不動地站在路邊癡癡地欣賞著這位女警，他從來沒看過她那樣深度欣賞過一位人民勤務員。還聽到她自言自語道，如果能夠跟她合拍一張照就好了，就好了。王銳、徐大哥和采馨一起欣賞了這位女警察上下：她是那樣年輕，頭戴白色的、帽周沿圍綴了深藍色花邊的帽子，帽子的左右兩邊還向上微微翹起，半邊劉海微微地蓋住了頭額的左邊。她穿著深藍色的特製大衣，領子柔柔軟軟的，是黑色的，和深藍大衣非常相配；左肩貼着職務級別，左臂有一個盾牌形狀的非常精緻的標誌用淺藍色和白色組成，除了五角星是紅色的外，其他都是藍白二色，寫著“中華人民共和國特警”。大衣左胸印上“TQ1018”,看來是她的編號了。腰間系着白色褲帶。一條白色細帶斜斜地掛過右肩，但看不清楚究竟僅是裝飾還是吊着什麼東西，因為她的周圍人流洶湧，她正在緊張地又是揮手又是吹笛指揮。她的頸項掛著一隻小笛子，線索是淺藍色的，連接處的小扣是白色的。那笛子垂到了近腰際。她對徐築的發問很細心地回答……我們在一定的距離觀察和欣賞她，一切是那麼協調、悅目、絕配！最初，由徐大哥上前投石問路，道明瑞芬的來意和要求，那女警顧左右而言他，看來是猶豫為難了。過了許久，她看到了站在人行道來去人叢中的采馨臉上掠過一絲失望的表情，似乎牽動了她內心的不安，采馨等人等了很久，等到十字路口人流稍稀，次看到女特警對七八米遠的采馨使了一個顏色，王銳看到，大喜，大叫，她肯了、她肯了！快快快，你到她身邊站好，兩人靠近一點，我為你們倆拍幾張!采馨也大喜，小跑過去，她聽到女警很細聲地對她說，照片你們可以留著，千萬不要發表！采馨忙不迭地答應道，一定！一定!站在人行道上的徐大哥發出會心的微笑，王銳跨前兩三步，用數碼機對準，咔嚓咔嚓就是幾張。啊，大功告成，采馨接連幾次感謝，拍完小跑站在原位，心中的激動無法停歇下來。接下來的一幕，更是鎮江人情的精華呈現。徐大哥要陪他們倆遊覽金山寺，可是截了三四輛計程車就是“路程不合”拒載，一個開車巡視交通的民警正好將警車停泊在路旁，見狀，一不做，二不休，乾脆迅速請他們三人趕緊進車廂，親自開車載他們去……

不久，王銳將感人場面寫成《鎮江的喜劇》；再過很多年，它的修訂版還穫得了南通一家機構頒發的特別獎。真的令人感到意外的驚喜，運來，好事永遠不會過時，奇遇永遠如同醇酒，越久彌新啊。

＊＊＊＊＊＊

此刻，王銳和采馨在蓮的陪同下，從不很高的西安驪山那彎彎曲曲、凹凸不平的小石階慢慢走下來。

忘不了那踏空的一隻腳，忘不了旅途中偶然相遇的助人為樂、猶如親人的蓮，不是親人勝似親人！

采馨是相信王銳的，記得王銳經常對她說，中國大陸，你也許一些地方可以不必去，但幾個歷史古都，都被好幾個重要朝代作為京都的城市，一定要去看看，不枉做中國人一世，比如西安、南京、北京，還有儒家大本營、孔子老家山東曲阜，最好也去看看。

那麼，就先西安吧，從西安，我們再直飛山東。王銳說。

事前，王銳博客上的文友都聯繫好了。采馨將具體事務，包括飛機票也都預定好了。一切都很順利。沒想到人算不如天算，采馨也都沒想到從驪山下山那踏空的一腳，影響太大，將所有計劃改觀。其實，上下都可以用纜車，節省時間，畢竟那下來的山路太陡斜了。幸虧，有的地方去過了；也幸虧，途中遇到最佳旅伴蓮，一路鼓勵，一路相伴，一路扶持，難忘她那不時扶持著采馨慢慢遊覽的熱情親切身影，構成了一幅永遠美好悅目的圖畫，令人百看不厭。難忘這個十朝古都那麼多值得看的東西：哄哄騰騰飛上天的回民街，夢幻帝妃生死戀的大型舞劇《長恨歌》、古樸典雅的碑林以及筆墨飄香的書院門……都那樣特別，都有特色，還有那幽靜的清真寺，鐘鼓樓，半坡聚落、大雁塔，是的，在大雁塔下，看到了極其雄偉巨大的的玄奘雕像，讀著他西行取經的艱苦長途跋涉歷程以及翻譯佛經歲月，無法不驚歎。當然最難忘的是參觀在臨潼的兵馬俑，回來後，又讀了兩三本參考書，才寫成了《秦皇和龐大地下兵團》。對一個炎黃子孫來說，如果到過了萬里長城，不妨再遊覽西安的兵馬俑，才可能對那一頁不可思議的歷史進行一次又一次的深層次思考。

當然，難忘的歷程，無不是是由悠久的歷史、瑰麗的景物和美好的旅伴幾個元素組成。都說天山的雪蓮是大自然罕見的花卉，采馨和王銳與蓮的遇見，就很偶然。那年，紹興的炎夏真熱，熱到了三十九度。遊覽了江南好幾個地方，王銳建議到中國大文豪魯迅的故鄉紹興遊覽。文人如何可以不到這縣城朝拜？

采馨沒有異議。到了江南幾個地方，自然就想到了紹興。王銳崇拜和喜歡魯迅的短篇小說和散文，阿Q、祥林嫂、孔乙己、故鄉、鑄劍等故事新編……真是百讀不厭啊。他在七十年代中期還在一家小出版社做事的時候，就寫過一本《魯迅<故事新編>淺析》，他好想到魯迅的老家看一看那些蓬船、三草書屋、百草園啊……采馨自然也很樂意滿足王銳的心願。

在紹興，他們是在網上預訂好酒店的。在他們看來，酒店其實不需要講究三星級或五星級的，只要清潔乾淨、不太狹小就好。果然，夜幕低垂的時候，他們就抵達了那家連鎖酒店。又何必從島城參加例行團呢？就在酒店的櫃檯邊，他們問了服務員，有沒有當地旅行社派發的當地遊單張，服務員說有呀，他們一看，一大堆，非常滿意。在紹興，他們想看想遊覽的地方不太多，最重要的就是有關魯迅的景點。采馨打電話，一切都很順利。那旅行社的一日遊節目豐富，都是很重要的景點，還安排第二天一早開車來接他們，真是太棒了。

第二天車子很準時來到他們住的酒店接走他們，車子開了一段時間，在大馬路的另一家酒店停住，上來了一對母女，就是蓮和小晨。母親約三十來歲，女兒十歲的樣子。由於不太熟悉，最初雙方不太交談，一直到了參觀遊覽魯鎮，在一個小碼頭準備搭船的時候，他們讓女導遊給他們拍了一張合影才開始熟悉起來。由於天氣太熱，最後一個景點，采馨看來有點中暑的樣子，無法再遊覽了。提早回到了酒店。沒想她們回到古都、王銳采馨回到島城後，按照電郵地址，王銳他們收到了她們寄的明信片，她們也收到了島城寄去的四人合影，友情開始建立起來。什麼叫有心？她們買了一張他們最後沒法去的景點的明信片，還寫上文采十足的幾句話，太感動了他們啊。

當他們說要去西安，蓮就熱情地寄來了非常多的旅遊路線資料，還表示願意到西安飛機場接他們。陪他們遊覽西安。緣分真是好奇怪的東西啊。

采馨那一跌，讓蓮辛苦了。她不想看到采馨白來一趟，她一方面陪同采馨到醫院看腳傷，盡力治療，一方面調整路線，安排幾個最近距離的景點一定要陪去。一路扶持，一路撐傘；帶傷的采馨走得辛苦、在樹蔭下休息的時候，她就陪王銳在附近走走看看。素昧平生，不是親人，勝似親人。最後，王銳和采馨在蓮的協助下，非常滿意地完成了這古都的旅遊。

＊ ＊ ＊ ＊ ＊ ＊

此刻，在膠州文友周老師李老師的陪同下，他們乘坐青島開往棗莊的高鐵，想到孔子的故鄉曲阜一帶參觀遊覽。

高鐵開進棗莊後，迎接他們的許老師的小車剛剛抵達車站外。她驟然緊張起來，展開了百米的小跑，朝著車站出口處猛趕。

許老師終於趕上了！

真正是以文會友的可貴友情啊！從虛擬的網絡上的文字交到現實中看得到、摸得著的會面，靠的是什麼？就是炎黃子孫運用了超千年的方形漢字。從這裡去想象，文字的魅力和威力都是不可思議和令人振奮的。王銳、采馨夫婦和許老師、周老師夫婦三對夫婦連日來遊覽了青檀、台兒莊等幾個地方，周老師回去後，許老師夫婦還陪王銳、采馨驅車遊覽了曲阜、徐州等幾個地方。在孔子的故園曲阜，他們見識了孔廟、孔林、孔墓的驚人規模，從而了解到了儒家和中華文化的淵源流長和博大精深……旅遊結束後，王銳的遊記、散文猶如士兵列隊走進博客，後來又順利地安宿在一本書內。

要寫的文章始終會寫，要實現的目標遲早會實現，要去的地方最後一定會去成。第一次，因為采馨的腳出意外，從西安直飛濟南的計劃被迫取消，這一次，他們繼續不屈不撓，用了先參加旅行團旅遊山東幾個地方、再多逗留多幾日、自行計劃的方式，於是才有了讓許老師銜接的繼續自由行。

類似的還有南京之旅。最初是獲著名企業家、汪會長的邀請，飛往南京出席了他屬下集團的週年慶典，後來還多留了幾日，與章先生、曾總、編輯小李等人小聚，交談甚歡。曾總還陪他們參觀了南京大屠殺紀念館，那些栩栩如生的雕像，令他們的心靈感到極度震撼。

美好的旅遊，真是令人難忘！

美好的旅遊，是王銳、采馨事業拼搏得累了的最好休息方式，最美的欣賞壯麗大自然的盛大節日，最適合的、沒有市塵侵襲和喧囂干擾的美麗假期。

有時候他們萬分驚喜，猶如相遇一位安靜、乾淨的、完全沒有老態的高人，喜歡上了水鄉，比如江南的烏鎮。那種原汁原味，在不少已經被污染的江南水鄉已經消失殆盡，很難尋覓了；王銳回來激情難耐，因為感觸太雜太多太零碎而只好用散文詩形式寫下他喜歡、滿意的一組散文詩小輯，像《小橋·流水·船的歌》和《烏鎮短語》。

如其中一首《光影》：

當白天的所有炎熱暑氣已經隨著黯然下來的天色在流水中消解，華燈開始在水鄉一盞一盞點綴；一閃一閃的流光溢彩，與水氣融匯，繪出銷魂的歷史圖案。遙想六朝金粉的盛況也不過如此，秦淮河的紅顏如今徒留在水下的故紙堆中，訴說著一篇又一篇我們已經聽不到的斷腸故事。

天色將暗未暗的時分，此地最是銷人魂魄。朦朧間有暗香浮動，水袖飄過；時間，彷彿凝結在古今的縫隙間。

有時後他們萬分驚奇，猶如邂逅了詩之島峇厘的另一位混血姐妹，步步新鮮，幕幕異樣，那是到印尼龍目島遊覽的感覺。說到這小島，名氣夠大；他們就是沒到過；說到這小島，也不能不說峇厘，王銳和采馨就是從峇厘島和一行文友飛過去的。到人間最後一塊樂土峇厘前後不下五六次了，他們喜歡這島嶼的寧靜、淳樸和宗教氣息，曾經和采馨的弟妹們一起去，也曾經被朋友邀請去，一切免費；還試過二人行，最後采馨還作為黃家的女大導遊率領子女們前往……不過，大都是沿著一些比較傳統的路線走，同一個景點去過很多次。最難忘的是采馨老同學的邀約，那時他在峇厘最北的金達瑪尼一家酒店任管理經理，可以免費提供酒店。最難忘的是那樣一個赤道線上的島嶼，北部群山連綿，地勢比較高，溫度非常低，令他們想象不到的寒冷。難忘那夜的寒雨、繚繞在半山的白雲，難忘那些紅花綠草、建築得很民族的度假屋、一路的樹林和民居，還有同學捕捉的漁獲、烤熟的魚餐，每天樹下好吃的香噴噴的早餐——那印尼炒飯，還有美麗的民俗村……遊客罕至，他們竟也去了。而龍目島呢？原來是西洋遊客的另一處天堂，遮陽傘、沙灘、烈日、酒吧、茅屋、半裸體、西洋漢胸部黑叢叢的體毛……構成了一幅土氣和洋氣混合的奇異風情和氣味。

有時為了聽取別人的讚美而非去不可，在親眼求證之下，也親自經歷一下那美好的地方風情，像馬來西亞的太平，最北的檳城。大馬，王銳采馨去過很多次了，開會，演講，遊覽……文友很多，感觸很深，那時，印尼華文還解凍，大馬文友不算少。吉隆坡、金寶、怡保……出版前輩年申易先生的《南洋風雨》時，與年太太卓霏敏談天時，她就提及太平，說那裡有個太平湖非常漂亮。年申易夫婦當年在新馬工作、結緣時就去過那裡遊覽。聽到年太太讚不絕口，王銳夫婦倆也就心兒癢癢，決計到大馬遊覽時一路北上，一定要住上一夜了。

記得那一天下午，他們的乘的長途車感覺上開不太久，就抵達了太平。望望天，陰起來了，很快，大雨滂沱，給予他們一個雨中太平的印象。從一家設計奇特的、古色古香的酒店大堂落地玻璃窗望出去，雨下得好大啊！許許多多的大樹在雨中交叉連綿，從酒店那被雨水淋濕的大幅玻璃望出去，猶如一幅墨綠色的朦朧派油畫，一些人影啊汽車啊，都那麼不真實，像是在水中晃動。這幅太平雨景真是特別好看，王銳不斷地從玻璃內拍攝出去，都有不俗的現代派攝影的特別效果。忽然想起了卓霏敏推薦的美麗的太平湖，無論如何是要去的，時間很緊迫，太平只是住一夜，無論下雨或天晴都要去的。他就對采馨說，好不好他問問酒店服務員，太平湖在哪裡？采馨說，好啊！王鋭問了，那酒店服務員指了指落地玻璃窗外，也就是酒店正對面，說，就在對面啊！王鋭吃了一驚，原來，大雨將很多景物朦朧了去。人的心理就是很奇怪，猶如有人說某某女子乃人間絕色，聽者非見見不可，究竟是不是真的？誰料到，美女就在身邊。他就跟采馨說，雨差不多停了，我去看看一下，太平湖是不是很美？他對太平湖印象如此之深，乃因北京也有個太平湖。七十年代，他寫《老舍小識》那本小書的時候，就寫過有關老舍于一九六八年八月二十四日在北京太平湖投湖的文章，紀念這位文學大師。此太平湖不同彼太平湖，彼太平湖聯繫著一段歷史，此太平湖只是和旅遊牽連，相同的是，都和作家有關……采馨看著王鋭撐著一把傘走出酒店，往前方走去。

雨早就停了。哇，王鋭從來沒見過那樣有特色的湖，湖旁有一條環湖路，似乎都被兩邊的樹環繞了。那些樹的樹幹都非常粗大，上方枝葉交叉纏繞。而臨湖的樹木都像是一個個巨人，彎著身體向湖，低垂得像是在親吻湖的面頰；雨後的湖非常安靜，湖畔的綠草坪一片潮濕，連長木椅都濕漉漉的無法坐。王鋭隨便舉起相機拍攝，真的很美。雨中太平湖的美就是在島城、北國都很難見到，那樣綠，那樣靜，王鋭看得癡了，想象著采馨如果穿上紅顏色的衣服以太平湖作為背景來拍攝，一定很美，有那種萬綠叢中一點紅的效果吧。好！明天一早為采馨多拍一點吧！

記得第二天上午，吃過早餐，他們就早早來到太平湖畔，拍糊，拍采馨，拍了不知多少，拍照，成了遊覽太平湖的最佳節目，也成了對太平湖之美最高的讚美。

有時也是為了喜歡一個地方，百去不厭，正如喜歡上一個朋友，經常來往。像到檳城，這個他們來了不止一次的新舊交替的地方。既有很現代的建築物，也有幾百年前遺留下來的舊房子。他們九十年代就在檳城的扯旗山公園拍攝過特技黑白照片《飛天》。他們喜歡檳城的著名小食，如咖喱魚頭、喇沙、炒粿條、蚵仔煎等等。他們喜歡舊城的老街，那麼乾淨，那樣安靜，尤其是那些壁畫，雖然表面上看來一有點煞風景，其實增加了不少觀賞和拍攝價值，將整個城市烘托得很有藝術氣氛。他們最沒想到的是這個以前被殖民的地方，居然還有三路車夫。

好久沒坐過三輪車了。看到三輪車夫在酒店門口等著生意，就令王銳和采馨泛起對在千島之國的悠遠回憶。使得他們驚奇的是三輪車夫竟然大都是華人擔當。在印尼，何嘗見過華人做呢？在一些島嶼，華人也有生活很艱苦、幾代都處在社會低層的，但未必就做這一行。采馨每每見到年紀那麼大了。還在為三餐勞累，心中就泛起了無限同情。南洋，什麼樣的人物都有。這樣的小人物，組成了我們社會的龐大弱勢族群，服務大眾，推動社會前進。沒有他們的話，社會上的各行各業就會停頓，酒店床單髒了沒有人換，垃圾桶滿了沒人倒。你同情他，毫無來由地施捨施他們五元十塊的，很多時候他們會感到驚愕或自尊心受損。最好的辦法就是接受他們的服務，然後除了他們的開價外（不需要再討價還價），再額外多給數額比較大的小費。意思是，我們尊重你的職業，不但光顧了，還給了應有的價值。那一次，采馨依然按照習慣地那麼做了。那個老車夫年紀很大，感激不已。那一次，王銳寫下了《坐在三輪車上慢讀半座老檳城》，傾訴感覺，思緒如意識流一瀉而不可遏止；他還寫過《檳城，在我喜愛城市的排名榜上》，是的，檳城的好處不少，正如金門老家回不厭一樣，很適合退休後居住養老。

有時也只是為了一張請柬，為了一個曾經的許諾。去武漢，去雅加達，去泗水、去中爪哇……都為了親友們家中有喜事，或者兒子娶媳婦，或者女兒出嫁，盛情難卻。飛機飛過去，只為了喝一杯喜酒嗎？當然不是，那酒分量很重，滿載了幾十年的人情、感情和恩情，包含有欣賞、見證和助興等等豐富的意味。他們去過武漢，都是這類喜事。最難忘的是雅加達的德弟。這位德弟年紀小他不少，一份血緣和情緣，非常地愛他，雖然居住在不同城市，每次見面，德弟都將他們親切擁抱。

事前，在雅加達，德弟告訴他們，兒子即將娶媳婦，婚禮儀式會比較隆重，屆時，請他們務必抽空從島城飛到印尼的都城參加兒子的婚禮。作為島城的唯一親人代表，事關重大，采馨王銳一口答應了，再有什麼重要的事也都要做出讓步了。

此刻，婚禮肅穆地進行中。王銳采馨被德弟派人載到家中時，約百來名的賓客正在一個小客廳坐著，聆聽牧師在講道。這是婚禮的前奏。緊接著是隨意的自助餐，各種豐富的美點擺在從門口走進的兩邊，每一檔都有專人為賓客指導和服務。王銳采馨向德弟夫婦握手招呼，還請人為他們拍攝合照。不久，就看到了他們的公子和新人從二樓走下來，最沒想到的是在島城、北國神州已經快絕跡的古時傳統的婚禮儀式，竟然在這個下午於德弟西式皇宮重現。一對新人穿的是我們常在古裝戲裡看到的舊朝代禮服，新郎官穿的是唐袍，新娘子戴鳳冠，那鳳冠綴金飾銀，全是名貴閃亮的珠寶，僅是看看就覺得很有相當的重量。王銳看了非常驚訝，對采馨開玩笑說，看起來很重啊！采馨點點頭，認真回答，是的，不能戴太久，頭會受不了啊。接著，他們看到了島城婚宴上經常看到的婚禮儀式，一對新人為父母敬茶等一系列儀式。

晚上在一家大酒店進行的婚宴才是重頭戲。酒店底層的最大禮堂都被全層包下來了。王銳和采馨從沒看到有哪一位親友的子女的婚禮被辦得那麼隆重。禮堂的佈置比電影裡所見都富麗堂皇，不似皇宮勝似皇宮，比王子公主或藝人的婚事都盛大。問德弟，請了多少人，他說請柬發出的估計有六千人，但到場的會略少，也有五千左右吧！婚宴採取了西式，也即自助餐式。舞台很大。兩邊家族主要成員儀式開始都會上去坐著。大堂上隔不遠都有精緻的美點、各種誘人的色香味俱全的佳餚令人矚目和流涎,最難忘的是新娘走出來時，貴賓們閃開一條路，前頭有約八個十個拉手提琴、長裙曳地的少女做先頭部隊，新娘走在其中，後面又有捧鮮花的花童隨後，陣勢不可謂不大，而新郎早在另一頭迎接了，慢慢走向大舞臺。大家吃得嘴油肚圓，離開會場前，就得上舞台向主人告別。僅是排長龍上舞台與主人家們握手，所需時間就不短於半小時。這個難忘的盛大婚禮儀式，王銳大開眼界，寫成了長文《大婚禮》，以為很難發表，只是貼上博客。沒想到後來有編輯邀稿，先後發表在閩省和桂省兩本著名的雜誌上。請文友翻譯成印尼文，譯本幾年後打印送了德弟一份，太值得紀念了。

南北遊主要是神州北國和南洋亞熱帶來去，東西之旅主要涉及韓日和美歐。難忘的事都不少。西歐、東歐和北歐雖然都去了，基本上都參加旅行團，食住行方便、不用擔憂，卻也少了一份深刻的特殊感悟。采馨的自然純潔善良笑容總是引起團友的好感，也常常惹來外國人的興趣、好奇和注目禮，王銳的《緣結東西洋》就是一篇記敘她和他們合影的趣事；到俄羅斯的時間太短，只是佔據到北歐的一小部分，只有可憐的一兩天，但驚鴻一瞥，已經美不勝收。雖然前身被解體了，但它像一隻百年大蟲，死而不僵，累死的駱駝總還是比馬大。只有親自到那裡走一趟親眼目睹，才會親自感到一個大國是怎樣被污名化的。大國的地鐵、大國的廣場、大國的酒店，大國的超市，都是不同凡響的。王銳大學時代就讀過《復活》《安娜・卡列尼娜》，看過《靜靜的頓河》電影，中學時期讀過普希金，俄國的文學像他們的國土那樣博大精深啊。王銳對采馨說，為了文學的緣故，我還想到俄羅斯一次！采馨支持，好啊！我們再去吧！

人的時間和精力有限，王銳在《駕老牛破車，跋山涉水》一文末尾，寫下他常常和采馨說的，想去的地方——

在江南迷人的水鄉、在昆山別墅花開四季的籬笆小院裡、在大理麗江、在絲綢之路、在新疆葡萄園裡、在北國冰雕的城市、在長滿椰林叢的熱帶海濱、在故園世外桃源般安靜乾淨的清晨田野邊，在人間最後一塊樂土峇厘島上……在那些數不清的群蝶飛舞圖畫裡、我們神往的地方，無數雙舉起的手在揮動，在真誠地歡迎我們了……我們的心，已經忍不住天馬行空地放飛了，飛向所有我們喜歡和熱愛的地方！

第二十五章 激流勇退

2003年的沙士，雖然沒有蔓延到全球，但對島城百業影響巨大。

出版業一時萎靡不振。

對於示益來說，也可以說是一個明顯的分水嶺。

在渾然不覺中，許多情況在慢慢變化中，書展邀請少了，書再版的機會少了。正如島城的二樓書店越搬越高，最後被逼退到頂樓、最後無法不結業、消失一樣，不以人的意志為轉移。

多少年後的一個晚上，王銳和采馨坐在家裡的客廳聊天，終於聊到示益當前所面對的嚴峻局勢。

采馨和王銳看到情況欠佳，商定之後，做出了一系列重大決策。

采馨說，發行商退了一些書，我問為甚麼，說是九十年代，我們出版少兒讀物可算是一枝獨秀，可是最近幾年有一兩個大機構出版了很多彩色圖書，我們不少作者都被挖了去。

沒錯，王銳歎息道，我們九十年代不知發掘了多少兒童文學作家，鼓勵支持他們，出版了他們的第一本書、走紅了後，就被白白拿去。

采馨說，有句話叫重賞之下必有勇夫！他們用高版稅吸引作者，有一家聽說還簽了死約，差不多是誘使作家「賣身」給一家，有的版稅高到百分之十二。

王銳搖搖頭，看錢份上的，不知道道義兩個字怎麼寫呀。

是啊，像你阿銳這樣重情義的，快要絕種了啊。

哈哈。

以前我看某一種書剩下不多，會馬上安排再印，現在要等到一本都沒了、累計較多的集體訂單才小心印刷第二版。

對。倉庫也沒有那麼多地方放置。王銳同意。

他又說，有不認識的人電郵來問，我們是否出書？要將整部書稿電郵過來，我說，你別，別，寄一章就可以了，第一，我沒時間看；第二，當然這裡只是跟妳說 ，我兼兩種身份，很清楚一些作者的心理。整部書稿寄來，不出，他以後萬一出了，會當一種資本，說第一部稿被某出版社退稿，我可不願意當劊子手。現在能公平公正地對待和說話的人很少，不少作者認為自己的作品有多麼的厲害、多麼了不起，不出他的書，差不多相當於扼殺一位天才。記得九十年代一位詩人要求出版他的詩集，說他的讀者有兩萬，人手一冊就可以銷兩萬冊哩。

哈哈哈。采馨大笑，如果真那樣，他發了，我們出版社也發了。

王銳也笑說，最好讓他自己做出版社老闆，自己出，嘗嘗賣個兩萬冊的幸福滋味。

采馨說，九十年代沒多少人出版本地的兒童文學書，現在多了。

他們財大勢雄，圖書全彩色，又精美，我們只好避重就輕了。不然我們很快就倒閉了。

對了，《青果》最後一期、告別號編得怎樣了？

我讓趙小姐編一份《青果》從第一期到第四十三期的總目

錄，她正在抓緊整理中。我那篇交代《青果》始末的長文《期待果樹再開花結果——寫於<青果>終極版》也寫好了。等著你看一下。

采馨沒答，只是問，那最後一期《青果》算是幾月份呢？

期數是43期，出版時間就寫上2008年4月，唉，想想都有些傷感！

我何嘗不是？學校那裡王老師反應最強烈，我打電話解釋了，最後她竟然哭了。

啊，也難怪呀，她學校的學生習作專輯在《青果》刊登了好多次，有了很深的感情。

你的告別詞，要記得感謝南洋資助的企業家和島城好多支持鼓勵我們的老師們。

我都寫好大半了，妳過目一下吧。

采馨將王銳從他公事包裡取出的《青果》告別詞接過來，認真仔細地閱讀下去：

珍惜手中筆，有緣再相會

任何好看的戲都會落幕，香港獨立出版公司出版的文學性雜誌，可以說沒有一本是長存的，告別一本不牟利，而且貼錢的刊物，對於我們來說確實是一個痛苦的決定。畢竟對於這本刊物，我們投入了很多很深的感情，心中少不免有些傷感。可是讀了顧問劉以鬯先生那充滿鼓勵的題辭——「期待果樹再開花結果」，還有一位顧問林蔭的題辭——「向完成了拓墾、植苗後功成身退的文學園丁喝彩、致敬」，我們忽然醒悟，一掃低壓的氣氛了，不是嗎？停辦了一份刊物，我們還可在其他方面努力和盡力。示益還在，而文學仍可藉各種各樣的形式生

存。大家努力地寫，不放棄自己的手中筆，不才是最重要的嗎？

…… ……

怎麼？還沒寫完嗎？采馨讀到此問。

還有一半，還沒寫完。全文不長，因為已經有那篇《期待果樹再開花結果》交代《青果》創刊的前前後後經過了。怎樣，要改嗎?

一個字都不用改，你《期待》那篇我也不需要過目了，反正是你寫的文字，我放心！

是不是好像學校老師形容的那樣，獲益出品，我們放心？

哈哈，差不多吧。

說到此，門鈴響了。

采馨開門看，是王惟回來了。他看了一場電影回來，從冰箱取了一罐冷飲，就坐在沙發，將熒幕的音量調小，聽父母的對話。

我可能辭掉現在的工，老闆實在非常苛刻。

哦，采馨王銳不約而同地，你決定就好。工作講做得愉快，不一定錢多就好。

我知道，王惟說，我做的這個工錢不多，也不愉快。

哈哈，那辭就辭吧。采馨安慰他道。

出版業那麼艱難，你們不可能讓我來繼承。

采馨說，是的，那不是愛你，是害了你呀。

王銳說，我們書展你都看到了，雖然收的都是現金，但一扎一扎收的都是二十元小數額紙鈔，最多的是二十元的。

王惟說，我知道。讀完教育文憑，我也會看看，是否應征在學校做老師。

隨你，只要你喜歡、滿意，我們都會支持的。

…… ……

不久，趙小姐、陳弓也陸續告別示益，不過，示益只是稍微短暫的沉寂一時，沒有拉上鐵閘自此執笠，反而以更大的韌勁和毅力，走向三十年，許多人都大跌了眼睛哩。

＊ ＊ ＊ ＊ ＊ ＊

酒店裡。

劉小楓與俞儒天通電話後，半躺在床上。回味著對方的那種曖昧和情色態度。想象著他的作品在評論界被力捧的狂熱溫度，大概沒人會想到，現實中的此君如此腐敗不堪。如果她不是為了多發幾篇稿，不是被他偶然索取而自己竟然也一時心血來潮、讓他得其所哉，反正一次腥、兩次也腥，斷不會讓他有那麼多機會可乘，雙雙跌入欲海深淵；論作品，他不怎麼樣；論長相，不是一般的醜，有人還說有點猥瑣；論人品，那就更加不必說了。

知道自己飛過來，遲了一天告訴他，就不太高興，真是小氣鬼！

喂。來不來？我明天中午就回去了。

怎麼這樣快？剛到呀？

我昨天就到了。

現在才通知我？妳昨天不會跟誰約會吧？

啊呀。真冤枉。我都差不多成了你的禁臠了，還這麼說我。

你直接上來，我在1314房。

我都還沒洗澡。

在酒店沖吧。底褲我這兒有，那個……我都給你準備了。

好。

那大約幾點到？

現在快九點了，我搭的士過去，差不多九點半吧。

我等你，我洗過了。你晚上要趕回？

明天週末不必上班，我可以到明天上午才和妳一起走。

家裡的怎麼辦？

她和幾位女友到長洲玩，過夜，要明天下午才回島城。

儒天很準時在九點二十五分就按了1314房的門鈴。悉悉索索解開鎖鏈的聲響，門縫開處,露出小楓包在一頭褐黑色長髮間的一張臉。儒天看到她穿了那薄如蟬翼的粉紅色長裙睡衣。綺念頓生，像第一次抱起她甩在大床上一樣，翹起尖尖的嘴唇，在她兩頰上一輪狂啄。小楓的臉被他有點粗魯的動作和不潔的嘴弄得幾乎・全是臭沫，也幾乎窒息，拼命叫，你急什麼，你急什麼？

嘿嘿。

和老婆吵架啦？

半年冷戰，不讓我碰，六個月都不知道什麼是女人味了。我苦呀。

一會大把時間，到天亮都行，小楓心情不錯地說，你真像小孩子！

沒有任何遮掩的人類有時很美，有時真醜惡。

儒天在小楓單人住的房間猶如在自己的家般隨便，進浴室沖涼是前序。

幸虧酒店房間是密室，不是間諜偵查的重地，因此沒有閉路電視，無以照出任何赤裸的妖型；只有彼此的手機，此刻一左一右擺在床側的小枱，也都暫時熄了機，怕影響他們的對談或需要做的事。

他平素白天在外給人的印象是一隻斯文的羊，只有在密室裡的夜晚，才露出那類又餵不飽又疲態畢露的惡狼面目。小楓看他那種急不急待的樣子，就任由他、聽他的、滿足他。

一直到平息，兩人躺在大床一邊微微喘息一邊天南地北地八卦。

好消息，你猜。儒天說，想不到他們也有這樣的一天。你猜猜，什麼事？

儒天出題，小楓一下就點破，示益執笠？

厲害！儒天讚道。

有什麼厲害，你一直將他們當你的假想敵，他們的存在就是你最大的心病。

儒天說，出版業那麼難做，許多人都有疑問，難道奇跡都讓他們佔據了？

前些年還傳得那麼好，我也不太相信執笠得那麼突然。

雖然不是宣佈執笠，但都和執笠差不多。聽說幾個工作人員都走了，剩下兩公婆。儒天有點幸災樂禍的。

啊呀，許多人幾年都收檔了，他們堅持了二十幾年也不容易呢；也許只是戰略上的縮小而已。你擔心什麼，你手中有東西，許多人都要對你俯首稱臣，哪怕個別教授。王銳什麼都沒有，一百年也追不上你。你在擔心什麼？

話是這麼說，我是看不過他們，馳騁島城半個天下！儒天狠狠地說。

我看你還是保重自己的身體健康最重要。

儒天一隻手在小楓身上游動，一邊遐想著十幾年來所建立的人脈和獲取的名利以及得手的海內外女性，不禁滿足地笑出聲。

一定想到什麼鹹濕的東西。小楓搖搖頭，外面傳言很多，聽說你和一個很年輕的、差不多可以做你女兒的學者在桃莊的一家酒店同住一房。

儒天哈哈笑起來，沒回應。只是轉開話題，明年我大概就要離開公司，唉！

有點失落吧？

不是有點，是心情很亂。看來會像大明星梁某那樣。拍電影太投入，常常無法抽離。

你又何必？你的編務成績有目共睹，人家會記得的，我在儒天掌權時期的作品最多最棒，也成了炙手可熱的大才女。

我投資妳，投得對吧！？

小楓爬起赤裸裸的上半身，用食指篤了他的太陽穴一下，得到了我，了不起啊。儒天乘勢又摟住她，把她整個覆蓋在自己身子下面……

＊　＊　＊　＊　＊＊

少兒文學學會理事會還有一兩位理事未到齊，到了我們會議就開始。王銳對已經來到的理事說。

檯面上的餃子、韭菜包、生煎包、上海麵、蔥油餅擺滿一桌。每次開會，一邊談一邊吃這些簡單的食物，也相當於解決晚餐了。

之前，擔任該會會長的王銳考慮很久，決定辭去會長之職，兩人經過一番協商，終於獲得采馨的同意。

馨，我做了兩屆，長達四年了，我想卸下。雖然大多數決議可以通過，理事人數不多，但也夠煩的。有些事，還要與島城有關當局聯絡。有些理事進來不是為做事，為大家服務，而是看有沒有利益可圖。

采馨說，很多具體事務我可以協助你。

我知道，實際上這四年妳已經幫我不少了。我說的這還不是主要的原因，有小爬蟲進來也不奇怪，什麼社團都會有。我的意思，這些年我雜事太多，寫東西的時間太少了。老作家老爾就說我短的作品夠多了，長的不足，具體就是指長篇小說。我想我確實要抓緊時間來寫。

但是理事會裡大部分理事都希望你做下去，他們反映你文品人品都好，處理事情公正正直，能夠團結大多數。如果他們堅決要你繼續做下去呢？

我就以要開始寫長篇為理由請辭，下屆改選新會長。有能力、願意做會長的人不少，但能有足夠資料、有決心寫我想寫的那類長篇的相信沒有！寫出一部好的、有意義、有價值的長篇小說的，有益世道人心，也是對社會的一種貢獻啊！

你其實也可以以身體健康為理由辭去再做一屆會長之職，采馨說。

她們看我好好的，看來這不是最佳理由。

那你試試用你要寫長篇的理由吧。

我有把握，寫長篇也是貢獻，當然要寫得好才行。

理事到齊後，王銳會長馬上宣佈開會。議程一項一項協商、通過，到討論下一屆會長改選時，王銳按照之前與采馨商量的理由說了自己的意見，之後，一如預料，理事們發言熱烈，大部分希望他繼續做下去，當然也有內心希望自己喜歡的人做會長的個別理事不表態。如果王銳戀棧，想繼續再做一屆，舉手表決的話，支持他的會佔絕對大多數，他依然可以穩操勝算的。只是他去意已決，大家也無法勉強他。

他不習慣撒謊，暗自下決心，我要說到做到。他想到南洋那裡，他也在給其中一本文友的書序裡聲明，因為要投入長篇小說的創作，該書的序是為千島之國華人文友寫的最後一篇序，因為來日苦短，他要開始寫長篇了。

那是真的，他果然拿出了算不是最好，但堪稱不俗的成績，至少完成了中等規模的四部長篇，兩部獲獎，一部一次過全文在一本雜誌刊載，還有一部帶有創意的、文體特別的文化出版傳記式長篇。

理事會結束，他們倆搭地鐵回家，一路上王銳感到一陣輕鬆。無官一身輕呀。

很多人在社團都爭名爭利，這個會長誰要做誰拿去吧，王銳搖搖頭歎息和不屑。

那是，那是。有的人做久了，上癮，不願意退下來；有的人是既得利益者，嘗到許多好處，不願意退下。

看來那位阿天，也是這一類。一旦失去，什麼都沒有了。哪裡像我，自己主動交出權力，我是傻瓜一名。

不是說，像你這種人已經絕種了嗎？

* * * * * *

參加了一個有關《圖書‧出版‧發行》的行家交流會議。出席的行家朋友真不少。會前與王銳、采馨微笑打招呼或握手寒暄幾句話的人還不少。

有些人，認識他們，王銳卻不熟悉；有些人，以前匆匆見過一面，因為很少交往，已經記不住他們是哪家的，姓啥名誰。但采馨博文強記，一一記得，還安慰王銳說，你不認識他們。他們認識你，那也不奇怪，你是名作家嘛。

最大的發行商提供開會場所和免費午餐，也介紹了他們的業務和發行分佈，接著是自由發言，氣氛十分熱烈。行家們紛紛在訴說圖書業、出版業受到網絡的衝擊和影響，每況愈下。島城著名的二樓書店也談到租金越來越貴，他們捱不住貴租，越搬越高，有幾家已經執笠了。有一位還說，如今島城半島最長的一條街，五步一家小首飾店，十步一家大珠寶店，幾乎都是首飾珠寶店的天下了。

會上大交流，會下也有小交流。

王銳說，我們那麼小的出版公司，居然也和大機構平起平坐。

采馨有點得意地笑，小，但素質高。

是的，妳很大膽，島城第一流的資深作家年申易的書稿，大機構都很難爭取到，更不用說出齊全了，而妳一二再、再而三地約稿，我們出版社居然前前後後出版了他的著作十五六種！雖然不敢說很齊全，但最重要的那幾種都在我們手中了。

有人就很奇怪，為什麼年先生會交給我們這樣的小出版社出版。采馨說。

王銳說，我就回答兩個字：信用！

采馨說，有的機構最緊張的是簽協議書，幾大張，條條框框一大堆，束縛作者，寫什麼發行、出版的版權全球屬於他們……

都是一一紙空文而已!王銳搖搖頭，書賣得不錯，版稅就是能拖就拖！

喂，小聲一點。

好的。

說到此，交流會告一段落，宴開六席，杯觥交錯，大家都情緒高漲，舉杯恭賀圖書行業生意興隆，走向繁榮。發行公司負責人、正副會長還特地來到他們這一台祝酒，寒暄一番，問王銳最近又出版了什麼新作。王銳也忙碌地簡要回答了幾句。他想，能進這一行的從業員應該熱愛圖書、喜歡讀書比較好，尤其是書店的店員，如果遇到讀者來詢問某本書書店有沒有賣，不純粹憑冷冰冰的電腦查實，而有時也能憑記憶熟悉某些書的熱銷程度；如果遇到讀者需要店員介紹、推薦一些書的內容，也可以說上幾句，而不是一問三不知，那不算挺好的嗎？可惜，這樣的從業員，從上層到下層似乎不是太多的。在這樣的場合，他只是偶爾在自己的背包裡塞一兩本自己的書，以備突然之需，有時送出還十分猶豫；有時再原封不動地帶回家。

大機構的朋友一陣風似的過去，大家又恢復了先前埋頭吃飯、抬頭隨便交談幾句的習慣。

采馨說，剛剛李先生跟我說，下星期二會來我們寫字樓取年先生三種書。

數量多少？王銳問。

李先生已經將訂單電郵給我們了。你看看有沒有？

王銳看手機裡的電子信箱，確實有，對采馨說，我明天到公司處理。

明天是星期天，不如拜一才去安排。采馨怕他太辛苦。

提早比較好，不那麼緊張。反正我們現在天天都是假日，日日都是工作天。外面有些人，看不得人家好，議論多多。

不理人家怎麼說，我們做我們自己的事！采馨說。

金句！對！不理人家怎麼說，我們做我們自己的事！

采馨說，不是我們自大狂，有的人，只是做了三年，大班椅還沒坐熱哩，我們快三十年了啊！

是的，規模縮小一點，書少出一點、書展少做一點，不值得大驚小怪！

明知山有虎，偏向虎山行，是明智而勇敢的行為；同樣，審時度勢、急流勇退，也是一種戰略的大智慧。我們保持了生存，笑到最後，才是最大最後的勝利！

第二十六章 獎・領獎

這一位是許會長的先生王先生，他是一位作家。

在祖輩的故鄉，熟悉采馨的金門諸位長官，介紹王銳時大部分都會這麼說。那時節，采馨任了幾屆的島城金門同鄉會的會長，多次帶團，金門的鄉親和大小官員對她都親切地稱呼她會長，王銳於是順理成章地變成「會長的先生」了。

一次歡迎宴結束，在汽車裡，王銳笑著說，哈哈，妳不願意當跟得夫人，如今我很光榮成了會長先生！

誰叫你要追我？

開車的天力在駕車，聽到哈哈大笑，道，你們都是名人，我可以為一對名人夫婦開車也很光榮呀！

幾乎每一次離別故園，都是他和汪先生送他們到碼頭搭船到廈門島，再搭飛機回島城；而平時有什麼遊覽，都要勞煩天力開車陪他們到處遊。

有次，王銳托他轉交幾本從島城帶來的書送給金門幾位作家，也簽署了一本送給他。

稱呼什麼好？在車上簽署時，王銳猶豫著。

抬頭你就寫我的名字就可以了，天力真誠而謙和。

好的，就聽你的，王銳說。

你們兩位都不簡單，采馨會長帶了幾次金門團，增加了境外和海外鄉親對故鄉的了解，促進雙方的友誼，都非常成功。

采馨聽到稱讚，很是感動，說，我是金門的媳婦，當了會長，偏偏帶團次數多，也搞了好幾次的春茗聚會，難得都得到大家的大力支持！

王先生也夠厲害,本來在金門大家對他還不熟悉，憑自己的勤奮，在故鄉前後就出版了五本書，真了不起！其中兩本還獲獎，真是太棒了。從一無所有到滿載而歸。

王先生被誇獎，也微微激動起來，從副駕駛位拍了他肩膀一下說，這也有你天力一份功勞。非常感恩啊！像那本《金門老家回不厭》收的就是這十幾年中來金門十幾次遊覽的散文、遊記，其中你開車陪我們的次數最多，很多景點平時旅遊團都不來的呢！

是的，每一本書在故園的出版，都有你的汗水！采馨也附和道，天力，真是感謝你啊！

天力回頭看采馨，笑了一下，道，應該說，我佔了你們一分光呢。

夜晚，躺在金門這家民宿的頂樓，浮想聯翩。王銳想到了幾次踏上浯島的土地，都和文學與書有關。

自己和采馨的出生地在千島，雖然只是居住了十幾年，但在文學上，點火送暖，也算盡力了，有關那兒的華文文學評論，他至少寫了近兩百萬字，結集成了四本書；而利用人脈和資源，采馨也將一些盈利，盡力資助那裡的各種大賽的得獎集，為千島之國的華文文學發展出了微力。而老家金门，最早是老鄉續祖兄約他一部書稿，列為故園叢書之一，這作品之約，被稱譽為「文學返鄉」，促使了他和采馨第一次回祖籍的故鄉，從此一發而不可收拾。書出了好幾本，回金門也回了十幾次，除了千島，幾乎破了他們出行的記錄。那本《出洋前後》也很意外地在島城、金門和大陸三個地方都有了版本，可見華人的出番歷史，是幾世紀以來的、具有大影響力的中國人遷移的大事件，影響太深遠了。今天的華人遍佈全球，就和這樣的歷史性大遷移很有關係。《出洋前後》故園版本的順利出版，要感謝李銅盛先生的慧眼卓識，認定書稿的價值。

當然，最難忘的還是參與浯島大賽的經歷。

我想試試，大賽消息在有關報章公佈後，有天，王銳就對采馨說，不過，老家文風鼎盛，水平很高，再加上文字、用語習慣都不同，我沒太大信心。不過獎金被大幅度提高了。

多少？

王銳讀了一段獎項辦法和數目。

采馨說，不是很高，但倒是很值得試一試。通過參賽，也檢測一下自己的水平。

是的，老爾也說，我短篇已經寫得夠多了，就是有分量的長篇寫得不夠多！我想不管能不能得獎都沒關係，只要認真寫好，以後我們也可以自己出書的。

支持你，你就寫吧！

我想寫老屋的故事。不過老屋的資料不多。阿母和老爸說得很少，無法用報告文學的體裁來寫，再說，徵文是徵求長篇小說；既然是小說，只好以一點事實作為根據生發開去，只要不離譜都被允許的吧！

采馨的鼓勵無疑給了王銳一股力量，他開始動筆。沒料到僅是用了三四個月時間就完成了初稿。十幾年來，都是敲鍵寫短文，尤其是小小說，持續地用幾個月的時間坐在電腦前敲打一部長篇，這還是首次。這才親身體驗到，那些真正的中外大作家真是太不容易了，幾世紀以來，不朽名著不斷，早期沒有電腦，都靠一支筆，用手掌控世界和人物，以或快或慢的書寫速度天馬行空，很不簡單；如今寫作人面對熒幕，每天噼噼啪啪敲打鍵盤，一樣需要耐得住寂寞。

他不願意坐得太久，害怕缺乏運動，肚腹長肉，體重增加，因此每天控制住時間，平均最多也只是幾個鐘頭吧，就做做其他事情了。令他最奇怪的是，《風雨甲政第》的章節小標題是寫正文就草擬好的，一直到整部書稿完成，幾乎沒再增刪修訂過，此後幾部長篇的章節小標題也都如此這般地一錘定音，連自己也好生奇怪。也許這和性格、心志很有關係？決定的事，一般不輕易改變，凡事只要肯登攀，是沒有辦不到的。寫稿時間的快慢，其實也是因人而異，快慢和書稿質量沒有必然的關係。

寶島和浯島文風很盛，名家輩出，高手如林，王銳懷著忐忑不安的心情，也不去考慮得不得獎了，反正寫完一部十一萬字的長篇，猶如分娩了一個子女，了卻一份心事。即使落選了，以後也可以自己出版的。自己的嬰兒誕生了，不管是不是優質，都是自己的骨肉，再說，孩子哪有十足完美的呢？沒有在電腦上試過那樣長達三個月的敲鍵，怕自己打印出故障，只好請打字編排公司打印一份，然後再到附近小鋪請人裝訂七份，到島城郵局將六大冊裝進小紙箱，寄到金門（浯島）參賽地址。他留了一份紙質底稿自己保存，明知電腦上可以看，沒啥用，只是再佔據有限的空間而已，但那種文人的心思就很古怪，入選，無論是入什麼等級，他都可以多少撫摸書稿自戀一下；落選，也不妨稍微翻看，究竟在哪些方面技不如人？

將書稿寄出去後，也就不去想它了，就當什麼事情都沒發生過一樣。想來，幾乎每個人都很阿Q的，喜歡自欺欺人，就像男女發生那種事，明明發生了，還喜歡說「就當沒發生過」。其實，參賽落選有什麼羞恥的呢？世界上各種奇奇怪怪的比賽，第一的通常只有一個呀。

這一年年底，消息很快就傳來了。最初是從手機上的有關群組傳來不太明確的小道消息，沒有點名地暗示島城的他獲獎，很快，就讀到家園浯島的有關報紙的消息報道了。家鄉地方小，因此這樣的新聞被放置在很矚目的版位。他也才知道這一屆長篇一等獎空缺，只是評出兩個優等獎。這個中庸結果一時令他驚愕不已，但算是足於欣慰吧？

我許諾過，不管什麼獎，得安慰獎也好，都回家鄉一趟，參加頒獎禮！

采馨聽王銳這麼說，嘻嘻笑，彼此商量了去返的時間，不過，頒獎禮的日期主辦方都還沒決定和發出正式邀請函，也只好等一些時日了。只是出行成了勢在必行，采馨很快就進入訂票和準備禮物、聯絡家鄉親友的各種預備工作中去了。

你們什麼時候回金門？通知我，我去接你們。

家鄉文化官員田典芳女士發來熱情的短訊。

＊ ＊ ＊ ＊ ＊

我大約明早八點半來接你們。

抵達金門那天下午，接王銳采馨他們都是汪先生和天力，沒讓田長官開車到碼頭，只讓她次晨開車接他們去頒獎禮的地點。當晚，她還是來他們住宿的民宿了，還帶了故鄉名酒和貢糖當見面禮。實在太客氣了。

次晨，她準八點半就到了，采馨和王銳早在樓下等候。

歡迎你們經常回來，恭喜王先生獲獎。一上車，田長官就對坐在副駕駛位的王銳說。

謝謝，我感覺很意外呢，你們這裡水平很高。我落選是正常，獲獎是太意外了！王銳說。

你是太謙虛了。田典芳說。

這是真的，我的真心話。王銳說。

他把一份書稿帶去旅行，在飛機上還修改。坐在車子後廂的采馨插嘴道。

王先生，下一屆再參加吧！支持一下。田長官鼓勵道。

我哪裡行？得一次已經覺得很僥倖了。王銳笑起來。

你一定行的！田典芳邊開車邊為他打氣。

車子往頒獎大廳開去。

浯島的清晨非常寧靜，馬路人車不多，只有一些為做外出吃早餐的顧客生意的食鋪開得很早。家鄉的大馬路特別乾淨，似乎纖塵未染。有一次王銳向天力詢問，故園的大馬路、小巷為什麼保持得那麼乾淨？好像沒看到人在管？天力大笑，說，當然有啦，大多數是老家的一些婦女勞動力，為了有一份收入，在做這些事情，她們起得很早，在人們還在睡夢中，已經完成了縣城的清掃工作。

掃帚不到，灰塵不會自己跑掉，哈哈。天力最後笑道。

原來如此。

一個城市的清潔工作太重要要了，可以奪取不少印象分。

就要到了，典芳說。王銳猛然一驚，看到了前方的頒獎地點已經清晰在望，那是一棟不很高的建築物，許多文化活動、演出都在這個地點進行。

王銳的心情驟然緊張起來。雖然在島城、中國大陸、海外不少國家城市，上台已經不是首次，但在自己祖籍的故鄉終於成為了一位領獎人，無論如何，還是首次呀。他那裹在一襲西裝內的肉體和魂靈不安定起來。他看到了許多工作人員在忙碌，與他一直有聯絡的伍小姐伸出手祝賀她，令他感到心中溫暖。陸陸續續來了一些文友、老師，都與他相熟的，這一次都紛紛來向他道賀。接著是有關的官員、秘書、評審者、獲獎者……老家的頒獎儀式實在值得點讚，不以居住人口不多而馬虎敷衍，較前名次的獲獎者居然頒發支票、獎狀和獎座，那獎座沉甸甸的非常重，那張支票「模型」是模擬的，非常誇張，要兩個人提著才行；接著是主要獲獎者的獲獎感言。這份感言，早在王銳還在島城、還沒動身時就有人通知他準備了。他當然有準備，寫得認真，雖然照本宣讀，也讀得很動情，聽眾很是動容。接著是個人照、大合照等等程序，中午還有一場飯局，官員和頒獎有關人員都獲邀參加。最興奮的是大堂製作得很認真漂亮的豎立式海報，上面有王銳照片，也有獲獎作品的簡要介紹，竟然可以送給獲獎者帶回去做紀念。

那晚，又有鄉親請客，說是具有雙重意義，替他們洗塵接風，也當祝賀王銳為家鄉爭光。回到民宿，王銳采馨疲累興奮不堪。

采馨說，你這次在這裡大顯威風了。鄉親們對你都會刮目相看，哈哈，你果然是真正有料。

來一次小型的請客吧，感謝鄉親們的一路關愛和支持。

好！好主意！我來擬名單。

反正妳搞掂可以了。

＊ ＊ ＊ ＊ ＊ ＊

不要說王銳了，連采馨都覺得太意外了。在老家為海外的、境外的金門子弟爭光後，這第二年年底在差不多和第一次一樣的時間，竟然還有機會站在同樣的一個地方，再次領取幾乎一樣的獎項。

生命雖然只有一次，人生的機遇卻有時會以相似的方式來造訪你，擋也擋不住。但有些事情，表面上好似在冥冥之中有個命運之神給你安排好了，細細去想，又非盡然，其實都有前因後果；世上的事，說來簡單，其實也很複雜；看去複雜，逐一排解，卻又莫不有一番道理在其中，令你恍然大悟。

就如人棄我時勿自棄，如果人棄我棄，你就被世界徹底遺棄了。

如果王銳放棄了希望，如果他根本不再寫了，哪有第二次的獲獎？雖然不是什麼世界級的大獎，雖然不是那一些人夢裡都夢到、一些人爭得頭破血流的諾氏大獎，那又有什麼關係呢？如果講求這些大獎小獎，則與追求名利大小完全無異了，又焉能堅持寫到現在呢？

不過，不能不說到一些觸機，正如創作的靈感，究竟有沒有，被說得神乎其神，其實，只是解讀的不同而已。

事情源於那一次看電視。這之前，寫了祖屋故事而獲獎的王銳似乎顯得有點疲意，像是完成了一次越野馬拉松，雖然只有一萬兩千米，也沒有大汗淋漓，但多少也汗珠濕面透背心、骨瘦肉麻，需要好好休息幾天了。

事情是這樣的：

那天采馨讀到浯島新一屆徵文大賽的啟事，就喊，出來了！

什麼出來了？王銳大笑。

浯島文學獎。

王銳將新聞一口氣讀完，心兒，蠢蠢欲動。

要不要再參加？王銳看著老婆的臉。

采馨說，你自己決定呀。

王銳說，落番和兩岸骨肉分離的故事，構思一下就有。後面這個部分我沒寫過。何況，明年九月一日才截止，還有大把時間。 妳的意見呢？

隨便你，最重要的是不要有壓力。

哪會？寫是一種最快樂的事，朋友也知道如果我再次參加比賽，也不是為了獎金。

那就好！

大概過了幾天，一個晚上，在偶然間，采馨將電視轉到一個金曲比賽的節目。熒屏上正好出現一位面貌娟好的女歌手在唱李叔同（弘一法師）作詞的畢業歌（即《送別》）。唱得真好。動情的演繹，聽得采馨和王銳如癡如醉。在最緊張的給分階段，王銳和采馨也緊張起來了。

看來有希望，唱得很棒！采馨說，上一屆她得過一次金牌了，這一屆不怕失敗，再次參加，敢於力戰群雄，真難得。

可能有希望。

觀眾和評審的分數匯總，幾個歌手也和熒幕內外的觀眾一起緊張起來了。

真的，這位歌手獲分最高，來了個二連冠。

實在太棒了。得了金獎，絕不滿足，再來一次。在一些人也許覺得壓力太大。拿不到金獎，乾脆不參加了，那光榮的面子不會失去。她卻平常心，抱著一種什麼結果都超然的心態，才能如此放鬆心情，再下一城，摘下金牌。

太感人了，王銳也說，不怕失敗，她的心非常強大。心想，下一屆的浯島文學獎，何不試試再參加一次？學學這一位歌手。如果不入圍也不要緊，反正已經盡自己最大努力寫了，最高的水準都拿出來，如果失敗，非戰之罪，而是技不如人啊。

＊　＊　＊　＊　＊　＊

仿佛一轉眼功夫，第二年年底，天氣漸冷的時刻。王銳和采馨攜手踏上金門的旅程，他又再次站在家鄉的的同一個頒獎舞台了。雖然與上屆一樣，一等獎還是空缺了，他和另一位只是優等獎，也已經令家鄉文壇不少人感到驚訝。非常關注他的寶島文友牛書鴻先生忙完他的文學活動，特地趕到會場捧場。拍了不少照片。

在飛機上、在船上、在奔赴頒獎禮大堂路上、在發表得獎感言的時候，王銳心潮起伏，萬分激動。最開心的是兩屆得獎的長篇，不需要自己掏錢出版，主辦機構會按照慣例印製成書。他在頒獎程序中需要發表的感言很早就寫定，有備無患，內容真誠而充滿激情，以致結束後有一位獲獎者稱讚他，講得很好。感言題為《又一次新的出發》，其中有一段——

我從小學就喜歡寫作，雖然到今天我的正職依然是編輯，業餘寫作寫了45年，出版了一百多種單行本，但對寫作還是保持着一股熱情，「不寫最累」成為我的精神標誌。

我也為自己不斷加油，寫一部反映上世紀兩岸因為貧窮、因為戰爭而親人長期隔閡造成的中國人的悲劇長篇，梳理金門島所受的半個多世紀的苦難以及我對金門的理解。這就是我這一次參賽作品《落番長歌》的寫作內容和動機。

兩部參賽長篇給了我練筆的機會。我希望手中的筆不要生鏽，能繼續寫更長的長篇，為拼搏一個多世紀的幾代海外華人的歷史作見證。

感恩故鄉金門對海外子孫的召喚，感謝美麗島嶼對我創作心靈的滋潤和綠化。雖然我的祖屋已經成為紙面上的故事、鄉親們口中的美麗傳說以及黃氏後人心中永遠的痛，然如今整座金門島就是我的家園。從2004年到今年十三年來我已經和另一半攜手回鄉十七次了，金門老家總是回不厭，整座金門島就是一個巨大的百寶箱，寶藏越掏越有；整座金門島的歷史遺跡和戰爭留痕都保護得很好，一草一木對我仍然有着無比的吸引力；整座金門島更是一所不可多得的天然展示館，無論多少次都看不完。我們的故園如此沉重而美麗，到世界很多地方，沒有一個地方如此充滿了魅力，讓我如此喜愛和眷戀，我為能書寫金門而獲得接受而高興。

對於熱愛寫作的我來說，得獎不是終結，而是又一次新的出發。

謝謝大家。

＊　＊　＊　＊　＊　＊

在外國，王銳上台的還有在大陸鄭城的走紅地毯，在泰國曼谷獲頒微型小說終身貢獻獎，在千島雅都獲頒小小說雙年獎（微型小說《從鐵枝門縫看孫子》）…… 最感動的是有一次在島城，被張校友邀請到他家裡午餐，就看到他一對孫女孫兒房間玻璃櫥櫃擺滿了各種各樣的獎杯，百來個漂亮的不同的獎杯，整齊排列，真嚇壞了王銳和采馨。從談話中，了解到從爺爺奶奶到兒子媳婦，並沒有給他們什麼大的壓力，一對優秀的孫子孫女純粹為努力讀書、力爭上游，做到最好，是一種責任和本分，他們沒有什麼負擔。王銳和采馨從中得到很大的啟發，所謂獎，其實是一種獎勵的方式而已，也是一種努力的標誌，對一個人付出多少努力，給予評價，以物質做出恰如其分的肯定；王銳想，生命中更多的是無形的努力，肉眼看不到。一個人需要這種自覺的精神，如果像馬匹需要用鞭催跑才奪冠，意義就差遠些了。

第二十七章 那天，天色好美

那天，天色好美。

幾天來的陰霾天氣突然一掃而空，那麼早，遙望天邊的雲彩，居然出現了罕見的光亮。白色的雲彩飄浮在蔚藍色的天空中，一長卷一長卷的，猶如藍色大海上白色浪花纏著海水在緩緩翻動，美美地鋪展在天空中。陽光不很強，但已經比幾日來強得多了，將雲彩映照得閃著金光。將帶著王銳和采馨出遊的都城朋友，都禁不住嘖嘖讚歎。好久了，沒來都城遊覽，要不是出席文學會議，更談不上機會了。六十年代末期他倆來過都城，歲月流逝了幾十年，但青春的戀情，帶著永恆的甜蜜，也含著無法消失的苦澀，長久地留存和沉埋在心海深處。記得他倆就相約在冬季，來到北國的都城，在頤和園的昆明湖畔拍攝了一張被王銳戲稱經典的黑白照。照片上的他和她穿著厚厚的棉衣，簡樸臃腫，她是一臉純真的笑，他是一副木訥僵硬的樣。最難忘的當然是那大雪彌天，湖水都結冰了，也是一片令人瞇眼的白亮。

哪裡能忘？那南國的避暑勝地，次數數也數不清。都說赤道的島國天氣炎熱，但絲路妮酒店坐落在連綿的群山包圍中，汗永遠不必流淌，早晚的天氣總是那麼涼爽。山裡的天色也是那樣漂亮，很少陰天，陽光不熱。早晨的天色萬分漂亮，空氣裡飄散著露水、鮮花滲和的芬芳。夜晚，小星星在黑藍的天幕上閃爍了一夜，像是無數雙散佈在天空的眼睛在對著來自遠方的遊客微笑。每天，王銳和采馨總是捨不得那麼漂亮和美好的清晨和夜晚，總是會在酒店房間外的露台看看風景，拍拍照。尤其是王銳，起得早，坐在露台上的藤椅上，常常回想那令他壓抑的八十年代末期，從高速運轉的大機器上被當生鏽的螺絲釘摔了出去，那時，哪怕早晨，天色也是那麼陰暗的。那時候，他們哪裡敢設想有日可以到處旅遊，而且走得那麼遠啊？

甚至，跟著旅遊團導遊的腳步，來到了瑞士高力士雪山山上，領略了那種冰天雪地的白茫茫的美，山下夏天，山上冬季，無論如何，他們想都想不來，世界上還有那樣奇異的地方！

幾十年前，被人驅趕如撇履；幾十年後，想到哪裡就去哪裡。活著真好，一些將他們當假想敵的人得意狂妄一時，早就不在了，人死如燈滅，萬事皆休；而他們猶有魄力和餘裕自由地遊山玩水，做自己喜歡的出版事業，寫自己想寫的文章，人生是多麼魔幻和奇異，像是一出又一出的悲喜劇，令人憂樂驚喜。

每個美麗的早晨，原來風雨霜雪說來就來，陰晴似乎變幻無窮。

那天，天色好美。

王銳記不清已經是第幾次在這海濱大道慢走，當作一種生命的運動？那時候，幾乎對最美好的天氣都未曾錯過一次。觀察天色最好的地點也許就是在這幾公里長的海濱大道了吧，對岸就是島城最繁華的地方，高樓大廈高低不平地排列著，就像積木疊出的城堡。有時天色，美得像是被電腦製作的夕陽照維港或漁舟歸晚的沙龍攝影作品，美得金光燦爛，是那樣不真實：早晨，更是沒得說的。藍、白、灰幾種色彩組成的雲彩，搭配的那樣好，像是天上伸出人們看不見的魔手，在那裡調配，勻和著，變出千變萬化的雲朵模樣，令你的形容詞詞窮。

好幾次，他從樓下的海濱大道出發，慢慢地走，一路拍攝，一路觀看風景。有時他拍攝花卉，更多的是拍攝天空的雲彩。那變幻奇異、色彩層次豐富的天空，令人百看不厭。王銳走到屋邨花園靠近舊碼頭的舊址，那裡有一座是八十年代住過的地方，停車場當時也買下來，用來泊停示益出版社的載書去學校展銷的麵包車。對上的一座舊樓，他們也住了十幾年，最後出售，換了眼下住的。新碼頭也遷移到他們現住的樓下附近了。從居屋窗口，可以居高臨下地看到維港海面上渡輪來回，載著上下班的白領階層。想到二十幾年來，那輛曾經擁有過的小貨車，多少個清晨和下午，載著二十幾箱圖書來回奔波於學校，備加令人懷念。是的，什麼都有個過程，車子早就因為不太做書展而處理了，車位曾經有好幾年留給兒子上下班泊車，一直到出租給別人。往事不如煙啊……

也有好幾次，他從海濱大道上的碼頭出發，繞一個大圈子，經過女兒屋邨花園三樓下的馬路，再經過家居庭那條路，穿過一條小巷，一邊是一家小學的校園，一邊抬頭望，五樓花木扶疏，那就是兒子一家（後來搬得遠一點，也更大一些，但依然是在屋邨花園範圍內）了。真是不可思議啊，像兩個人變成四個人，又從四個人變成六個人，六個人變成八個人一樣，王氏家族繁衍下來。王銳采馨七十年代當還是寄人籬下，只是住一個小房間，房東還不給煮吃哩；如今兒子一個家，女兒一個家，還有分期付款買來的兩個車位，一個為配合示益出版社而買下來的寫字樓貨倉兩合一的單位。每次路經兒女的家，都會為兒女生活無憂、幸福安頓感到欣慰，為他們的順利發展歡悅。他都會抬頭往他們居屋的窗口投去一瞥，駐足片刻，浮想連綿，回憶他們成長的歷程，佩服和感謝采馨的聰明能幹，將一切安排和設計得那麼好。

明白了生命就是運動，他那時每天下午都在海濱大道步行，都超過了一萬步。有一次就看到天色，美到叫人驚艷，那樣的天空總是令他心情大好。平時到寫字樓辦事，都是乘車，為的是節省時間，快去快回；那天，看到美麗的天色，白浪花和藍色天空嬉戲著，翻滾成一條條彩色的油條，真是詭異妖美，走！走到公司去！他另辟蹊徑，選平時少走的、空氣清新，樹木較密集的人行道走，不斷拍攝，那時才發現，平時行色匆匆，辜負了不少島城的美麗景點。

寫字樓貨倉當年就是在他們示益出版社最需要的地方買下來的，曾經，在地產業不景氣的時候樓價一落千丈，如今回升了。在寫字樓裡，為書裝箱打包，有一位外面的熟悉的貨車司機為他們送貨。王鋭有時看著那些已經已經經歷不少年代的堆積如山的圖書，覺得不可思議。曾經，圖書被標上商業價格，明碼實價地出售，變成一些鈔票；但網絡崛起，同行競爭日熾後，新書變舊書，慢慢地變成了一堆堆的廢紙。也因此，他和采馨也經常捐書，總是感覺，書的最好的歸宿，應該是各類機構的大小圖書館和閱覽室、讀者的書房書架上，而不是廢紙站的磅秤。當然，書的過剩，也不奇怪，無須傷悲，碾碎熔漿，再造新紙，不失為好出路。書本承載的知識，吸收變成自己體內的養分就達到目的了，不是嗎？少見的海外孤本當然例外，需要像文物那樣保護和搶救。這樣一想，他就欣慰地笑了。

三十年出版了五六百種圖書，化為讀者身心有益的維他命，他們的出版使命就算出色地完成了啊。

那天，天色好美。

雖然距離維港有一段距離，但看看明媚的寧靜的天上雲彩，想象得到就在此時此刻，海上的帆船正在微風的輕輕吹拂下，緩緩地行駛，當然，遇到風球來到的時刻，它們需要中止。人類的工作或事業大大不然，無論一帆風順或暴風驟雨，還是需要迎難而上呀。

這個新辟的公園，連接著填土部分，租值非常昂貴。每當聖誕節燈飾輝煌，人山人海，成為人流最擠最多的地方。平時的白天，是白領階級集中上班的地方。坐在鬧市裡相對幽靜的一角，看著打工仔們節奏匆匆的腳步，油然想起了自己和采馨牽手的每一步。

僅僅二十幾年前，他也是坐在公園，不過是舊居對面的那個公園，手抓報紙看遍每一格聘人啟事欄目，找一份薪酬微薄的工作以養家而不可得……世界真化學，風水果然輪流轉，他和采馨攜手創立的公司沒有幾年，就開始改變局面。

他坐在公園裡，沒有馬上走到程力鋼購下讓他們做創辦出版社基地的最早的寫字樓，而是在清晨晴朗的天空下，思索著示益面對的好形勢。興奮地思索著那時如何回覆毛遂自薦求工作的趙小姐。小趙那時求職的方式回想起來有點奇特，她寫了一封信自己走上六樓求職。他們與她詳細對話後，才知道她在書店看到示益的出版物，看到那些兒童書的插圖非常喜歡，抄下地址，上門毛遂自薦。

這位小姐那時最初只是希望有什麼插圖任務希望讓她試試，還取出幾幅她自己的作品讓他和采馨看看；在言談中知道才成立不久的示益需要人手，接著還表示她不計較人工，希望能接受她在示益工作，什麼打雜的、如校對、盤點，賣書、編輯等等都可以。采馨王銳商量了一下，讓她回去寫一份正式的求職信附上個人歷歷第二天交上來，也開始上班。

他一直覺得從職場走過來，經歷過世態冷暖和複雜的人情世故，特別能體會那種普通人為了生活而求一份工作的心態和難處。那時候許多出版社已經電腦化了，他和采馨太忙，沒時間學，願意提供機會、時間和金錢讓趙小姐學，可惜她沒興趣，以致她在示益縮小業務後，精簡人員而到別的同行工作時，無法適應而又失了一次機會。

示益後來在發展的黃金時代，有了一位趙小姐還不夠，曾經登過報紙請人，人員最多的時候多達五個人。

……幾十年後，走過舊寫字樓附近的公園，想到那時候他就經常在公園一側的車站下車，時間還早的話，就會在那公園的長椅上小坐一會……

今天，天色真美，他禁不住公園綠草鮮花的氣息的引誘，在公園坐了一會，浮想連綿。歲月靜好，心平如鏡，景物依舊，人事卻已經全非了。那個當他為假想敵的一兩個人，竟是接連著在人生的旅途中倒下了，他長長地歎息，似乎也有點空落落的，少了一些勵志的動力？顯然也不至於。人死如燈滅，萬事皆休；活著，真好啊！

那天，天色好美。

遙距給別人打工的日子，幾乎三十年過去了。現在，每天自己體內的生理鐘總是那麼準時地在六時許響起，王銳起身後，第一件事就是走到客廳往窗外的天色看去。有時，天色美得那麼誘人，棉絮也似的雲彩排列著，像密集的採摘的棉花灑滿整個蔚藍色的天空，最美的時候還有金黃色的光彩從雲間投射出來。看著這樣美的天色，心情都會好很多。當然，也有天色至暗的時刻，也許當日有雨，那也不會太大地影響他的心情。

多麼自由自在的日子，不需要看誰的臉色，自由地寫自己喜歡寫的稿！

這是流淌不知多少汗水和付出多少智慧後的代價，歲月和命運才回饋給他們的福分。

多少不同的清晨都挺過來了。打工的日子最為艱難，他要趕著上班打卡，她要照顧一對幼小的小兒女；創業的時期，也不容易，幾乎每天都要起早，先到貨倉，協助陳弓將二十來箱到三十箱書搬上車，趕在七點多的時候到達學校，擺書展銷……三十幾年的歲月一晃而過，猶如隔世。如今，幾點到寫字樓都看需要了。半退的日子真不錯，可以讓心愛的人早晨睡多一點，熟一點，王銳則在沖好咖啡、弄好早餐後，沒事的話，就開始坐在書房——以前兒子的睡房裡，坐在電腦前開始敲打鍵盤，寫稿，每天幾乎都要寫一點，小小說、散文、長等等，他從2010年開始，用自己打字的文章結集成書的前後至少也有十幾本了。七十到九十年代在大牌檔、茶餐廳、快餐店利用上下班和中午間隙爬格子彌補生活的苦況一去不復返了。以前還計較、需要稿費，如今有沒有都無所謂了。

天色真美，當采馨起身，吃過早餐，坐在客廳看新聞或聽電話的時候，偶然會發出咯咯咯感動笑聲，那時他坐在書房電腦前敲鍵敲得更快了。

那天，天色真美。

從那天開始，六人家族升級，成為七人、八人、九人家族了。

一早，兒子王惟看到妻子開始陣痛，就有點緊張起來了。算算，那位固定給她體檢的醫生就初步診斷了預產期，就在今日，真準啊。他迅速打電話給采馨，囑咐母親不需要到醫院去探望，因為順利的話，大概只是住三天母嬰就可以回家了。采馨和王鋭在電話和短訊裡祝福媳婦母女平安，一切順利。

那天，采馨不由得想起了王惟和王穎的出生，都在所謂的「貴族醫院」，那時真是無奈，公家醫院護士被市民投訴態度不好，嘲笑孕婦，她只好大膽住進收費昂貴的醫院，天下父母心啊，管不了那許多了。如今，媳婦只是付還很少的住院費，一切接生費、醫療費都不需要收費，真是天淵之別。時代文明帶來島城福利制度的完善。如果再回想王鋭的母親、外祖母生孩子的前塵往事，真是時代不同了，女性的待遇和地位不斷改變和提高，島城不愧為一塊福地啊。

三十年的歲月，仿佛一晃而過，沒有感覺。那麼快啊！

三十年來，大事小事瑣事，事事經歷，讚美欣賞誹謗，樣樣皆齊！回憶的意識流裡，總是甜酸伴隨著苦辣，秋雨裡感覺到冬雪和春風。

王鋭和采馨牽著手來到昔日他們的一對小兒女上學經過的公園，坐在滿是落葉鋪滿的長木椅上，兩人的腦子網絡思維神遊和飛越到很多地方，鐵力士雪山、尖沙咀、黃埔、美華工業大廈、貨倉、醫院、學校……一個又一個他生命中的人物——大人物、小人物、貴人、恩人、小人等等向他走來……

尾聲

雨過天晴。黎明前的天色一片瑰麗的橘紅。

王銳騎馬馳騁半公里，略微停頓，就聽到呼呼的風聲中，有人在呼喚他的名字，尋覓時又無；他發現此刻地勢越來越高了，看到不遠的前方林木蔥蘢，淡藍色的晨曦中山路崎嶇。遠處路旁有一匹馬回頭在等他，馬背上坐著一位颯爽英姿的女子回眸對他嫣然一笑。她叫他快馬加鞭，她可以等他。王銳很是疑惑，她究竟是誰？拂曉前的小林子畢竟光線是不強的。他揮鞭趕前，發現只是一忽爾功夫，周遭景色已經大變，回頭一望，自己策騎不覺已經到達山腰，環看，周遭群峰環繞，谷底高低不平的紅磚綠瓦、白墻灰地，一片寧靜。隱約看到似曾相識的一條河流，河水奔騰跳躍，非常湍急，不禁呆住，看得傻了。一個悅耳的聲音從上面傳來，他看到前方的女子不知何時騎著馬，又佇立著在等他，正是采馨。

她完全沒有疲意，對他喊道，三十年前，我們飛馬躍過谷底這一條湍急的河流，還記得嗎？

一語驚醒夢中人，有點睡意的王銳剎那間全想起了。

當時，橫在眼前的河水捲起了很高的怒浪，白色浪花四濺。他策騎到此河邊，被詭異神秘而蕭殺迷離的夜色疑惑住，猶豫著是否繼續前進？關鍵時刻，發現了河邊有個人騎在一匹金黃色馬上背部對著他，久久沒回過頭來，他驚愕半嚮後，那女的才緩緩轉過頭來，令他微微吃驚。暗淡的月色下，看出是一位美女，戴著頭盔，渾身穿著甚重的鎧甲，颯爽英武，手上抓住兩把劍，發出寒光，望著王銳笑；王銳再定睛細看，大吃一驚，竟然是采馨！她表示願意與他同行，戰死於沙場都在所不惜！再看看自己，摸摸自己，也早就全身武裝，上下鎧甲，只是沒有任何武器。

……

王銳!

在！

一切都沒問題了，你看我都準備好了！

武器你接好！

說時遲，那時快，采馨已經將手中的雄劍扔向王銳，他接過。采馨騎的是雌馬，王銳騎的是雄馬，雙馬齊奔，昂首對空長長嘶叫。在采馨的帶領下，兩匹馬並肩，以非常快的速度，毅然從兩百米的起點往河流飛過去。飛越洶湧澎湃的河流的時候，風呼呼叫，雌雄雙馬的勇猛一時不可阻擋！著地後，又接著一路狂奔。

一奔就是三十年…… ……

時候不早了，天已大亮，我們繼續走。采馨像三十年前一樣，許多朋友都讚她彷彿凍齡，要求她辦講座，介紹保持高顏值的秘笈，講酬很高，她都婉辭了。她說，哪有什麼秘密，樂觀就是美容最昂貴的也是最便宜的藥。也有人問為什麼王銳寫得那麼多？永遠寫不完似的？王銳說，采馨的笑聲就是最大也是最好的靈感。

我們現在去哪裡？

還繼續走？

是的，山路是走不完的。誰都沒敢說到達了頂峰，雖然我們馳騁得那麼高了。

有道理。

這山再高峻艱難沒有三十年前那條河湍急險惡了，何況我們雌雄馬配合，天下無敵，該是行虎山、走天涯的時候了。

漳州的陳老師就說過，我們正在繼續攜手走天涯，許多地方，都曾經留下我們深深淺淺的腳印，留下過我們的淚水與汗水，留下過我們的歡笑與傷悲，如今，故地重遊，淚水與悲傷已遠逝，歡笑與榮耀常相伴…….

是的，她說得對！

采馨說，這一趟虎山行，猛回首，一走就是三十年，如果真的有凍齡這回事，那就馬不停蹄走下去……

那就等來世，不怕失敗，不怕破產，我們再做出版。

哈哈。采馨大笑，笑聲在山巒裡迴響。

那麼我們現在去哪裡？

你不寫過了嗎？沒去的一定要去，喜歡的一定要去！

是的，王銳憶起了在那篇《駕老牛破車，跋山涉水》最末一段，他寫過那些地方。很快，眼前出現了——

江南迷人的水鄉、昆山別墅花開四季的籬笆小院、大理麗江、絲綢之路、新疆葡萄園、北國冰雕城市、長滿椰林叢的熱帶海濱、故園世外桃源般安靜乾淨的清晨田野邊、人間最後一塊樂土峇厘島……在那些數不清的群蝶飛舞的圖畫裡、有無數雙舉起的手在揮動，在真誠地歡迎他們了……

王銳，快走！

采馨快馬加鞭，回頭催促王銳加油。

我們現在何去？

前方，又一座大虎山。

繼續？

是的，繼續：雙騎結伴攀虎山。

（全文完）

2020年4月24日——2021年5月3日初稿

2021年5月16日第一次修訂

2021年10月28日第二次修訂

2024年12月26日第三次修訂

後記

東瑞　瑞芬

《雙騎結伴攀虎山》完成於2020年4月，原想配合於1991年創立的獲益出版事業有限公司30週年志慶，豈料疫情洶湧襲城，許多行業按下了暫停鍵，一拖就近五年。相應的活動只好隨著押後，書稿也因此有了不少時間修訂。

我們的大半歲月都在做文化出版這一行渡過，回顧以往，感觸萬千。俗話說，你要讓誰破產，就叫他搞出版！我們沒有破產，走出宿命的怪圈。迄今已經堅持了34年；又有朋友說，文學養不活我們，我們要養活文學！是的，我們出了不少文學著作，還發掘了很多新人，算是養活了文學，文學也在某種程度上回饋了我們。

在香港生活超過半個世紀，我們經歷了生存、溫飽和發展的階段，1991年因緣際會，好友力助，出版社創立，堪稱"發展"的重要標誌。我們以"社會獲益、讀者獲益、出版社獲益、作者獲益"為宗旨，又以"獲智趣、益身心"作為出版目的，曾經搞得轟轟烈烈，獲獎無數，薄有名氣，港九同業皆知，有關當局兩度頒發"商界展關懷"獎項給我們公司；學校老師都說"獲益出版，我們放心"…….當然，除了薪火相傳的百年老店或那些屈指可數的財粗勢雄的大機構，我們的出版社只屬於私人的小小出版社，黃金時代了不起最多五個人在支撐；二十幾年間我們居然出版了六百多種書，還出過一本叫

《青果》的少年雜誌，辛苦堅持了十年。當然，一些事業如曇花一現，大部分事業從燦爛歸於平淡，正如豐盛的盛宴也會有曲終人散的一天，乃正常規律，無須傷感惋惜。

正如我們在金門的祖屋甲政第從地平線消失而在東瑞的得獎長篇《風雨甲政第》"重建"一樣，將我們從事三十幾年文化出版行業的歷史點滴寫下來，一方面給我們的事業留點回憶和紀念，另一方面給有志於出版的年輕朋友參考或借鑒，不失為有意義；當然，這方面的資料和圖書其實不很多，一些讀者也許會有興趣。

於是，在文體方面猶豫很久，用什麼形式寫？我們出過一本《虎山行》，雖然搜集的是出版社創業至2001年前十年的資料，但大體寫出了主要的經驗；用非虛構的報告文學來寫一家公司的二十幾年歷程，難度不少，而且多有不方便之處。最終，我們採取了目前這種結合部分虛構情節和人物的小說手法來完成這部十七萬字的以文化出版為題材的傳記式長篇小說。

無論如何，我們非常感謝好友L先生夫婦的幕後支持；感謝與我們披荊斬棘、拼搏闖天下的同事小陳，感謝劉以鬯、羅佩雲伉儷，將劉先生的名著給我們出版，感謝發行商，感謝所有與獲益結緣的作者；我們也感謝一直支持我們的、與我們事業一起成長的一雙兒女，他們而且為本書寫了那樣溫暖我們的心的序言，我們樂見他們的健康成長和幸福家庭，實在比我們事業的成敗得失還重要；我們也要感謝那些對我們的事業曾經冷風熱潮或暗中破壞的人，沒有你們的"鞭策"，也許我們三年就執笠，而今跨越了三十年……

感謝歲月的餽贈，給了我們這樣大好的機會，做對社會有意義的事。

2025年5月30日初稿　6月11日修訂

東瑞簡歷、著作目錄及得獎項目

【簡歷】

東瑞，原名黃東濤，祖籍福建金門。在印尼度過青少年時代，六十年代初期於雅加達巴中讀中學。一九六零年九月至一九六四年八月在集美中學就讀至高中畢業（46組）。一九六九年國立泉州華僑大學中國語言文學系畢業。一九七二年移居香港。曾任《讀者良友》《青果》編輯。一九九一年與蔡瑞芬女士創辦獲益出版事業有限公司，任董事總編輯。業餘從事寫作。作品多次獲獎。一九九零年以《山魂》獲得香港市政局“中文文學創作獎”散文組冠軍。二零零六年榮獲“小學生最喜愛作家”，著作《校園偵破事件簿》獲選“中學生好書龍虎榜十大好書”及“最受小學生歡迎十大好書”。二零一一年獲中國鄭州小小說組委會頒發“小小說創作終身成就獎”。二零一二年憑《轉角照相館》獲中國微型小說學會主辦的第十屆全國小小說年度評選一等獎。二零一三年五月獲鄭州頒發小小說業界至高榮譽“第六屆小小說金麻雀獎”、二零一六年一年內更獲四個獎項，如“世界華文微型小說傑出貢獻獎”等，而長篇小說《風雨甲政第》《落番長歌》獲得金門縣文化局頒發“第十三、十四屆浯島文學獎長篇小說優等獎”等。自八十年代起歷任各種文學創作比賽評判達百餘次，如香港市政局中文文學創作獎、香港公共圖書館學生中文故事創作比賽、澳門文學獎、青年文學獎、馬來西亞鄉青文學獎、印尼華文歷屆金鷹杯文學獎、新加坡文學評論獎評判等，並曾受邀在大陸鄭州、上海、泉州、港、澳、印尼雅加達、萬隆、泗水、棉蘭、楠榜、牙律、馬來西亞吉隆玻、金寶、新加坡等地大、中、小學和各種文學組織演講文學課題。現為香港華文微型小說學會會長、世界華文微型小說研究會副會長、世界華文大眾傳播媒體協會副主席、國際藝術和藝術家聯合會副主席、受聘為香港華僑大學校友會名譽會長、香港兒童文藝協會名譽會長、印尼華文作家協會海外顧問等、香港金門同鄉會副會長等。

著作已出版《迷城》、《暗角》、《人海梟雌》《出洋前後》、《蒲公英之眸》、《天使的約定》、《轉角照相館》、《雪夜翻牆說愛你》、《失落的珍珠》、《無言年代》、《飄浮在風中的記憶》、《為何我們再次相遇》、《走過紅地氈》、《雨中尋書》、《邊飲咖啡 邊談文學》、《流金季節》、《我看香港文學》、《藝術感覺》、《晨夢夕錄》、《校園偵破事件簿》《風雨甲政第》《落番長歌》等近150種（單行本，詳見著作目錄）。

【著作目錄（單行本）】
（至2025年6月截止）

長篇小說

《天堂與夢》（一九七七年十月・香港中流出版社）

《出洋前後》（一九七九年二月・香港南粵出版社

《愛的旅程》（一九八三年四月・香港山邊社）

《鐵蹄人生》（一九八五年十月・中國友誼出版公司）

《小島黃昏》（一九八六年六月・廣東旅遊出版社）

《出洋前後》（新版）（一九八八年四月・四川文藝出版社）

《夜夜歡歌》（一九八九年三月・廣東旅遊出版社）

《人海梟雌》（一九九一年六月・中國華僑出版公司）

《暗角》（一九九二年五月・獲益出版事業有限公司

《迷城》（一九九六年三月・獲益出版事業有限公司
《再來的愛情》（一九九七年六月・獲益出版事業有限公司）
《尖沙咀叢林》（一九九八年六月・獲益出版事業有限公司）
《出洋前後》（新版）（二零一三年六月・金門縣文化局）
《風雨甲政第》（二零一七年一月・金門縣文化局）
《落番長歌》（二零一八年一月・金門縣文化局
《快樂的金子》（二零二二年三月・獲益出版事業有限公司）
《雙騎結伴攀虎山》（二零二五年六月・獲益出版事業有限公司）

中篇小說集

《瑪依莎河畔的少（一九七六年四月・香港大光出版社）
《白領麗人》（一九八七年六月・中國文聯出版公司）
《夜來風雨聲》（一九八七年八月・貴州人民出版社）
《珠婚之戀》（一九八七年九月・香港麒麟書業有限公司）
《夜香港》（一九八七年十月・廣東旅遊出版社
《透視者》（一九九九年三月・獲益出版事業有限公司）

短篇小說集

《彩色的夢》（一九七七年二月・香港上海書局）
《週末良夜》（一九七七年四月・香港中流出版社）
《少女的一吻》（一九七八年二月・香港駱駝出版社）
《系在狗腿上的人》（一九七八年四月・新加坡萬里書局）
《香港一角》（一九八二年八月・廣東花城出版社）
《玻璃隧道》（一九八三年九月・香港華南圖書文化中心）
《露絲不再回來》（一九八五年八月・江西人民出版社）
《似水流年》（一九九三年六月・獲益出版事業有限公司）
《夜祭》（一九九五年十一月・中國文聯出版公司）

《東瑞小說選》（一九九七年八月・香港作家出版社）
《無言年代》（一九九八年十二月・獲益出版事業有限公司）
《匿名信》（二零零一年・獲益出版事業有限公司）
《擒凶記》（二零零一年・獲益出版事業有限公司）
《失落的珍珠》（二零零五年・臺北聯經出版事業公司）

小小說
《塵緣 》（一九九一年九月・新加坡成功出版社）
《都市神話》（一九九二年四月・獲益出版事業有限公司）
《逃出地獄門》（一九九五年三月・獲益出版事業有限公司
《還是覺得你最好》（一九九六年五月・獲益出版事業有限公司
《留在記憶裡》（一九九八年三月・獲益出版事業有限公司）
《讓我們再對坐一次》（一九九八年六月・獲益出版事業有限公司）
《朝朝暮暮》（二零零零年十二月・獲益出版事業有限公司）
《東瑞小小說》（二零零三年六月・獲益出版事業有限公司）
《相逢未必能相見》（二零零八年十月・獲益出版事業有限公司）
《天使的約定》（二零一零年九月・光明日報出版社）
《魔術少年》（二零一零年九月・江蘇文藝出版社）
《小站》（二零一二年七月 ・獲益出版事業有限公司）
《轉角咖啡館》（二零一三年四月・四川文藝出版社）
《雪夜翻牆說愛你》（二零一三年十二月・河南文藝出版社）
《蒲公英之眸》（二零一五年六月・獲益出版事業有限公司）
《清湯白飯》（二零一七年九月・・獲益出版事業有限公司）
《轉角咖啡館》（二零一九年四月・山東人們出版社、四川文藝出版社）
《愛在瘟疫蔓延時》（二零二二年三月・獲益出版事業有限公司）

少年兒童小說集

《琳娜與喜尼》（一九八四年四月．香港兒童文藝協會）
《一對安琪兒》（一九八五年八月．香港綠洲出版公司）
《再見黎明島》（一九八六年八月．香港綠洲出版公司）
《未來小戰士》（一九八八年四月．香港日月出版公司）
《王子的蜜月》（一九八八年四月．寧夏人民出版社）
《小華游福建》（一九八八年十一月．香港明華出版公司）
《小華游星馬》（一九八八年十二月．香港明華出版公司）
《小華遊菲律賓》（一九八九年三月．香港明華出版公司）
《魔術師的熱水袋》（一九九零年八月．香港明華出版公司）
《不願開屏的孔雀》（平裝）（一九九一年三月．香港新雅文化事業）
《不願開屏的孔雀》（精裝）（一九九一年七月．香港新雅文化事業）
《一百分的秘密》（一九九二年五月．獲益出版事業有限公司）
《森林霸王》（一九九三年四月．獲益出版事業有限公司）
《祖祖變形記》（一九九三年十月．獲益出版事業有限公司）
《燃燒的生命》（一九九四年六月．安徽少年兒童出版社
《父親的水手帽》（一九九四年十月．安徽少年兒童出版社）
《叛逆出貓黨》（一九九五年十一月．獲益出版事業有限公司）
《帶CALL機的女孩》（一九九六年．獲益出版事業有限公司）
《相約在未來》（一九九六年五月．獲益出版事業有限公司）
《怪獸島歷險記》（一九九六年七月．獲益出版事業有限公司）
《笑》（一九九八年三月．獲益出版事業有限公司）
《再見黎明島》（新版，一九九八年三月．獲益出版事業有限公司）
《馬戲團小丑》（一九九八年四月．獲益出版事業有限公司）
《雪糕屋裡的友情》（一九九九年．馬來西亞彩虹）

《相約在未來》（二零零零年・新加坡萊佛士）
《校園偵破事件簿》（二零零四年七月・獲益出版事業有限公司）
《我在等你》（二零零四年七月・獲益出版事業有限公司）
《魔幻樂園》（二零零五年七月・獲益出版事業有限公司）
《地鐵非常事件簿》（二零零六年七月・獲益出版事業有限公司）
《愛的旅程》（修訂本）（二零零六年七月・獲益出版事業有限公司
《屋邨奇異事件簿》（二零零七年六月・獲益出版事業有限公司）
《小強和四方形西瓜》（二零一二年七月・新雅文化事業有限公司）
《小強和四方形西瓜》（二零一三年九月・北京少兒出版社）
《老爸的神秘地下室》（二零一五年七月・新雅文化事業有限公司）

散文集

《湖光心影》（一九八三年二月・香港山邊社）
《象國・獅城・椰島》（一九八五年五月・廣東花城出版社）
《看那燈光燦爛》（一九八五年八月・香港金陵出版社）
《旅情》（一九八六年四月・湖南人民出版社）
《晨夢錄》（一九八七年一月・香港綠洲出版公司）
《籬笆小院》（一九八八年十月・香港大家出版社）
《永恆的美眸》（一九九一年七月・中國華僑出版公司）
《都市的眼睛》（一九九三年五月・獲益出版事業有限公司）
《陪你一程》（一九九三年十一月・獲益出版事業有限公司）
《豐盛人生》（一九九五年五月・獲益出版事業有限公司）
《一串燒烤的日子》（一九九六年五月・獲益出版事業有限公司）
《寫作路上》（一九九六年七月・獲益出版事業有限公司）
《活著，真好》（一九九九年三月・獲益出版事業有限公司
《一天》（一九九九年八月・獲益出版事業有限公司）

《行李・照片・人》（一九九九年八月・獲益出版事業有限公司）
《美文一籃》（二零零零年六月・獲益出版事業有限公司）
《精緻短文》（二零零零年六月・獲益出版事業有限公司）
《談談情，交交心》（二零零零年九月・獲益出版事業有限公司）
《晨夢夕錄》（二零零零年十月・獲益出版事業有限公司）
《甜夢》（二零零一年七月・獲益出版事業有限公司）
《重要的是活下去》（二零零一年七月・山邊社）
《生命芳香》（二零零一年十一月・獲益出版事業有限公司）
《虎山行》（二零零二年一月・獲益出版事業有限公司）
《奶茶一杯》（二零零三年六月・獲益出版事業有限公司）
《雨後青綠》（二零零八年九月・獲益出版事業有限公司）
《雨中尋書》（二零零八年十一月・獲益出版事業有限公司）
《為何我們再次相遇》（二零一一年一月・獲益出版事業有限公司
《走過紅地氈》（二零一三年六月 ・ 獲益出版事業有限公司）
《飄浮風中的記憶》（二零一五年六月 ・ 獲益出版事業有限公司）
《香港，你好》（二零一七年九月 ・ 獲益出版事業有限公司）
《幸運公事包》（二零一八年九月．獲益出版事業有限公司）
《緣結東西洋》（二零一九年七月．獲益出版事業有限公司）
《金門老家回不厭》（二零一九年八月．金門縣文化局）
《山水有相逢》 二零二五年六月．獲益出版事業有限公司）

遊記集

《日本十日遊》（一九八五年八月・香港綠洲出版公司）
《印尼之旅》（一九八六年三月・香港綠洲出版公司）
《印尼萬里遊》（一九八九年四月・與丘虹合著・香港明天出版公司）

《雙騎結伴攀虎山》

隨筆・小品集

《南洋集錦》（一九七九年一月・香港駱駝出版社）

《共剪西窗燭》（一九八七年十月・香港綠洲出版公司）

《爸爸手記》（一九八八年五月・香港金陵出版社）

《都會男女萬花筒》（一九八九年一月・香港麒麟書業有限公司）

《文林漫步》（一九九零年十月・香港現代教育研究社）

《創作手記》（一九九一年八月・香港突破出版社）

《你就是作家》（一九九一年八月・獲益出版事業有限公司）

《你喜愛的作文》（一九九三年一月・獲益出版事業有限公司）

《爸爸手記》（大陸版）（一九九五年七月・四川文藝出版社）

評論集

《魯迅〈故事新編〉淺釋》（一九七九年・香港中流出版社）

《老舍小識》（一九七九年一月・香港世界出版社

《我看香港文學》（一九九五年五月・獲益出版事業有限公司）

《藝術感覺》（一九九七年・獲益出版事業有限公司）

《流金季節--印華文學之旅》（二零零年九月・獲益出版事業有限公司）

《循序漸進》（二零零零年十月・獲益出版事業有限公司）

《流金季節續篇》（二零零六年十一月・獲益出版事業有限公司

《香港文化淺談》（二零零七年六月；獲益出版事業有限公司）

《邊飲咖啡　邊談文學》（二零一二年七月・獲益出版事業有限公司）

《文學不了情》（二零一三年六月・獲益出版事業有限公司

《致敬大師劉以鬯》（與蔡瑞芬合著。二零一八年七月・獲益出版事業有限公司）

《穿梭金黃歲月》（二零一九年三月獲益出版事業有限公司）

【東瑞得獎榮譽和得獎項目】

1.**《琳娜與嘉尼》**（兒童文學）

香港兒童文藝協會一九八三年兒童小說創作獎季軍

2,**《不沉的舞臺》**（童話）

香港兒童文藝協會一九八六年兒童小說創作獎優異獎

3,**《山魂》**（散文）

香港市政局一九九九年度中文文學創作獎散文組冠軍

4,**《夏夜的悲喜劇》**（童話）

香港市政局一九九九年度中文兒童讀物創作獎兒童故事組優異獎

5,**《少年小羊》**（短篇）

香港市政局一九九四年度中文文學創作獎小說組優異獎

6,**《校園偵破事件簿》**（中篇小說）

第三屆書叢榜最受小學生歡迎十本好書

第十屆中學生好書龍虎榜十本好

東瑞並獲選為「全港小學生最喜愛作家」

二零零七年全國第四屆偵探推理小說大賽最佳新作

7,**《一雙繡花鞋》**（小小說）

二零零九年獲第七屆全國微型小說年度評選三等獎

8,**"小小說創作終身成就獎"**

二一一年中國鄭州第四屆小小說節組委會頒授

9,**《轉角照相館》**（小小說）

中小學小說協會主辦、金山雜誌社承辦二零一二年

第十屆中小小學小說年度評選一等獎

10,**《漆紅的名字》**（小小說）

黔台杯・第二屆世界華文微型小說大賽優秀獎

11,**"第六屆小小說金麻雀獎"**

二零一三年，鄭州小小說節組委會頒授（參選作品**《轉角照相館》《蘋果》《金廁所和半世紀唐樓》《大獎》《父親回家》《驚喜悼文》《證據》《臭耳人阿王》《小站》《雪夜翻牆說愛你》十篇**）。

12, 二零一三年九月十八日獲香港特區政府民政事務局、康樂及文化事務署局長嘉許獎，被列為**“香港推動文化藝術發展傑出人士”**。

13, **《生命之柱》**（小小說）

二零一四年獲中小學小說學會**“文華杯”**全國短篇小說大賽一等獎

14, **《秋風初起》**（小小說）

獲中小學小說協會主辦、金山雜誌社承辦二零一三年

第十一屆中小學小說年度評選二等獎

15, **《蒲公英之眸》**（小小說）

獲世界華文微型小說研究會、中國微型小說學會頒發第二屆世界華文微型小說雙年獎優秀獎（二零一四年至二零一五年度）

16, **“世界華文微型小說傑出貢獻獎”**

二零一六年泰國曼谷・世界華文微型小說研究會、中國微型小說學會頒授

17, **《雙騎結伴攀虎山》**（散文）

二零一六年中國北京・中國世界華文文學學會頒

第二屆全球華文散文徵文大賽優秀獎

18, **《風雨甲政第》**（長篇小說）

獲金門縣文化局頒發“第十三屆浯島文學獎長篇小說優等獎”

19, **《清湯白飯》**（小小說）

二零一七年獲鄭州人民廣播電臺、小小說傳媒等聯合主辦首屆「說王」小小說原創大賽優秀獎

20,**《導遊笑眯》**（小小說）
二零一七年獲**“紫荊花開”**世界華文微小說徵文大賽優秀獎
21,**《落番長歌》**（長篇小說）
獲金門縣文化局頒發**“第十四屆浯島文學獎長篇小說優等獎”**
22,**《從鐵門縫隙看孫子》**（小小說）二零一八年獲世界華文微型小說研究會、作家網頒發世界華文微型小說雙年獎（2017～2018）一等獎榜首
23, 榮獲世界華文微型小說研究會、作家網頒發**“40年（1978-2018）40位貢獻獎”**。
24,**《血還未冷》**（小小說）獲**“東江書院杯”**三等獎
25,**《漣漪》**（小小說）
二零一八年獲**“武陵杯”**2018世界華文微型小說年度獎優秀獎。
26,**《帶走的大相冊》**（小小說）
二零一八年獲2018年度微型小說排行榜（100篇）
27,**《世家・處方》**（小小說）
二零一九年獲**“武陵杯”**世界華文微型小說年度獎優秀獎
28,**《咫尺不再天涯》**（小小說）
二零二零年榮獲南通赤子情華僑圖書館首屆**“世界讀書日讀書分享徵集活動特別獎”**
29,**《鎮江半日遊》**（散文）
二零二零年榮獲2020年南通赤子情華僑圖書館等機構舉辦之**“國慶中秋徵文”**活動特別獎
30, 獲世界華文微型小說研究會評選為2020年度**“十大新聞人物”**之一。
31, 2021年元旦獲南通赤子情華僑圖書館頒發**“2020年度《書香園地》優秀通訊員”**

32, **《小巷咖啡館》**（小小說）

二零二一年榮獲**“趣微口袋杯”**全國小小說徵文大賽優秀獎

33, **《雙人床》**（小小說）

二零二一年獲紐西蘭中華文學藝術界聯合會、世界華文微型小說研究會等聯合主辦的**“三公爵杯”**世界華文微型小說大賽優秀獎。

34, 獲世界華文微型小說研究會評選為2021年度**“十大新聞人物”**之一。

35, 2024年7月28日印華作協頒發**“印華文壇貢獻獎”**。

36, 2024年11月11日，馬華作協前會長曾沛（已故）的女兒靖婷來港，在龍閣酒樓代表家人頒發給東瑞夫婦**《最佳良師益友獎》**，還寫上**“文緣千里，師友如山”**。

黃東濤、蔡瑞芬和子女（2009年5月）

全家福（2024年8月）

黃東濤（東瑞）、蔡瑞芬和東濤母親、子女（1991年3月）

小陳、東濤和瑞芬（2001年11月）